COLLECTION 1

D0997227

Collection dirigée par Pierre Marchand et Jean Olivier Héron

RUDYARD KIPLING

LE
SECOND LIVRE
DE LA JUNGLE

Traduit de l'anglais
par Louis Fabulet
et Robert d'Humières

nrf

GALLIMARD

Comment vint la crainte

La mare est à sec, les ruisseaux taris,
Vous et moi ce soir nous sommes amis ;
Mufles enfiévrés et ventres poudreux,
Flanc contre flanc sur la berge tous deux ;
Domptés par le même effroi dévorant,
Sans vouloir rêver de chasse ou de sang.
Lors le daim peut, sous la biche blotti,
Voir de près le loup plus maigre que lui,
Et le grand chevreuil sans peur a compté
Les crocs sous lesquels son père est tombé.
La berge est à sec, les étangs taris,
Vous et moi ce soir nous sommes amis
Jusqu'à ce que ce nuage là-haut —
Bonne chasse à tous ! — délivre bientôt
L'averse qui rompt la Trêve de l'Eau.

La Loi de la Jungle — qui est de beaucoup la plus vieille loi du monde — a prévu presque tous les accidents qui peuvent arriver au Peuple de la Jungle; et maintenant, son code est aussi parfait qu'ont pu le rendre le temps et la pratique. Si vous avez lu les autres histoires de Mowgli, vous devez vous rappeler qu'il passa une grande partie de sa vie dans le Clan des Loups de Seeonee, apprenant la Loi que lui enseignait l'ours brun Baloo. C'est Baloo qui lui dit, quand le garçon devint rétif au commandement, que la Loi est comme la Liane Géante : elle tombe sur le dos de chacun, et nul ne lui échappe.

— Quand tu auras vécu aussi longtemps que moi, Petit Frère, tu t'apercevras que toute la Jungle obéit au moins à une Loi. Et la découverte pourra ne te plaire qu'à demi! ajouta Baloo.

Pareil discours entrait par une oreille et sortait par l'autre, car un garçon qui n'a, dans la vie, qu'à manger et à dormir ne se tourmente guère des événements jusqu'à l'heure où il faut les regarder en face et de près. Mais, une année, les paroles de Baloo se vérifièrent, et Mowgli vit toute la Jungle courbée sous une même loi.

Cela commença lorsque les pluies d'hiver vinrent à manquer à peu près complètement. Sahi, le Porc-Épic, rencontrant Mowgli dans un fourré de bambous, lui dit que les ignames sauvages se desséchaient. Tout le monde sait, il est vrai, que Sahi est ridiculement difficile dans le choix de sa nourriture et ne veut rien manger que le meilleur et le plus mûr. Aussi Mowgli se mit-il à rire, en disant :

— Qu'est-ce que cela me fait ?

— Pas grand-chose pour le moment, dit Sahi d'un ton inquiet en faisant cliqueter ses piquants avec raideur, mais plus tard, nous verrons. Plus de plongeons alors dans le trou de roche au-dessous des Roches aux Abeilles, Petit Frère ?

— Non, cette eau stupide est en train de s'en aller toute, et je n'ai pas envie de me fendre la tête, dit Mowgli, qui se croyait sûr d'en savoir autant à lui seul que cinq autres pris au hasard dans le Peuple de la Jungle.

— Tant pis pour toi. Une petite fente pourrait y laisser un peu de sagesse.

Sahi plongea bien vite dans le fourré pour éviter que Mowgli ne lui tirât les piquants du nez, et Mowgli alla répéter à Baloo ce que lui avait dit Sahi. Baloo devint grave, et grommela à demi en lui-même :

— Si j'étais seul, je changerais sur l'heure de terrains de chasse, avant que les autres commencent seulement à réfléchir. Et pourtant — chasser parmi des étrangers, cela finit toujours par des batailles — et puis, ils pourraient faire du mal à mon Petit d'Homme. Il nous faut attendre et voir comment fleurit le *mohwa*.

Ce printemps-là, le *mohwa*, cet arbre que Baloo aimait tant, ne parvint pas à fleurir. Les fleurs de cire couleur crème, un peu verdâtres, furent tuées par la chaleur avant même de naître ; à peine s'il tomba quelques rares pétales, à l'odeur fétide, quand, debout sur ses pattes de derrière, Baloo se mit à secouer l'arbre. Alors, petit à petit, la chaleur, que n'avaient pas tempérée les Pluies, s'insinua jusqu'au cœur de la Jungle, et la fit tourner au jaune, puis au brun, et enfin au noir.

Les verdures, aux flancs des ravins, furent grillées, réduites en fils de fer brisés et en pellicules racornies de végétation morte ; les mares cachées baissèrent entre leurs berges cuites qui gardaient la dernière et la moindre empreinte de patte, comme si on l'eût moulée dans du fer ; les lianes aux tiges juteuses tombèrent des arbres qu'elles embrassaient et moururent à leurs pieds ; les bambous dépérirent, cliquetant au souffle des vents de feu, et la mousse pela sur les rochers au profond de la Jungle, jusqu'à ce qu'ils restassent nus et brûlants comme les galets bleus qui miroitaient dans le lit du torrent.

Les oiseaux et le Peuple Singe, dès le commencement de l'année, remontèrent vers le nord; ils savaient bien ce qui arrivait; le daim et les sangliers envahirent les champs dévastés des villages lointains, mourant parfois sous les yeux des hommes trop affaiblis pour les tuer. Quant à Chil, le Vautour, il resta et devint gras, car il y eut grande provision de charogne; et, chaque soir, il apportait aux bêtes trop exténuées pour se traîner jusqu'à de nouveaux terrains de chasse la nouvelle que le soleil était en train de tuer la Jungle sur trois jours de vol dans toutes les directions.

Mowgli, qui n'avait jamais compris le sens exact du mot « faim », dut se rabattre sur du miel rance, vieux de trois années, qu'il racla sur des rochers ayant servi de ruches, maintenant abandonnés — miel aussi noir que la prunelle sauvage, et couvert d'une poussière de sucre sec. Il fit aussi la chasse aux vermisseaux qui forent profondément l'écorce des arbres, et vola aux guêpes leurs jeunes couvées. Tout le gibier, dans la Jungle, n'avait plus que la peau et les os, et Bagheera pouvait bien tuer trois fois dans la nuit pour faire à peine un bon repas. Mais le pire, c'était le manque d'eau : si le Peuple de la Jungle boit rarement, il lui faut boire à sa soif.

Et la chaleur continuait, continuait toujours, et pompait toute l'humidité, au point que le vaste lit de la Waingunga fut bientôt le seul courant à charrier encore un mince filet d'eau entre ses rives mortes; et lorsque Hathi, l'éléphant sauvage, qui vit cent années et plus, aperçut une longue et maigre échine de rochers bleus, qui se montrait à sec au centre même du courant, il reconnut le Roc de la Paix, et, sur-le-champ, il leva sa trompe, et proclama la Trêve de l'Eau, comme son père, avant lui, l'avait proclamée cinquante ans plus tôt. Le Cerf, le Sanglier et le Buffle reprirent le cri d'un ton rauque ; et Chil, le Vautour, volant en grands cercles, siffla au loin l'avis d'une voix stridente.

De par la Loi de la Jungle, est puni de mort quiconque

se permet de tuer aux abreuvoirs une fois la Trêve de l'Eau déclarée. La raison en est que la soif passe avant la faim. Chacun, dans la Jungle, si c'est le gibier seul qui se fait rare, s'en tire toujours tant bien que mal; mais l'eau, c'est l'eau, et s'il n'y a plus qu'une source de réserve, toute chasse est suspendue tant que le besoin y mène le Peuple de la Jungle. Dans les bonnes saisons, quand l'eau était abondante, ceux qui descendaient à la Waingunga pour boire — ou ailleurs dans le même dessein — le faisaient au péril de leur vie, et ce risque même entrait pour une grande part dans l'attrait des expéditions nocturnes. Se glisser jusqu'en bas si habilement que pas une feuille ne bouge; s'avancer dans l'eau jusqu'aux genoux sur les hauts-fonds dont le grondement rapide couvre et emporte tous les bruits; boire en regardant par-dessus son épaule, chaque muscle bandé prêt au premier bond désespéré de terreur aiguë; se rouler sur la berge sablonneuse, et revenir, museau humide et ventre arrondi, à la harde qui vous admire — tout cela, pour les jeunes daims aux cornes luisantes, était un délice, justement parce qu'à chaque minute, ils le savaient, Bagheera ou Shere Khan pouvaient sauter sur eux et les terrasser. Mais maintenant, c'en était fini de ce jeu de vie et de mort, et le Peuple de la Jungle se traînait affamé, harassé, jusqu'à la rivière rétrécie — tigre, ours, cerf, buffle, et sanglier ensemble — et tous, ayant bu à l'eau bourbeuse, laissaient pendre la tête au-dessus, trop exténués pour s'éloigner.

Le Cerf et le Sanglier avaient rôdé tout le jour, en quête de quelque chose de meilleur que de l'écorce sèche et des feuilles flétries. Les buffles n'avaient trouvé ni fondrières pour s'y vautrer au frais ni récoltes vertes à voler. Les serpents avaient quitté la Jungle pour descendre à la rivière dans l'espoir d'attraper quelque grenouille échouée; ils se lovaient autour des pierres humides, et ne cherchaient pas à frapper si, par hasard, le groin d'un sanglier, en fouillant, venait à les déloger. Les tortues de rivière, depuis longtemps, avaient été tuées par Bagheera, reine des chasseurs, et les poissons s'étaient enfouis profondément dans la vase craquelée. Seul le Roc de la Paix reposait au milieu de la mince couche d'eau, comme un long serpent, et les petites rides, toutes lasses, sifflaient en s'évaporant sur ses flancs brûlés.

C'était là que Mowgli venait la nuit chercher quelque fraîcheur et de la compagnie. Les plus affamés de ses ennemis se seraient à peine souciés du garçon maintenant. Sa peau nue le faisait paraître plus maigre et plus misérable qu'aucun de ses camarades. Sa chevelure avait tourné au blanc d'étoupe sous l'ardeur du soleil; ses côtes ressortaient comme celles d'un panier, et les callosités de ses genoux et de ses coudes, sur lesquels il avait l'habitude de se traîner à quatre pattes, donnaient à ses membres réduits l'apparence d'herbes nouées. Mais son œil, sous la broussaille retombante de ses cheveux mêlés, restait clair et tranquille, car Bagheera, son conseil des jours difficiles, lui recommandait de remuer sans bruit, de chasser sans hâte, et de ne jamais, sous aucun prétexte, perdre son sang-froid.

— C'est un mauvais moment, dit la Panthère Noire, un soir, par une chaleur de fournaise, mais il passera, pourvu que nous vivions jusqu'au bout. Ton estomac est-il garni, Petit d'Homme?

— Il y a quelque chose dedans, mais cela ne me profite guère. Penses-tu, Bagheera, que les Pluies nous ont oubliés et ne reviendront jamais?

— Non, je ne le pense pas. Nous verrons encore fleurir le *mohwa*, et les petits faons devenir gras d'herbe tendre. Descendons au Roc de la Paix pour savoir les nouvelles. Sur mon dos, Petit Frère!

— Ce n'est pas le moment de se charger. Je peux encore me tenir debout tout seul. Mais vraiment, nous ne sommes pas des bœufs à l'engrais, nous deux.

Bagheera jeta un regard sur le pelage en loques de ses flancs poudreux, et murmura :

— La nuit dernière, j'ai tué un bœuf sous le joug. Je me sentais si bas que je n'aurais jamais, je crois, osé sauter dessus s'il avait été détaché. Wou!

Mowgli se mit à rire :

— Oui, nous sommes de jolis chasseurs à l'heure qu'il est! Je n'ai peur de rien lorsqu'il s'agit de vermisseaux.

Et tous deux descendirent ensemble à travers les broussailles crépitantes, jusqu'au bord de la rivière, jusqu'à la dentelle de sable qui la festonnait en tous sens.

— L'eau ne peut durer longtemps, dit Baloo en les rejoignant. Regardez de l'autre côté! Les traces ressemblent maintenant aux routes des hommes.

Sur la plaine unie du bord opposé, l'herbe de Jungle, drue, était morte debout, et, en mourant, s'était momifiée. Les pistes battues du Cerf et du Sanglier, toutes convergeant à la rivière, avaient rayé cette plaine décolorée de ravins poudreux tracés à travers une herbe de dix pieds de haut, et, à cette heure matinale, chacune de ces longues avenues s'emplissait des premiers arrivants qui se hâtaient vers l'eau. On pouvait entendre les biches et leurs faons tousser dans la poussière comme dans du tabac à priser.

En amont, au coude d'eau paresseuse autour du Roc de la Paix, se tenait le Gardien de la Trêve, Hathi, l'éléphant sauvage, avec ses fils, décharnés et tout gris dans le clair de lune, se balançant de-ci de-là, sans cesse. Un peu au-dessous de lui, on voyait l'avant-garde des cerfs et, au-dessous encore, le Sanglier et le Buffle sauvage. Sur la rive opposée, où les grands arbres descendaient jusqu'au bord de l'eau, était la place réservée aux Mangeurs de Chair : le Tigre, les Loups, la Panthère, l'Ours et les autres.

— Nous voilà, pour le coup, sous le joug d'une seule Loi, dit Bagheera.

Ce disant, elle marchait dans l'eau et promenait son regard sur les lignes de cornes cliquetantes et d'yeux effarés où le Cerf et le Sanglier se poussaient de côté et d'autre. Et, se couchant tout de son long, un flanc hors de l'eau, elle ajouta :

— Bonne chasse vous tous de mon sang!

Puis, entre ses dents :

— N'était la Loi, cela ferait une très, très bonne chasse.

Les oreilles vite dressées des cerfs saisirent la fin de la phrase, et un murmure de frayeur courut le long de leurs rangs.

— La Trêve! Rappelez-vous la Trêve!

— Paix là, paix! gargouilla Hathi, l'éléphant sauvage. La Trêve est déclarée, Bagheera. Ce n'est pas le moment de parler de chasse.

— Qui le saurait mieux que moi? répondit Bagheera en roulant ses yeux jaunes vers l'amont. Je suis une mangeuse de tortues, une pêcheuse de grenouilles. *Ngaayah!* Je voudrais profiter en ne mâchant que des branches!

— Et nous donc, nous le souhaiterions de grand cœur! bêla un jeune faon né ce printemps-là seulement, et qui ne s'en louait guère.

Si abattu que fût le Peuple de la Jungle, Hathi lui-même ne put étouffer un rire, tandis que Mowgli, accoudé dans l'eau chaude, s'esclaffait en faisait sauter l'écume avec ses pieds.

— Bien parlé, petite corne en bouton! ronronna Bagheera. Quand la Trêve prendra fin, on s'en souviendra en ta faveur.

Et il darda sur lui son regard à travers l'obscurité, pour être sûr de reconnaître le faon.

Petit à petit, la conversation s'étendait en amont, en aval, à toutes les places où l'on buvait. On pouvait entendre le sanglier chamailleur et grognon réclamer plus d'espace; les buffles bougonner entre eux en faisant des embardées dans les bancs de sable; les cerfs raconter les histoires pitoyables de longues marches forcées en quête de provende. De temps en temps, ils adressaient par-dessus la rivière quelque question aux Mangeurs de Chair, mais toutes les nouvelles étaient mauvaises, et le vent de Jungle torride grondait parmi les roches et les branches craquelantes, laissant l'eau couverte de brindilles et de poussière.

— Les hommes aussi meurent à côté de leurs charrues, dit un jeune *sambhur*. J'en ai rencontré trois, entre le coucher du soleil et la nuit. Ils reposaient bien tranquilles, et leurs bœufs avec eux. Nous aussi, nous reposerons bien tranquilles, dans peu de temps.

— La rivière a baissé depuis la nuit dernière, dit Baloo. O Hathi, as-tu jamais vu pareille sécheresse?

— Cela passera, cela passera! répondit Hathi, en seringuant de l'eau le long de son dos et de ses flancs.

— Nous en avons un, ici, qui ne pourra pas résister longtemps, dit Baloo.

Et il lança un coup d'œil sur le jeune garçon qu'il aimait.

15

— Moi? dit Mowgli avec indignation, en se mettant sur son séant dans l'eau. Je n'ai pas de longue fourrure pour cacher mes os, mais, mais si on t'enlevait ta peau, Baloo.

Hathi frissonna de la tête aux pieds à cette idée, et Baloo dit sévèrement :

— Petit d'Homme, ce n'est pas une chose convenable à dire au Docteur de la Loi. On ne m'a jamais, en aucun temps, vu sans ma peau.

— Non, je n'avais pas de mauvaise intention, Baloo; seulement je voulais dire que tu es, pour ainsi parler, comme la noix de coco dans son écale, et que moi je suis la même noix de coco toute nue. Or, ton écale brune...

Mowgli était assis les jambes croisées et s'expliquait en montrant du doigt les choses, suivant son habitude, quand Bagheera, allongeant une patte de velours, le renversa cul par-dessus tête dans l'eau.

— De mal en pis, dit la Panthère Noire, tandis que le jeune garçon se relevait en crachant. D'abord Baloo est à écorcher, maintenant, c'est une noix de coco! Prends garde qu'il ne fasse comme les noix de coco mûres.

— Et quoi donc? demanda Mowgli hors de garde pour l'instant, bien que ce fût là une des plus vieilles attrapes de la Jungle.

— Qu'il ne te casse la tête, dit Bagheera tranquillement, en lui faisant boire un second coup.

— Ce n'est pas bien de tourner ton professeur en ridicule, dit l'Ours, quand Mowgli eut fait le plongeon pour la troisième fois.

— Pas bien! Que voudriez-vous de mieux? Cette chose nue, toujours en mouvement, prend pour but de ses singeries des gens qui furent jadis de bons chasseurs, et tire, en manière de jeu, les moustaches aux meilleurs d'entre nous!

C'était Shere Khan, le Tigre Boiteux, qui descendait vers l'eau en clopinant. Il attendit un instant, pour jouir de la sensation qu'il produisait parmi les cerfs sur la rive opposée; puis il laissa tomber sa tête carrée à fraise de fourrure, et se mit à laper, en grognant :

— La Jungle est devenue un chenil à petits tout nus. Regarde-moi, Petit d'Homme.

16

Mowgli regarda — fixa plutôt — aussi insolemment qu'il savait le faire, Shere Khan qui, au bout d'une minute, se détourna d'un air gêné.

— Petit d'Homme par-ci, Petit d'Homme par-là, gronda-t-il, en se remettant à boire. Le petit n'est ni un homme ni un petit, sans quoi il aurait eu peur. La saison prochaine, il faudra que je lui demande la permission de boire. *Augrh!*

— Cela pourrait bien venir aussi, dit Bagheera, en le regardant droit entre les yeux. Cela pourrait bien venir aussi... *Faugh*, Shere Khan! Quelle nouvelle honte as-tu apportée ici?

Le Tigre Boiteux avait trempé dans l'eau son menton et son jabot, et de longues traînées huileuses et noirâtres en descendaient au fil de l'eau.

— C'est de l'Homme, dit Shere Khan froidement. J'ai tué, il y a une heure.

Il continua de ronronner et de gronder en lui-même.

La ligne des bêtes frémit et vacilla, puis un murmure s'éleva, qui grandit jusqu'au cri :

— L'Homme! L'Homme! Il a tué l'Homme!

Alors, tous les regards se portèrent sur Hathi, l'éléphant sauvage; mais il semblait ne pas entendre.

Hathi ne fait jamais les choses qu'en leur temps, et c'est une des raisons pour lesquelles sa vie est si longue.

— Dans un pareil moment, tuer l'Homme! N'y avait-il pas d'autre gibier sur pied? dit avec mépris Bagheera, qui sortit de l'eau souillée, en secouant les pattes, l'une après l'autre, à la manière des chats.

— J'ai tué par goût, non par besoin.

Le murmure d'horreur reprit, et le petit œil blanc attentif de Hathi se leva dans la direction de Shere Khan.

— Par goût! répéta Shere Khan, d'une voix traînante. Et, maintenant, je viens boire et me nettoyer. Y a-t-il quelqu'un pour m'en empêcher?

Le dos de Bagheera s'arquait déjà comme un bambou dans le grand vent, mais Hathi leva sa trompe, et dit tranquillement :

— C'est par goût que tu as tué?

Lorsque Hathi pose une question, il vaut mieux lui répondre.

— Mais oui. C'était mon droit et ma Nuit. Tu sais, ô Hathi.

Le ton de Shere Khan était devenu presque courtois.

— Oui, je sais, répliqua Hathi.

Et après un court silence :

— As-tu bu tout ton soûl?

— Pour cette nuit, oui.

— Va-t'en, alors. La rivière est là pour y boire et non pour la salir. Nul que le Tigre Boiteux ne se serait vanté de son droit dans un temps pareil, lorsque, lorsque nous souffrons ensemble — Homme et Peuple de la Jungle — pareillement. Propre ou non, retourne à ton gîte, Shere Khan!

Les derniers mots sonnèrent comme des trompettes d'argent, et les trois fils de Hathi roulèrent en avant, d'un demi-pas, bien qu'il n'y en eût pas besoin. Shere Khan s'esquiva, sans même oser grogner, car il savait — ce que chacun sait — qu'en dernier ressort Hathi est le Maître de la Jungle.

— Quel est ce droit dont parle Shere Khan? chuchota Mowgli dans l'oreille de Bagheera. Tuer l'Homme est toujours, en tout temps, une honte. La Loi le dit. Et pourtant Hathi avoue...

— Demande-le-lui. Je ne sais pas, Petit Frère. Droit ou pas, si Hathi n'avait parlé, j'aurais donné à ce boucher boiteux la leçon qu'il mérite. Venir au Roc de la Paix, tout frais encore du meurtre d'un Homme — et s'en vanter. C'est le fait d'un chacal. En outre, il a souillé la bonne eau.

Mowgli attendit une minute pour prendre courage, car personne ne se souciait de s'adresser directement à Hathi; puis il cria :

— Quel est ce droit de Shere Khan, ô Hathi?

Les deux rives firent écho à sa demande, car tout le Peuple de la Jungle est singulièrement curieux, et il venait d'assister à quelque chose que personne, sauf Baloo, qui paraissait très pensif, ne semblait comprendre.

— C'est une vieille histoire, dit Hathi, une histoire plus vieille que la Jungle. Gardez le silence le long des rives et je vais vous la conter.

Il y eut une minute ou deux de poussées et d'épaulées

parmi les sangliers et les buffles; puis les chefs des troupeaux grognèrent l'un après l'autre :

— Nous attendons.

Et Hathi s'avança dans la rivière à grandes enjambées, jusqu'à ce que l'eau touchât presque ses genoux, devant le Roc de la Paix. Quelque maigre et ridé qu'il fût, avec des défenses jaunies, il paraissait bien ce pour quoi le tenait la Jungle, leur maître à tous.

— Vous savez, enfants, commença-t-il, que de tous les êtres, le plus à craindre pour vous, c'est l'Homme.

Il y eut un murmure d'assentiment.

— Cette histoire te concerne, Petit Frère, dit Bagheera à Mowgli.

— Moi? Je suis du Clan, chasseur du Peuple Libre, répondit Mowgli. Qu'ai-je à faire avec l'Homme?

— Et vous ne savez pas pourquoi vous craignez l'Homme? continua Hathi. En voici la raison : « Au commencement de la Jungle, et nul ne sait quand cela était, nous autres de la Jungle marchions de compagnie, sans aucune crainte l'un de l'autre. En ce temps-là, il n'y avait pas de sécheresses, et feuilles, fleurs et fruits poussaient sur le même arbre, et nous ne mangions absolument rien autre que des feuilles, des fleurs, de l'herbe, des fruits et de l'écorce. »

— Je suis bien contente de ne pas être née dans ce temps-là, dit Bagheera. L'écorce n'est bonne qu'à se faire les griffes.

— « Et le Seigneur de la Jungle était Tha, le Premier Éléphant. Il tira la Jungle des eaux profondes à l'aide de sa trompe, et, où ses défenses creusaient des sillons dans le sol, les rivières se mettaient à couler; où il frappait du pied, naissaient aussitôt des étangs d'eau excellente, et, quand il soufflait à travers sa trompe — comme ceci — les arbres tombaient. C'est ainsi que la Jungle fut créée par Tha; et c'est ainsi que l'histoire m'a été racontée. »

— Elle n'a pas maigri depuis, chuchota Bagheera.

Et Mowgli se mit à rire derrière sa main.

— « En ce temps-là, il n'y avait ni blé, ni melons, ni poivre, ni cannes à sucre; il n'y avait pas non plus de petites huttes comme vous en avez tous vu; et le Peuple de la Jungle ne connaissait rien de l'Homme, et vivait en commun dans la Jungle, ne formant qu'un seul peuple. Mais bientôt on commença à se quereller à propos de nourriture, bien qu'il y eût pour tous des pâturages en suffisance. On était paresseux. Chacun désirait manger où il était couché, comme parfois il nous arrive de le faire quand les Pluies du printemps sont bonnes. Tha, le Premier Éléphant, était occupé à créer de nouvelles jungles et à conduire les rivières dans leurs lits. Il ne pouvait aller partout, aussi fit-il du Premier Tigre le maître et le juge de la Jungle, à qui le Peuple de la Jungle devait soumettre ses querelles. En ce temps-là, le Premier Tigre mangeait des fruits et de l'herbe avec tout le monde. Il était aussi grand que je le suis, et très beau, tout entier de la même couleur que la fleur de liane jaune. Il n'y avait sur sa peau ni taches ni rayures en ces jours heureux où la Jungle était neuve. Tout le Peuple de la Jungle venait à lui sans crainte, et sa parole servait de Loi. Nous ne formions alors, rappelez-vous, qu'un seul peuple. Cependant, une nuit, deux chevreuils se prirent de querelle, une querelle à propos de pacage, comme vous en videz maintenant à coups de tête et à coups de pieds, et pendant que les deux adversaires s'expliquaient devant le Premier Tigre couché parmi les fleurs, on raconte qu'un des chevreuils le poussa de ses cornes. Et le Premier Titre, oubliant qu'il était le maître et le juge de la Jungle, sauta sur le chevreuil et lui brisa le cou.

« Jusqu'à cette nuit-là jamais personne de nous n'était mort, aussi le Premier Tigre, voyant ce qu'il avait fait, et affolé par l'odeur du sang, se réfugia dans les marais du Nord, et nous autres de la Jungle, restés sans juge, nous tombâmes en de continuelles batailles. Tha en entendit le bruit et revint. Et les uns lui dirent une chose, les autres une autre; mais il aperçut le Chevreuil mort parmi les fleurs, et demanda qui avait tué. Personne ne voulait le lui dire, parce que l'odeur du sang les avait tous affolés, absolument comme cette même odeur nous affole aujourd'hui. Ils couraient de tous côtés en cercle, cabriolant, criant et secouant la tête. Alors, Tha, parlant aux arbres à branches basses et aux lianes traînantes de la Jungle, leur commanda de marquer le meurtrier du Chevreuil, afin qu'il pût le reconnaître, et il s'écria : « Qui sera maintenant le Maître du "Peuple de la Jungle" ? » Et le Singe Gris, qui vit dans les branches, sauta et dit : « C'est moi qui serai dorénavant le Maître de la Jungle. » Et Tha se mit à rire et dit : « Qu'il en soit ainsi! » Puis il s'en alla très irrité.

« Enfants, vous connaissez le Singe Gris. Il était alors ce qu'il est maintenant. Il commença par se composer une figure de sage, mais, au bout d'un instant, il se mit à se gratter et à sauter de haut en bas et de bas en haut; et lorsque Tha revint, il trouva le Singe Gris pendu, la tête en bas, à une grosse branche, faisant des grimaces à ceux qui se tenaient au-dessous; et eux lui rendaient ses grimaces. Et ainsi il n'y avait plus de Loi dans la Jungle, plus rien que bavardage ridicule et vaines paroles.

« Là-dessus, Tha nous appela tous autour de lui et nous dit : " Le premier de vos maîtres a introduit la Mort dans la Jungle, et le second la Honte. Il est temps d'avoir enfin une Loi, et une Loi que vous ne puissiez pas enfreindre. Dorénavant, vous connaîtrez la Crainte; et, quand vous l'aurez trouvée, vous saurez quel est votre maître, et le reste suivra. " Alors nous autres de la Jungle nous demandâmes : " Qu'est-ce que la Crainte? " Et Tha répondit : " Cherchez jusqu'à ce que vous trouviez. " Et c'est ainsi que nous allions du haut en bas de la Jungle, cherchant la Crainte, quand tout à coup les buffles... »

— Ugh! dit Mysa, le chef des buffles, sans bouger du banc de sable où ils se tenaient.

— « Oui, Mysa, ce furent les buffles. Ils venaient apporter la nouvelle que, dans une grotte de la Jungle, était assise la Crainte, qu'elle n'avait pas de poil, et qu'elle marchait sur ses jambes de derrière. Alors, nous tous de la Jungle suivîmes le troupeau jusqu'à la grotte; et, à l'entrée de cette grotte, se tenait la Crainte; et elle était sans poil, comme les buffles nous l'avaient dit, et marchait sur ses jambes de derrière. En nous voyant, elle poussa un cri, et sa voix nous remplit de cette crainte que nous connaissons maintenant; et nous nous enfuîmes, en nous piétinant les uns les autres et nous entre-déchirant, parce que nous avions peur. Cette nuit-là, m'a-t-on dit, nous autres de la Jungle, ne reposâmes pas ensemble, comme c'était notre coutume, mais chaque tribu se retira de son côté, — le sanglier avec le sanglier, le cerf avec le cerf; corne à corne, sabot contre sabot, — chacun avec les siens; et ainsi, tout frissonnants, se coucha-t-on dans la Jungle.

« Seul, le Premier Tigre n'était pas avec nous, car il se cachait encore dans les Marais du Nord, et lorsqu'on lui parla de la Chose que nous avions vue dans la grotte, il dit : '' J'irai trouver cette Chose, et je lui romprai le cou. '' Ainsi courut-il toute la nuit, jusqu'à ce qu'il arrivât devant la grotte; mais, à son passage, les arbres et les lianes, se souvenant de l'ordre qu'ils avaient reçu de Tha, abaissaient leurs branches et le marquaient, tandis qu'il courait, traînant leurs doigts sur son dos, ses flancs, son front et son jabot. Partout où ils le touchaient, une marque et une rayure restaient sur sa peau jaune. *Et ce sont ces rayures que portent ses enfcnts aujourd'hui!* Lorsqu'il arriva devant la grotte, la Crainte, l'Être Sans Poil, tendit vers lui son bras, et l'appela '' le Rayé qui vient de la nuit '', et le Premier Tigre, ayant peur de l'Être Sans Poil, se sauva vers les marais en rugissant. »

Ici, Mowgli se mit à rire, tranquillement, le menton dans l'eau.

— « Et il hurlait si haut, que Tha l'entendit et dit : '' Quel malheur est-il arrivé? '' Le Premier Tigre, levant son muffle vers le ciel nouvellement créé, si vieux maintenant, s'écria : '' Rends-moi mon pouvoir, ô Tha. Je suis humilié devant toute la Jungle, et j'ai fui un Être Sans Poil qui m'a donné un nom déshonorant. — Et pourquoi? dit Tha. — Parce que je suis souillé de la boue des marais, dit le Premier Tigre. — Baigne-toi alors, et roule-toi dans l'herbe humide, et si c'est de la boue, l'eau la lavera sûrement '', dit Tha; et le Premier Tigre se baigna, se roula encore, jusqu'à ce que la Jungle tournât, tournât devant ses yeux; mais pas une seule petite raie sur sa peau n'était partie, et Tha, qui le surveillait, se mit à rire. Alors le Premier Tigre dit : '' Qu'ai-je donc fait pour que semblable chose m'arrive? '' Tha lui répondit : '' Tu as tué le Chevreuil, et tu as lâché la Mort à travers la Jungle, et, avec la Mort, est venue la

Crainte, de telle sorte que maintenant, chez le Peuple de la Jungle, on a peur les uns des autres, comme tu as peur de l'Être Sans Poil. '' Le Premier Tigre dit : '' Ils n'auront pas peur de moi, puisque je les connais depuis le commencement. '' Tha répondit : '' Va voir .'' Et le Premier Tigre courut çà et là, appelant à voix haute le cerf, le sanglier, le sambhur, le porc-épic, tout le peuple de la Jungle; mais, tous, ils se sauvaient de lui, qui avait été leur juge, parce qu'ils avaient peur.

« Alors le Premier Tigre revint, son orgueil brisé, en lui-même, se frappant la tête contre le sol; il déchira la terre avec ses griffes et dit : '' Souviens-toi que j'ai été le Maître de la Jungle! Ne m'oublie pas, ô Tha. Que mes descendants se rappellent que je fus jadis sans reproche et sans peur! '' Et Tha lui répondit : '' Pour cela, j'y consens, parce que toi et moi, tous deux avons vu naître la Jungle. Une nuit chaque année, il en sera comme avant que le Chevreuil fût tué, il en sera ainsi pour toi et tes descendants. En cette nuit unique, si vous rencontrez l'Être Sans Poil — et son nom est l'Homme — vous n'aurez pas peur de lui, mais il aura peur de vous, comme si vous étiez les juges de la Jungle et les maîtres de toutes choses. Use de miséricorde envers lui, en cette nuit où il aura peur, car tu sais maintenant ce que c'est que la Crainte. ''

« Alors, le Premier Tigre répondit : '' Je suis content. '' Mais, la première fois qu'il alla boire, il vit les raies noires sur ses flancs et ses côtes, il se souvint du nom que lui avait donné l'Être Sans Poil, et il fut plein de colère.

« Pendant une année, il vécut dans les marais, attendant que Tha remplît sa promesse. Et, un soir que le Chacal de la Lune (l'Étoile du Berger) se dégageait de la Jungle, il sentit que sa nuit était venue, et il se rendit à la grotte pour rencontrer l'Être Sans Poil. Alors arriva ce que Tha avait promis : l'Être Sans Poil tomba devant lui et resta étendu sur le sol. Mais le Premier Tigre le frappa, et lui brisa les reins : il pensait qu'il n'y avait dans toute la Jungle qu'un seul être semblable, et qu'il avait tué la Crainte. Et tandis qu'il flairait sa victime, il entendit Tha descendre des forêts du Nord, et tout à coup, la voix du Premier Éléphant, la même voix que nous entendons là... »

Le tonnerre, en effet, roulait à travers les ravins à sec des collines balafrées, mais il n'apportait pas la pluie, rien que des éclairs de chaleur qui vacillaient derrière les cimes, et Hathi continua :

— « Voilà bien la voix qu'il entendit, et elle disait : " Est-ce là ta miséricorde ? " Le Premier Tigre se lécha les lèvres, et répondit : " Qu'importe ? J'ai tué la Crainte." Et Tha s'écria : " O aveugle et insensé ! Tu as délié les pieds à la Mort, et elle va te suivre à la piste jusqu'à ce que tu meures. Toi-même tu as appris à l'Homme à tuer ! "

« Le Premier Tigre, la patte d'aplomb sur sa proie, dit : " Il est maintenant comme le Chevreuil. La Crainte n'existe plus. Je serai encore une fois le Juge des Peuples de la Jungle. "

« Et Tha lui répondit : " Jamais plus les Peuples de la Jungle ne viendront vers toi. Ils éviteront de croiser ta piste et de dormir dans ton voisinage, et de marcher sur tes pas, et de brouter près de ton repaire. Seule, la Crainte te suivra et, par des coups que tu ne peux prévoir, te tiendra à sa merci. Elle forcera le sol à s'ouvrir sous tes pas, et la liane à se tordre à ton cou, et les troncs d'arbres à monter en cercle autour de toi, plus haut que tu ne peux sauter, et, à la fin, elle prendra ta peau pour en envelopper ses petits lorsqu'ils auront froid. Tu t'es montré sans pitié pour elle, elle se montrera sans pitié pour toi. "

« Le Premier Tigre était plein de hardiesse, car sa Nuit durait encore, et il dit : " La Promesse de Tha est la Promesse de Tha. Il ne me reprendra pas ma Nuit ? " Tha lui répondit : " Ta Nuit t'appartient, comme j'ai dit, mais il est des choses qui se paient. Tu as appris à l'Homme à tuer, et c'est un élève prompt à comprendre. — Il est sous mon pied, les reins brisés, déclara le Premier Tigre. Fais savoir à la Jungle que j'ai tué la Crainte. " Alors Tha se mit à rire : " Pour un que tu as sauvé, il en reste beaucoup. Mais, va toi-même le dire à la Jungle, car ta Nuit est finie ! "

« C'est ainsi que le jour arriva ; et, de la grotte, en

effet, sortit un autre Être Sans Poil; il vit le mort dans le sentier et le Premier Tigre dessus; il prit un bâton pointu... »

— Ils lancent maintenant une chose qui coupe, dit Sahi, en descendant la berge avec un cliquetis. Car Sahi était considéré par les Gonds comme un mets particulièrement exquis — ils l'appellent Ho-Igoo — et il savait quelque chose de la méchante petite hache gondienne qui danse à travers une clairière comme la libellule.

— « C'était un bâton pointu comme ceux qu'ils plantent au fond des trappes, dit Hathi; et, en le lançant, il atteignit le Premier Tigre au flanc, profondément. Ainsi tout se passa comme Tha l'avait dit; car le Premier Tigre courut du haut en bas de la Jungle, en hurlant, jusqu'à ce qu'il eût arraché le bâton, et toute la Jungle sut que l'Être Sans Poil pouvait frapper de loin, et plus que jamais ils le craignirent.

« Voilà comment il advint que le Premier Tigre apprit à tuer à l'Être Sans Poil — et vous savez quel mal il en est résulté depuis pour nos peuples, — à tuer au moyen de nœuds coulants, de trappes, de pièges, de bâtons volants, de cette mouche piquante qui sort d'une fumée blanche (Hathi voulait dire la balle de fusil), et de la Fleur Rouge qui nous chasse dans les plaines. Cependant, une nuit chaque année, suivant la promesse de Tha, l'Être Sans Poil a peur du Tigre, et jamais le Tigre ne lui a donné sujet de se rassurer. N'importe où il le trouve, il le tue sur place, se rappelant la honte du Premier Tigre. Le reste du temps, la Crainte arpente du haut en bas la Jungle, jour et nuit. »

— Ahi! Aoo! dirent les Cerfs, en pensant à tout ce que cela signifiait pour eux.

— Et c'est seulement lorsqu'une même grande Crainte pèse sur tous, comme en ce moment, que nous pouvons, nous autres de la Jungle, mettre de côté nos petites craintes et nous réunir dans le même lieu, comme nous faisons maintenant.

— L'Homme ne craint-il le Tigre qu'une seule nuit vraiment? demanda Mowgli.

— Une seule nuit, répliqua Hathi.

— Mais je — mais nous — mais toute la Jungle sait

que Shere Khan tue l'Homme deux et trois fois par lune.

— Oui! mais alors il le surprend par derrière, et tourne la tête de côté en le frappant, car il est plein de crainte. Si l'Homme le regardait, il prendrait la fuite. Lors de sa Nuit, au contraire, il descend ouvertement au village, il marche entre les maisons et passe sa tête par les portes, et les hommes tombent la face contre terre, et il tue — il tue une seule fois cette nuit-là.

« Oh! se dit Mowgli, en roulant sur lui-même dans l'eau. Maintenant, je vois pourquoi Shere Khan m'a invité à le regarder. Cela ne lui a pas profité, car il n'a pas pu maintenir son regard, et — et moi, certes, je ne suis pas tombé à ses pieds. Mais aussi, je ne suis pas un Homme, étant du Peuple Libre. »

— Hum! fit Bagheera du plus profond de sa gorge fourrée. Est-ce que le Tigre sait quelle est sa nuit?

— Pas avant que le Chacal de la Lune sorte des brouillards du soir. Parfois, elle tombe pendant les sécheresses d'été, parfois au temps des Pluies, — cette nuit unique du Tigre. Mais, sans le Premier Tigre, tout cela ne serait jamais arrivé, et aucun de nous n'aurait connu la Crainte.

Les cerfs gémirent avec tristesse, et les lèvres deBagheera se plissèrent en un mauvais rictus.

— Les hommes connaissent-ils cette histoire? dit-elle.

— Personne ne la connaît, sauf les tigres et nous, les éléphants, les Enfants de Tha! Maintenant, vous l'avez entendue, vous tous au bord de la rivière. J'ai dit.

Hathi plongea sa trompe dans l'eau, pour signifier qu'il ne voulait plus parler.

— Mais — mais — mais, dit Mowgli, en se tournant du côté de Baloo, pourquoi le Premier Tigre ne continuat-il pas à se nourrir d'herbe, de feuilles et d'arbustes? Il ne fit que rompre le cou au Chevreuil. Il ne le mangea pas. Qu'est-ce qui l'amena donc à goûter à la chair fraîche?

— Les arbres et les lianes l'avaient marqué, Petit Frère, et avaient fait de lui la bête rayée que nous voyons. Jamais plus il ne voulut manger de leurs fruits, mais, à partir de ce jour, il se vengea sur le cerf et les autres, les Mangeurs d'Herbes, dit Baloo.

— Alors, toi, tu connais l'histoire, hein? Pourquoi ne me l'as-tu jamais dite?

— Parce que la Jungle est pleine de ces histoires-là. Si j'avais commencé, je n'en aurais jamais fini. Lâche mon oreille, Petit Frère!

LA LOI DE LA JUNGLE

Rien que pour vous donner une idée de l'immense variété de la Loi de la Jungle, j'ai traduit en vers (Baloo les chantonnait toujours sur une sorte de cadence) quelques-unes des lois qui s'appliquent aux Loups. Il y en a, cela va sans dire, des centaines de plus, mais celles-ci serviront d'échantillons pour les règles les plus simples.

Voici la Loi de la Jungle — Le ciel a son âge et mieux
    serait mentir,
Le Loup qui la garde peut prospérer, mais le Loup
    qui l'enfreint doit mourir.

Comme la liane autour du tronc, la Loi passe derrière
    et devant —
Car la force du Clan c'est le Loup, et la force du Loup
    c'est le Clan.

Chaque jour, de la queue au museau, lave-toi, bois bien,
    sans trop t'emplir.
Rappelle-toi : la nuit à chasser, et n'oublie pas : le jour
    à dormir.

Le Chacal suit le Tigre ; mais toi, Louveteau, tes mous-
    taches poussées,
Souviens-toi : un Loup est un chasseur ; va chercher ta
    part sur tes brisées ;

*Demeure en paix avec les Seigneurs de la Jungle —
Tigre, Ours ou Panthère,
Ne trouble point Hathi le Muet ni dans sa bauge le Soli-
taire.*

*Si Clan croise Clan dans la Jungle et si nul ne cède le
pas, va t'asseoir,
Jusqu'à ce que les chefs aient parlé — souvent mot courtois
peut prévaloir.*

*Lorsque tu combats un Loup de Clan, provoque-le tout
seul, à l'écart.
Afin que le Clan ne souffre point si quelque autre à ta
guerre prend part.
Le gîte du Loup est son refuge, et, dès qu'il le choisit
pour son antre,
Le conseil lui-même n'y vient plus ni le chef du Clan
lui-même n'entre.*

*Le gîte du Loup est son abri, mais si la place en est expo-
sée,
Le Conseil enverra son message afin qu'il change de
reposée.*

*Si tu portes bas avant minuit, silence, et n'éveille pas
le bois,
De peur que ton frère rentre à vide et que le daim fuie
à tes abois.*

*Pour toi, ta louve et tes petits, tue au gré de ta force et
ta faim, mais
Tu ne tueras rien pour le plaisir et* sept fois sept fois
l'Homme jamais!

*Si tu prends ta proie à moins hardi, sois sobre en l'orgueil
de ta conquête,
Le plus humble a place au Droit du Clan, laisse-lui la
dépouille et la tête.*

*Gibier du Clan, curée au Clan. Donc faites-la sur la
place et sur l'heure;*

Et nul n'emporte de ce gibier à son propre gîte ou bien
qu'il meure.

Gibier du Loup, curée au Loup. Donc qu'il la répartisse
à son loisir :
Mais le Clan n'y pourra point toucher que le Loup n'ait
dit : c'est mon plaisir.

Droit de Louvart au petit de l'an. A chaque loup du Clan
il pourra
Requérir sa part ; chasseur repu jamais ne la lui refu-
sera.

Droit de Liteau revient à la mère. Aux Loups de même
âge elle pourra
Demander un cuissot par curée et nul ne le lui refusera.

Droit de Gîte appartient au Père, droit de chasser seul
et pour les siens ;
Ne relevant plus que du Conseil, envers le Clan libre
de tous liens.

A cause de son âge et de sa ruse, à cause de sa griffe et
son poids,
En tout ce que la Loi ne dit point la parole du Chef est
la Loi.

Or telles sont les Lois de la Jungle, innombrables —
Nul n'y peut faillir,
Mais tête, sabot, hanche et bosse, la Loi c'est tou-
jours — Obéir!

Le miracle de Purun Bhagat

Quand nous avons senti la terre s'ébranler,
Nous vînmes doucement le prendre et l'emmener,
Parce que nous l'aimions de cet amour si tendre,
De cet amour qui sait, mais ne peut pas comprendre.

Et quand le flanc du mont se fendit en tonnant
Et qu'en déluge noir croula le firmament,
Nous l'avons sauvé, nous, le Peuple des Petits;
Mais jamais plus, hélas! ne viendra notre ami.

Et maintenant pleurez, nous l'avions sauvé pour
Ce que peuvent donner les bêtes d'humble amour;
Pleurez, car notre ami ne se réveille pas.
Et ses frères demain nous chasseront, là-bas!

Chant funèbre des Langurs.

Il y avait, une fois, dans l'Inde, un homme qui était Premier Ministre d'un des États indigènes semi-indépendants du Nord-Ouest. Il était brahmane, et de caste si élevée que le mot « caste » avait cessé d'avoir pour lui une signification particulière. Son père avait été fonctionnaire d'importance parmi les oripeaux et les galas surannés d'une cour hindoue d'ancien régime.

Mais, en grandissant, Purun Dass s'aperçut d'un changement dans le vieil ordre des choses, et que, si un homme tenait à son avancement, il lui fallait d'abord se mettre en bons termes avec les Anglais et imiter tout ce que les Anglais trouvaient bien. Or, il faut en même temps qu'un fonctionnaire indigène conserve la faveur de son propre maître. C'était là une partie difficile; mais le jeune brahmane, sans zèle et sans bruit, avec l'aide d'une bonne éducation anglaise reçue à l'Université de Bombay, la joua prudemment, et s'éleva par degrés jusqu'au rang de Premier Ministre du royaume. C'est-à-dire qu'il exerçait plus de pouvoir effectif que son propre maître, le Maharadjah.

Lorsque le vieux roi — qui se méfiait des Anglais, de leurs chemins de fer et de leur télégraphe — vint à mourir, Purun Dass resta en faveur auprès du jeune héritier, qui avait eu un Anglais pour précepteur; et, tous deux ensemble, quoiqu'il eût toujours soin d'en laisser le crédit à son maître, ils édifièrent des écoles pour petites filles, construisirent des routes, prirent l'initiative de dis-

33

pensaires publics et d'expositions agricoles, publièrent annuellement un « livre bleu » sur le « Progrès Moral et Matériel de l'État »; de sorte que le Foreign Office et le Gouvernement de l'Inde étaient enchantés.

Très peu d'États indigènes adoptent sans réserves le progrès anglais, car ils ne veulent pas croire, comme Purun Dass montrait qu'il le faisait, qu'une chose bonne pour un Anglais doit l'être deux fois autant pour un Asiatique.

Le Premier Ministre devint l'ami très honoré de Vice-Rois, de Gouverneurs, de Lieutenants-Gouverneurs, de chargés de missions médicales, de missionnaires ordinaires, et d'intrépides officiers de cavalerie anglaise qui venaient chasser dans les réserves de l'État, aussi bien que de hordes entières de ces touristes qui voyagent du nord au sud de l'Inde pendant la saison froide, montrant ainsi comment on devait savoir ménager les choses. Pendant ses loisirs, il fondait les bourses pour l'étude de la médecine et de l'industrie sur un pied strictement anglais, et il écrivait au *Pioneer*, le plus grand quotidien de l'Inde, des lettres où il expliquait les vues et intentions de son maître.

Enfin, il alla visiter l'Angleterre, et dut payer aux prêtres d'énormes sommes à son retour : car un brahmane, même d'aussi haute caste que Purun Dass, perd sa caste lorsqu'il traverse l'Eau Noire. A Londres, il rencontra et s'entretint avec tout ce qui vaut la peine d'être connu — des hommes dont les noms font le tour du monde — et vit encore plus de choses qu'il n'en répéta. De doctes universités lui décernèrent leurs diplômes, il prononça des discours et parla de réforme hindoue à des dames en robe du soir, jusqu'à ce que tout Londres n'eût qu'un cri : « C'est le convive le plus séduisant qu'on ait jamais rencontré à dîner depuis la première table mise! »

Quand il retourna dans l'Inde, ce fut un rayonnement de gloire, car le Vice-Roi lui-même vint tout exprès conférer au Maharadjah la Grand-Croix de l'Étoile des Indes, éclatante de diamants, de rubans et d'émaux; et, au cours de la même cérémonie, tandis que le canon tonnait, Purun Dass fut fait Commandeur de l'Ordre de l'Empire des Indes; de telle sorte que son nom devint Sir Purun Dass, K.C.I.E. [1].

Ce soir-là, au dîner qui eut lieu sous la grande tente vice-royale, il se leva, la plaque et le collier de l'Ordre sur la poitrine, et, répondant au toast où avait été portée la santé de son maître, tourna un speech tel que peu d'Anglais auraient pu mieux faire.

Le mois suivant, la citée retombée à son silence de fournaise, il fit une chose à laquelle aucun Anglais n'eût songé à sa place : en tant que le monde put en juger, il mourut. Les précieux insignes de son ordre retournèrent au gouvernement de l'Inde, la charge des affaires fut confiée à un nouveau Premier Ministre, et une grande partie de chasse aux postes s'organisa dans tous les emplois subalternes. Les prêtres savaient ce qui était arrivé, et le peuple devinait; mais l'Inde est le seul pays du monde où un homme puisse faire ce qu'il lui plaît sans que personne demande pourquoi; et le fait que Dewan Sir Purun Dass, K.C.I.E., avait abandonné son poste, palais et pouvoir, pour l'écuelle du mendiant et la robe couleur d'ocre d'un Sunnyasi ou saint homme, ne fut en rien considéré comme extraordinaire. Selon que le recommande l'Ancienne Loi, il avait traversé vingt ans de jeunesse, vingt ans de combats — bien qu'il n'eût jamais porté une arme de sa vie — et vingt ans de gouvernement dans une maison. Il avait usé de la richesse et du pouvoir dans la mesure d'importance qu'ils méritaient à ses yeux; il avait accepté les honneurs lorsqu'ils passèrent sur son chemin; il avait vu des hommes et des cités auprès comme au loin, et les hommes et les cités s'étaient levés afin de l'honorer. Maintenant, il laisserait aller ces choses comme un homme laisse tomber le manteau dont il n'a plus besoin.

Derrière lui, comme il passait les portes de la ville, une peau d'antilope et une béquille à poignée de cuivre sous le bras, une écuelle en *coco-de-mer* brun et polie à la main, nu-pieds, seul, les yeux baissés vers la terre — derrière ses pas les bastions tiraient des salves de bienvenue

---

1. *Knight Commander of the Indian Empire.* (Chevalier Commandeur de l'Empire des Indes.)

pour son heureux successeur. Purun Dass hocha la tête. C'en était fini pour lui de tout cela; et il ne gardait à ce passé ni regret ni rancune, pas plus qu'on n'en garde au rêve incolore d'une nuit. Il était maintenant un Sunnyasi — un mendiant errant, sans abri, à la merci des autres pour le pain de chaque jour; et, tant qu'il y a un morceau à partager dans l'Inde, ni prêtre ni mendiant ne souffre de la faim. Il n'avait jamais de sa vie goûté de viande, et même très rarement de poisson. Une banknote de cinq livres aurait couvert la dépense personnelle de sa table pendant n'importe laquelle des années où il disposait en maître absolu de millions d'argent. Même à Londres, au plus fort de l'engouement du monde, il n'avait pas un instant perdu de vue son rêve de paix et de tranquillité — la longue route indienne, blanche et poudreuse, toute marquée de pieds nus, l'incessant trafic sans hâte, et l'âpre odeur des feux de bois dont la fumée monte en volutes sous les figuiers, au crépuscule, et près desquels les voyageurs s'asseyent à leur repas du soir.

L'heure venue de réaliser ce rêve, le Premier Ministre fit le nécessaire, et, trois jours après, il eût été plus aisé de retrouver une bulle parmi les longues vagues de l'Atlantique que Purun Dass parmi les millions de vagabonds qui s'assemblent ou se séparent à travers les plaines de l'Hindoustan.

Le soir, il étendait sa peau d'antilope à l'endroit où le surprenait la nuit, parfois dans un monastère de Sunnyasis, voisin de la route, parfois près des piliers de terre d'un autel à Kala Pir, où les Yogis, autre classe nébuleuse de saints hommes, le recevaient comme ils accueillent ceux qui savent la juste importance due aux castes et aux classes; parfois aux portes de quelque petit village hindou, où les enfants venaient furtivement lui apporter les aliments que leurs parents avaient préparés; et, d'autres fois, sur la pente nue des pâturages, où la flamme de son feu de bois mort réveillait les chameaux assoupis. C'était tout un pour Purun Dass — ou ⎪Purun Bhagat, comme il se nommait lui-même maintenant. Terre, gens, nourriture, tout se valait pour lui; mais, inconsciemment, ses pieds le portaient dans les directions du nord et de l'est; du sud, il remonta vers Rohtak, de Rohtak à Karnoul, de Karnoul aux ruines de Samanah; puis il suivit le lit desséché du Gugger, qui ne se remplit que lorsque la pluie tombe dans la montagne, jusqu'au jour où il aperçut dans le ciel la ligne lointaine des grands Himalayas.

Purun Bhagat sourit : il se rappelait que sa mère était une brahmane de naissance rajpoute, de la vallée de Kulu — une femme de la montagne, toujours en proie à la nostalgie des neiges — et que la moindre goutte de sang montagnard dans les veines d'un homme finit toujours par le ramener à son pays.

— Là-bas, dit Purun Bhagat, en gravissant les premiers contreforts des Siwaliks, où les cactus se dressent comme des chandeliers à sept branches, là-bas je me reposerai et j'apprendrai à connaître.

Et le vent frais de l'Himalaya lui sifflait aux oreilles, comme il suivait le chemin qui mène à Simla.

La dernière fois qu'il avait fait cette route, c'était en pompe, parmi le piaffement d'une escorte de cavaliers, pour rendre visite au plus courtois et au plus affable des vice-rois; et tous deux avaient, pendant une heure, causé d'amis communs à Londres, et de ce que la masse du peuple hindou pensait réellement de l'état des choses. Cette fois-ci, Purun Bhagat ne fit pas de visites; mais, appuyé sur la balustrade du Mail, il contemplait le spectacle grandiose des quarante milles de plaines étendus à ses pieds, lorsqu'un policeman mahométan vint lui dire qu'il gênait la circulation. Purun Bhagat s'inclina devant la loi, avec un salaam respectueux, en homme qui en sait le prix et parce qu'il se cherchait une loi pour lui-même. Puis il continua sa route, et dormit cette nuit-là dans une hutte vide, à Chota Simla, un endroit où l'on se croirait au bout de la terre; mais ce n'était que le commencement de son voyage.

Il suivit la route du Tibet à travers l'Himalaya, la petite voie de dix pieds de large, taillée à coups de mine dans le roc vif, ou soutenue par des poutres en surplomb au-dessus d'abîmes de mille pieds, qui plonge par moment dans d'étroites vallées, humides et chaudes, et, à d'autres, grimpe à travers les croupes déboisées de collines herbeuses où le soleil tape comme les rayons d'une lentille;

ou bien qui circule à travers des forêts sombres dont les feuilles s'égouttent, dont les arbres, du pied au sommet, sont vêtus de fougères parasites, où le faisan, au printemps, appelle sa compagne. Il rencontra des bergers tibétains avec leurs chiens et leurs troupeaux, chaque mouton portant sur le dos un petit sac de borax; des bûcherons nomades; des lamas du Tibet, enveloppés de manteaux et de couvertures, parcourant l'Inde en pèlerins; des envoyés de petits États perdus dans la montagne, qui brûlaient la poste sur des poneys zébrés ou pie; ia cavalcade d'un rajah en visite. Ou bien il restait, tout le long d'une lente et claire journée, à n'apercevoir rien de plus qu'un ours brun qui grognait en déterrant des racines, très loin au-dessous de lui, au fond de la vallée.

Au premier moment de son départ, la rumeur du monde qu'il laissait derrière lui grondait encore à ses oreilles, comme se prolonge dans un tunnel le grondement d'un train après qu'il a passé; mais, une fois franchi le défilé de Mutteeanee, ce fut fini, et Purun Bhagat se retrouva seul avec lui-même, marchant, s'émerveillant, et songeant, les yeux fixés à terre, et ses pensées parmi les nuages.

Un soir, il passa le plus haut défilé qu'il eût encore rencontré — c'était après deux jours d'ascension — et déboucha en face d'une chaîne de pics neigeux qui nouaient une ceinture autour de l'horizon — montagnes de quinze ou vingt mille pieds de haut, qu'on eût dit à un jet de pierre, bien qu'elles fussent éloignées de cinquante ou soixante milles. Une forêt, aussi sombre qu'épaisse — déodars, noyers, merisiers, oliviers et poiriers sauvages, où dominaient les déodars, les cèdres de l'Himalaya — couronnait le défilé; et, à l'ombre des déodars, se dressait un sanctuaire abandonné, naguère dédié à Kali — qui est Durga, qui est Sitala, et qu'on implore quelquefois contre la petite vérole.

Purun Dass en balaya les dalles de pierre, adressa un sourire à la statue grimaçante, se construisit un petit âtre de glaise derrière le temple, étendit sa peau d'antilope sur un lit d'aiguilles de pin fraîches, remonta sous son aisselle son *bairagi* — la béquille à poignée de cuivre — et s'assit pour se reposer.

Immédiatement au-dessous de lui, le flanc de la montagne tombait à pic, tranché net sur une profondeur de quinze cents pieds, jusqu'à un petit village aux maisons de pierre sous des toits de terre battue, qui se cramponnait au versant escarpé. Tout autour, de minuscules champs en terrasses s'étendaient comme un tablier rapiécé, jeté sur les genoux de la montagne, et des vaches, pas plus grosses que des scarabées, paissaient parmi les dalles unies des aires à battre le blé. En regardant à travers la vallée, l'œil se trompait aux dimensions des objets, sans pouvoir de prime abord se rendre compte que tel buisson, au ras du versant opposé de la montagne, était en réalité une forêt de sapins hauts de cent pieds. Purun Bhagat vit un aigle fondre à travers l'immense abîme; mais le grand oiseau ne fut déjà plus qu'un point noir avant d'arriver à mi-chemin. Par bandes, de rares nuages se clairsemaient, à travers la vallée, s'accrochant à une croupe de rochers, ou s'élevant pour s'effacer à mesure qu'ils atteignaient le point le plus haut du ciel.

— C'est ici que je trouverai la paix! dit Purun Bhagat.

Un montagnard ne s'embarrasse guère de quelques centaines de pieds de montée ou de descente, et, dès que les villageois aperçurent de la fumée dans le temple abandonné, leur prêtre escalada le versant coupé de terrasses, pour venir souhaiter la bienvenue à l'étranger.

Lorsque ses yeux rencontrèrent les yeux de Purun Bhagat — c'étaient ceux d'un homme accoutumé à en dominer des milliers d'autres — il salua jusqu'à terre, prit l'écuelle sans un mot, et revint au village, disant :

— Nous avons un saint homme enfin. Jamais je n'ai vu d'homme pareil. Il est des plaines, mais blanc de visage, un brahmane parmi des brahmanes.

Alors toutes les ménagères s'enquirent :

— Croyez-vous qu'il restera parmi nous?

Et chacune d'elles s'ingénia à préparer pour le Bhagat le repas le plus savoureux. La nourriture, dans la montagne, est très simple, mais, à l'aide de sarrasin et de maïs, de riz et de poivre rouge, de petits poissons pêchés au torrent de la petite vallée, de miel tiré des ruches en forme de cheminées pratiquées dans les murs de pierres; à l'aide d'abricots secs, de safran, de gingembre sauvage et de farine d'avoine, une dévote peut cuisiner de bonnes choses; et ce fut une pleine écuelle que le prêtre apporta au Bhagat.

Allait-il rester? lui demanda-t-il. Avait-il besoin d'un *chela* — un disciple — afin de quêter pour lui? Avait-il une couverture pour se garantir contre le froid? La nourriture était-elle bonne?

Purun Bhagat mangea, et remercia le donateur. Il avait, dit-il, l'intention de rester. Le prêtre répondit que cela suffisait : il n'y avait qu'à laisser l'écuelle à l'extérieur du temple, dans le creux de ces deux racines tordues, et, chaque jour, le Baghat recevrait sa nourriture, car le village s'estimait honoré qu'un tel homme — il regarda timidement le Bhagat au visage — voulût bien s'attarder au milieu d'eux.

Ce jour-là vit la fin des courses errantes de Purun Bhagat. Il avait trouvé l'endroit qui lui était destiné, parmi le silence et l'espace. Alors le temps s'arrêta, et le Solitaire, assis au seuil du temple, n'aurait pu dire s'il était vivant ou mort, homme maître de ses membres, ou partie de la substance des montagnes, des nuages, de la pluie capricieuse, et de la clarté du jour. Il allait se répétant doucement à lui-même un Nom des centaines de centaines de fois, jusqu'à ce qu'il semblât, à chaque répétition, s'évader davantage de son corps, dans une ascension continuelle jusqu'au seuil de quelque révélation prodigieuse; mais, juste au moment où la porte s'ouvrait, son corps le ramenait à la terre, et il éprouvait la douleur de se sentir verrouillé de nouveau dans la chair et les os de Purun Bhagat.

Chaque matin, on déposait en silence l'écuelle remplie entre la fourche des racines, à l'extérieur du temple. Parfois, le prêtre l'apportait; parfois, un marchand Ladakhi, logeant au village et désireux de s'acquérir des mérites, montait pesamment le sentier; mais, le plus souvent, c'était la femme qui avait préparé le repas la nuit précédente, et elle murmurait d'une voix comme un souffle : « Parle pour moi devant les Dieux, Bhagat. Parle pour une telle, femme d'un tel! » De temps en temps, on confiait cet honneur à quelque enfant plus hardi; et Purun Bhagat l'entendait lâcher l'écuelle et s'enfuir aussi vite que ses petites jambes pouvaient le porter. Mais le Bhagat ne descendait jamais au village. Celui-ci s'étendait comme une carte géographique à ses pieds. Il pouvait contempler les assemblées du soir, qui se tenaient dans l'enceinte des aires à battre, parce que c'était le seul terrain nivelé; le vert unique et merveilleux du jeune riz en herbe; les tons indigo du maïs; les carrés de sarrasin semblables à des pièces d'eau; et, dans sa saison, la Fleur Rouge de l'amarante, dont la minuscule semence, ni graine, ni légume, constitue une nourriture que tout Hindou, en temps de jeûne, peut légitimement absorber.

Au déclin de l'année, le toit de chaque hutte devenait un petit carré de l'or le plus pur, car c'était sur les toits qu'ils mettaient à sécher la balle de leur blé. La récolte du miel et celle du froment, les semailles du riz et sa décortication, se tissaient sous ses yeux, comme une broderie sur le canevas des champs, et il pensait à toutes ces choses tout en se demandant à quel but lointain elles pourraient bien mener les hommes, à la fin de tant de saisons.

Même dans l'Inde populeuse, un homme ne peut pas rester une journée assis tranquille sans que les bêtes sauvages courent par-dessus son corps comme si c'était un roc; et, dans cette solitude, les bêtes sauvages, qui connaissaient bien le temple de Kali, ne tardèrent pas à revenir épier l'intrus. Les *langurs*, les grands singes à favoris gris de l'Himalaya, vinrent naturellement les premiers, dévorés qu'ils sont de curiosité; et quand, après avoir renversé l'écuelle, ils l'eurent roulée tout autour de la pièce, quand ils eurent essayé leurs dents sur la béquille à poignée de cuivre et fait des grimaces à la peau d'anti-lope, ils décidèrent que l'être humain qui se tenait là, si tranquille, devait être inoffensif. Le soir, ils arrivaient en bondissant du haut des pins, et tendaient la main pour des choses à manger, puis repartaient d'un élan, en décrivant des courbes gracieuses. Ils aimaient aussi la chaleur du feu, et se pressaient alentour jusqu'à ce que Purun Baghat fût obligé de les écarter pour remettre du bois; et, le matin, une fois sur deux, il lui arrivait de trouver un singe à fourrure grise qui partageait sa couverture. Tout le long du jour, un membre ou un autre de la tribu restait assis à ses côtés, les yeux fixés sur l'horizon des neiges, avec un cri parfois, et des expressions de sagesse et de mélancolie indicibles.

Après le Singe vint le *barasingh*. C'est un grand cerf, qui ressemble au nôtre, mais en plus vigoureux. Venu pour se soulager en frottant le velours de ses bois contre les pierres froides de la statue de Kali, il tressauta lorsqu'il vit l'Homme sur le seuil du temple. Mais Purun Bhagat ne bougea pas, et, petit à petit, le Cerf royal s'avança timidement de côté, et poussa son museau sous l'épaule de l'Homme. Purun Bhagat glissa une main fraîche le long des andouillers brûlants; le contact apaisa l'animal enfiévré, qui baissa la tête, tandis que Purun Baghat frottait le velours des bois et le détachait doucement. Par la suite, le *barasingh* amena sa femelle et son faon — douces bêtes qui restaient à ruminer sur la couverture du saint homme — ou bien il venait seul, la nuit, les yeux verts du reflet de la flamme dansante, prendre sa part d'un repas de noix fraîches. Enfin, le Daim musqué, le plus timide et le plus petit de sa race, vint aussi, ses larges oreilles de lapin toutes droites; il n'est pas jusqu'au silencieux *mushicknabha*, dans sa robe mouchetée, qui ne voulût se rendre compte de ce que signifiait cette lumière dans le temple, et fourrer son nez de souris dans le giron de Purun Bhagat, allant et venant comme les ombres du feu. Purun Bhagat les appelait tous « mes frères », et son doux appel de *Bhai! Bhai!* les attirait hors de la forêt, en plein jour, lorsqu'ils se trouvaient à portée de sa voix. L'Ours Noir de l'Himalaya, bourru et soupçonneux — Sona, qui porte sous le menton une marque blanche en forme de V — passa par là plus d'une fois; et, comme le Bhagat ne montrait pas de crainte, Sona ne montra pas de colère, mais l'observa, tout en se rapprochant, et finit par demander sa part de caresses et un tribut de pain ou de baies sauvages. Souvent, lorsque, dans la paix de l'aube, le Bhagat montait jusqu'à la crête dentelée de la passe, afin de contempler et de suivre le matin pourpre en marche le long des pics neigeux, il apercevait Sona trottant et grognant sur ses talons, fourrant une patte curieuse sous les troncs d'arbres abattus, et la retirant avec un *whoof* d'impatience; ou bien ses courses matinales éveillaient Sona roulé en boule sur le sol, et la puissante brute, dressée tout debout, se préparait à combattre, jusqu'à ce qu'elle entendît la voix du Bhagat et reconnût son meilleur ami.

Presque tous les ermites et les saints hommes qui vivent loin des grands centres ont la réputation de pouvoir accomplir des miracles parmi les bêtes sauvages : tout le miracle consiste à se tenir au repos, à ne jamais faire un mouvement irréfléchi, et, pour un assez long temps au moins, à ne jamais regarder en face un visiteur. Les villageois aperçurent la silhouette du *barasingh* arpentant, comme une ombre, les profondeurs de la forêt qui s'étendait derrière le temple; ils virent le *minaul*, le Faisan de l'Himalaya, faire resplendir ses plus belles couleurs devant la statue de Kali; et les *langurs*, assis sur leurs trains de derrière, jouer à l'intérieur du temple avec des coquilles de noix. Quelques-uns des enfants avaient aussi entendu Sona se chanter une chanson à lui-même, à la façon des ours, derrière un éboulis de roches : et la réputation du Bhagat, comme faiseur de miracles, s'affermit solidement.

Et pourtant, rien n'était plus éloigné de son esprit que le miracle. Il pensait que tout n'est qu'un vaste miracle : et lorsqu'un homme sait au moins cela, il en connaît assez pour se conduire.

Il savait, de science certaine, qu'il n'y a rien de grand, rien de petit en ce monde; et nuit et jour il s'efforçait de démêler la voie qui, pénétrant au cœur mystérieux des choses, le ramènerait au point d'où son âme était partie.

Songeant ainsi, ses cheveux, qu'il ne coupait plus, se répandirent sur ses épaules; à côté de la peau d'antilope un petit trou entailla la dalle usée par le pied de la béquille à manche de cuivre; l'endroit, entre les troncs d'arbres, où l'écuelle reposait chaque jour, s'évida, se polit, jusqu'à former un creux aux parois unies presque à l'égal de la coque elle-même; et chaque bête connut sa place exacte auprès du feu. Les champs variaient leurs couleurs suivant les saisons, les aires s'emplissaient et se vidaient, pour se remplir encore; et, l'hiver revenu, de nouveau les *langurs* s'ébattaient au milieu des branches duvetées de neige légère, jusqu'au moment où les mères singes ramenaient au fond des vallées chaudes leurs petits bébés aux yeux désolés. Le village subissait peu de changements : le prêtre était plus vieux; parmi les enfants qui avaient coutume d'apporter l'écuelle, beaucoup envoyaient leurs propres fils à présent; et, quand on demandait aux villageois depuis combien de temps le saint homme habitait le temple de Kali à l'entrée de la passe, ils répondaient : « Depuis toujours. »

Un été, les Pluies tombèrent en telle abondance qu'on ne se souvenait pas d'avoir vu pareille chose depuis beaucoup de saisons dans la montagne. Pendant trois grands mois, la vallée fut enveloppée de nuages et détrempée de brume, une pluie drue et sans relâche fit rage en une succession d'orages et d'averses. Le temple de Kali demeurait la plupart du temps au-dessus de la région des nuages, et il se passa un mois entier sans que le Bhagat pût apercevoir son village un instant : il était enseveli, perdu sous une couche blanche de nuées qui oscillaient, se déplaçaient, roulaient sur elles-mêmes, s'enflaient vers le ciel, mais ne franchissaient jamais les jetées que leur formaient les parois ruisselantes de la vallée.

Tout ce temps il ne fit qu'entendre les murmures de l'eau par millions; elle bruissait dans les arbres au-dessus de sa tête, courait à ses pieds sur le sol, filtrait à travers les aiguilles de pin, s'égouttait aux languettes des fougères versées, bondissait aux flancs des collines à travers les canaux fangeux qu'elle venait de creuser.

Puis le soleil parut et dégagea le bon encens des déodars et des rhododendrons, et cette odeur lointaine et pure que les montagnards appellent l' « odeur des neiges ». Le soleil chauffa la terre une semaine durant; enfin, les Pluies se rassemblèrent pour leur dernier déluge, et l'eau tomba en nappes qui mettaient à nu les os de la terre et rejaillissaient en boue. Purun Bhagat entassa le bois sur son feu cette nuit-là, car il était sûr que ses frères auraient besoin de chaleur; mais aucune bête ne s'approcha du temple, malgré ses efforts réitérés, jusqu'au moment où il succomba au sommeil tandis qu'il se demandait ce qui avait pu arriver dans les bois.

Ce fut au cœur de la nuit noire, la pluie résonnant comme mille tambours, qu'il se sentit réveillé. On tirait sa couverture. En étendant le bras, il toucha la petite main d'un *langur*.

— Il fait meilleur ici que dans les bois, fit-il à travers son sommeil, en entrouvrant un pli de la couverture, prends, et réchauffe-toi.

Le Singe le saisit par la main, et le tira fortement.

— C'est à manger, alors? dit Purun Bhagat. Attends un moment, et je vais te préparer quelque chose.

Comme il s'agenouillait pour alimenter le feu, le *langur* courut à la porte du temple, gémit, et revint en courant étreindre les genoux de l'Homme.

— Qu'est-ce donc? Quel est ton mal, Frère? dit Purun Bhagat, car les yeux du *langur* étaient pleins de choses qu'il ne pouvait pas dire. A moins que l'un des tiens ne soit tombé dans une trappe — et par ici personne ne tend de trappes — je ne sortirai pas par un temps pareil. Regarde, Frère, le *barasingh* lui-même vient chercher un abri.

Les andouillers du Cerf, comme il entrait à grands pas, heurtèrent bruyamment la statue de Kali. Il les abaissa dans la direction du Purun Baghat, et se mit à frapper du pied d'un air inquiet, en sifflant par ses naseaux contractés.

— Hai! Hai! Hai! dit le Bhagat, en faisant claquer ses doigts. Est-ce là une manière de payer le logement d'une nuit?

Mais le Cerf le poussa vers la porte, et, comme il le poussait, Purun Bhagat entendit quelque chose s'ouvrir avec un soupir; il vit alors deux dalles du pavage s'écarter l'une de l'autre, tandis que la terre gluante, au-dessous, claquait des lèvres.

— Je vois maintenant, dit Purun Bhagat. Il n'y a pas à blâmer mes frères de n'être pas venus s'asseoir près du feu cette nuit. La montagne s'effondre. Et cependant — pourquoi m'en irais-je?

Son regard tomba sur l'écuelle vide, et son visage changea d'expression :

— Ils m'ont donné chaque jour une bonne nourriture depuis — depuis ma venue, et si j'y mets du retard, il n'y aura plus demain une seule bouche dans la vallée En vérité, il me faut aller les prévenir en bas. Recule-toi, Frère! Laisse-moi approcher du feu.

Le *barasingh* recula à contrecœur, tandis que Purun Bhagat plongeait une torche au plus profond de la flamme, en la faisant tourner jusqu'à ce qu'elle fût bien allumée.

— Ah! vous êtes venus m'avertir, dit-il en se levant. Nous allons faire mieux encore, mieux encore. En avant, maintenant, et prête-moi ton cou, Frère, car moi, je n'ai que deux pieds.

Il empoigna de la main droite le garrot hérissé du *barasingh*, de la main gauche éleva la torche, et sortit du temple dans la nuit désespérée.

Il n'y avait pas un souffle de vent, mais la pluie noyait presque la torche, tandis que le grand Cerf se hâtait vers le bas de la côte, en patinant sur ses pattes de derrière. Dès qu'ils furent hors de la forêt, d'autres frères du Bhagat se joignirent à eux. Il entendit, bien qu'il ne pût les voir, les *langurs* se presser autour de lui, et, derrière eux, les *ouhh! ouhh!* de Sona. La pluie agglutinait en cordes les mèches de sa longue chevelure blanche; l'eau jaillissait sous ses pieds nus, et sa robe jaune se collait à son vieux corps amaigri, mais il descendait à grands pas assurés, en s'appuyant sur le *barasingh*. Ce n'était plus un saint homme, mais Sir Purun Dass, K.C.I.E., Premier Ministre d'un État important, un homme habitué à commander, s'en allant sauver des existences. Par le sentier roide et bourbeux, ils dévalaient ensemble, le Bhagat et ses frères, ils descendaient toujours plus bas. A la fin, le Cerf buta, en heurtant le mur d'une aire, et renâcla, car il sentait l'odeur de l'Homme : ils se trouvaient à l'entrée de la rue tortueuse et unique du village. Alors le Bhagat frappa de sa béquille aux fenêtres barricadées de la maison du forgeron, pendant que sa torche flamboyait sous l'abri des auvents.

— Debout et dehors! cria Purun Bhagat — et il ne reconnut pas sa propre voix, car il y avait des années qu'il n'avait pas parlé haut à un homme.

— La montagne va crouler! La montagne croule! Debout et dehors, vous tous dans vos maisons!

— C'est notre Bhagat, dit la femme du forgeron. Il est au milieu de ses bêtes. Rassemble les petits, et appelle.

L'appel courut de maison en maison, tandis que les bêtes, serrées dans l'étroite rue, ondulaient et se tassaient confusément autour du Bhagat, et que Sona soufflait d'impatience.

Les gens se précipitèrent dans la rue — ils n'étaient pas plus de soixante-dix en tout — et à la lueur des torches ils virent leur Bhagat retenir le *barasingh* terrifié, tandis que les singes s'accrochaient pitoyablement aux pans de sa robe, et que Sona, assis sur son train de derrière, hurlait.

— De l'autre côté de la vallée et sur la montagne en face! cria Purun Bhagat. Ne laissez personne en arrière. Nous suivons!

Alors, les villageois coururent, comme seuls des montagnards quand ils se mettent à courir, car ils savaient que dans un éboulement il faut grimper le plus haut qu'on peut de l'autre côté de la vallée. Ils fuirent, pataugeant à travers la petite rivière qui coulait dans le fond, et grimpèrent, haletants, par les champs en terrasses du versant opposé, tandis que suivaient le Bhagat et ses frères. Ils montèrent, toujours plus haut, sur la montagne vis-à-vis de la leur, se hélant les uns les autres par leurs noms, toute la liste d'appel du village, et sur leurs talons peinait le grand *barasingh* alourdi par la force expirante de Purun Bhagat.

Enfin, le Cerf s'arrêta sous l'abri d'un épais bois de sapins, à cinq cents pieds d'élévation sur le versant de la montagne. Son instinct, qui l'avait averti de la catastrophe imminente, lui disait que là il serait sauf. Purun Bhagat tomba défaillant à ses côtés, car le froid de la pluie et cette furieuse ascension étaient en train de le tuer; mais d'abord il cria dans la direction des torches dispersées en avant :

— Arrêtez, et comptez-vous!

Puis il murmura au Cerf, lorsqu'il vit les lumières se grouper :

— Reste avec moi, Frère. Reste... jusqu'à ce que... je... m'en aille!

Dans l'air passa un soupir, qui se changea en murmure, puis en grondement, puis en fracas formidable par-delà les limites de l'ouïe humaine; et le versant de la montagne sur lequel se tenaient les villageois fut heurté dans l'obscurité, et vacilla sous le choc. Alors une note aussi soutenue, profonde et sûre que le *la* d'en bas d'un grand orgue étouffa tout autre son pendant près de cinq minutes, tandis que les sapins en vibraient jusqu'en leurs racines... Elle s'éteignit enfin, et le bruit de la pluie, résonnant sur des milles de terre ferme et de gazons, se transforma en un roulement de tambours voilés : le bruit de l'eau sur la terre molle.

Cela en disait assez.

Aucun villageois — pas même le prêtre — n'eut la hardiesse d'adresser la parole au Bhagat qui avait sauvé leurs vies. Ils s'accroupirent sous les sapins et attendirent le jour.

Lorsqu'il parut, leurs yeux plongèrent à travers la vallée : ce qui avait été forêts, champs en terrasses, pâturages sillonnés de chemins, n'était plus qu'un amas de boue brute, rougeâtre, en forme d'éventail, sur l'escarpement duquel gisaient, la tête en bas, quelques arbres. Cette boue rougeâtre montait très haut sur le flanc de la montagne où ils s'étaient réfugiés, endiguant la petite rivière qui commençait à former un lac de couleur brique. Du village, du chemin qui conduisait au temple, du temple lui-même, et de la forêt qui s'étendait derrière, il ne restait nulle trace. Sur un mille d'étendue et deux mille bons pieds de profondeur, le versant de la montagne s'était détaché d'une pièce, rasé net de la base au sommet.

Et les villageois, un par un, rampèrent à travers le bois pour venir prier devant le Bhagat. Ils virent le *bara-singh* debout auprès de lui, qui s'enfuit à leur approche : ils entendirent les *langurs* se lamenter dans les branches, et Sona gémir au sommet de la montagne. Leur Bhagat était mort, assis les jambes croisées, le dos contre un arbre, sa béquille au creux de l'aisselle, et le visage tourné vers le nord-est. Le prêtre dit :

— Voyez. Miracle sur miracle! C'est exactement dans

cette attitude que tous les Sunnyasis doivent être ensevelis! Aussi, nous élèverons, à l'endroit où il repose, un
temple à notre saint homme.

Ils bâtirent le sanctuaire, petit autel de pierre et d'argile,
avant qu'une année se fût écoulée. Ils appelèrent la
montagne le « Mont du Bhagat », et c'est là qu'ils l'ado-
rent encore, à l'heure qu'il est, à renfort de lumières, de
fleurs et d'offrandes. Mais ils ne savent pas que le saint,
objet de leur culte, est feu Sir Purun Dass, K.C.I.E.,
D.C.L., Ph. D., etc., jadis Premier Ministre de l'État
progressiste et éclairé de Mohiniwala, et membre hono-
raire ou correspondant de plus de sociétés savantes et
scientifiques qu'il y en aura jamais pour faire quelque
bien dans ce monde ou dans l'autre.

UNE CHANSON DE KABIR *

Le monde fut léger qu'il pesa dans ses mains!
Lourd le compte orgueilleux de ses fiefs et ses biens!
Il a quitté le trône et vêtu le suaire,
Bairagi désormais, il s'en va sur la terre!

La route blanche fait le tapis de ses pieds.
Le sal et le kidar le toit de son palais;
Son foyer c'est le camp, la foule qui poudroie —
Bairagi désormais, il a choisi la Voie!

Sa prunelle a fixé l'Homme sans se ternir
(Un seul fut, Un seul est, rien qu'Un seul, dit Kabir);
La Rouge Illusion de l'Acte fuit dissoute —
Bairagi désormais, il a tenté la Route!

Afin de recueillir la science et l'aveu,
De son frère la brute et son frère le Dieu,
Il a fui le Conseil et vêtu le suaire
(Entends-tu? dit Kabir), bairagi solitaire.

* Réformateur religieux de la fin du xive siècle, qui tenta de réconcilier l'Hindouisme et l'Islam. (N. d. T.)

La descente de la jungle

O liane, fleur, grande herbe des bois,
Cache, couvre, mure, afin qu'on oublie
L'odeur, le contact, la vue et la voix
      De leur race haïe !

Cendre grasse et noire, autel découvert,
C'est la pluie aux pieds blancs qui danse.
La biche met bas au sillon désert,
Nul n'en viendra plus troubler le silence ;
Le mur sans nom s'effrite, aveugle, flanc ouvert,
Dont nul n'habitera jamais plus le silence !

Vous devez vous rappeler que Mowgli, après avoir cloué la peau de Shere Khan au Rocher du Conseil, déclara aux loups du Clan de Seeonee demeurés près de lui que, dorénavant, il chasserait seul dans la Jungle; et les quatre enfants de Mère Louve et Père Loup dirent qu'ils chasseraient avec lui. Mais ce n'est pas chose facile de changer sa vie du jour au lendemain, surtout dans la Jungle. La première chose que fit Mowgli, quand les membres du Clan désorganisé se furent esquivés, fut de gagner la caverne de ses frères, et d'y dormir un jour et une nuit. Puis il entreprit de raconter à Mère Louve et à Père Loup tout ce qu'ils pouvaient comprendre de ses aventures parmi les hommes; et, lorsqu'il fit jouer dans le soleil du matin la lame de son couteau (le même qui avait servi à écorcher Shere Khan), ils convinrent qu'il avait appris quelque chose. C'est alors qu'Akela et Frère Gris durent expliquer la part qu'ils avaient prise à la grande conduite des buffles dans le ravin; et Baloo monta cahin-caha la colline pour entendre toute l'histoire, tandis que Bagheera se grattait de plaisir des pieds à la tête en voyant de quelle façon Mowgli avait mené sa campagne.

Le soleil était déjà haut dans le ciel, et personne ne songeait à dormir. De temps en temps Mère Louve levait son nez pour renifler avec satisfaction une bonne prise d'air, lorsque le vent lui apportait l'odeur de la peau de tigre étendue sur le Rocher du Conseil.

— Sans Akela et Frère Gris que voilà, dit Mowgli pour finir, je n'aurais pu rien faire. Oh! mère, mère! si tu avais vu les taureaux bleus dégringoler le ravin, ou se presser entre les barrières quand le Clan des Hommes me jetait des pierres!

— Pour ce qui est des pierres, je suis bien aise de n'avoir rien vu, dit Mère Louve avec roideur. Je n'ai pas l'habitude, moi, de permettre qu'on donne la chasse à mes petits comme à des chacals. Il aurait fallu que le Clan des Hommes me payât cela. Mais j'aurais épargné la femme qui t'a donné le lait. Oui, je n'aurais épargné qu'elle.

— Paix, paix, Raksha! dit paresseusement Père Loup. Notre grenouille est revenue — si sage que son propre père est obligé de lui lécher les pieds. Et qu'est-ce qu'une égratignure de plus ou de moins à la tête? Laisse l'Homme en paix.

Baloo et Bagheera firent écho.

— Laissez l'Homme en paix.

Mowgli, la tête sur l'épaule de Mère Louve, dit avec un sourire heureux que, pour sa part, il souhaitait de ne jamais plus voir, entendre ou sentir l'Homme de nouveau.

— Mais, que feras-tu, dit Akela, en dressant une oreille, que feras-tu si les hommes ne te laissent pas en paix toi-même, Petit Frère?

— Nous sommes cinq, répondit Frère Gris, en faisant du regard le tour de l'assemblée — et ses mâchoires claquèrent sur le dernier mot.

— Nous aussi pourrions prendre part à cette chasse, dit Bagheera, avec un petit *switch-switch* de la queue, en regardant Baloo. Mais pourquoi songer à l'Homme maintenant, Akela?

— Voici, répondit le Solitaire. Lorsque la peau de ce voleur jaune eut été pendue sur le rocher, je suis retourné tout le long de notre piste jusqu'au village, les pieds dans mes empreintes, en faisant des crochets et me couchant, pour laisser une piste mêlée dans le cas où on voudrait nous suivre. Mais, quand j'eus tellement brouillé la piste que c'est à peine si je la reconnaissais moi-même,

Mang, la Chauve-Souris, vint en voletant parmi les arbres, et se suspendit au-dessus de moi :

— Le village du Clan des Hommes, d'où l'on a chassé le Petit d'Homme, bourdonne comme un nid de frelons, dit-elle.

— Oui, fit Mowgli avec un petit rire. C'est un joli caillou que je leur ai lancé là!

Il s'était souvent amusé à jeter des fruits mûrs de pawpaws dans les nids de frelons, quitte à courir à la mare la plus proche avant que les frelons pussent l'attraper.

— Je demandai à Mang ce qu'elle avait vu. Elle me répondit que la Fleur Rouge s'épanouissait à la barrière du village, et que les hommes armés de fusils étaient assis autour. Or, je sais et j'ai bonne raison de savoir — ici Akela regarda les vieilles cicatrices de ses flancs et de ses côtes — que lorsqu'un homme porte un fusil, ça n'est pas seulement pour le plaisir. Tout à l'heure, Petit Frère, un homme armé d'un fusil suivra notre piste — s'il n'est pas, ma foi, déjà dessus.

— Et pourquoi? Les hommes m'ont chassé. Que veulent-ils de plus? dit Mowgli avec colère.

— Tu es un homme, Petit Frère, repartit Akela. Ce n'est pas à nous, les chasseurs libres, de t'apprendre ce que font tes frères, ou pourquoi.

Le temps à peine de ramasser sa patte, et le couteau se fichait profondément en terre juste au-dessous. Mowgli avait frappé si lestement que nul œil humain ordinaire n'eût pu suivre son geste. Mais Akela était un loup; or, le chien lui-même, si dégénéré du loup, son ancêtre sauvage, s'éveille à temps du plus profond sommeil au contact d'une roue de charrette à son flanc, et, avant que la roue soit sur lui, s'est mis, d'un bond, hors de danger.

— Une autre fois, dit Mowgli tranquillement, en remettant le couteau dans sa gaine, tâche de parler du Clan des Hommes et de Mowgli en deux fois au lieu d'une.

— Phff! Voilà une dent tranchante, dit Akela en flairant l'entaille que la lame avait faite dans le sol; mais ton séjour dans le Clan des Hommes t'a gâté le coup d'œil, Petit Frère. J'aurais tué un chevreuil dans le temps que tu frappais.

Bagheera sauta sur ses pattes, leva la tête de toute la longueur de son cou, renifla, et chaque courbe de son corps sembla se figer. Frère Gris suivit lestement son exemple, en se tenant un peu sur la gauche pour prendre le vent qui venait de droite, tandis qu'Akela, en trois bonds, remontait le vent de cinquante mètres, et, à demi tapi sur le sol, tombait aussi en arrêt. Mowgli les regardait avec envie. Il connaissait les choses à l'odorat comme peu d'êtres humains l'auraient pu faire, mais il n'atteignait pas à cette délicatesse d'un nez de la Jungle, aussi fine qu'une détente de gâchette à un cheveu près; et ses trois mois dans le village enfumé l'avaient mis déplorablement en retard. Cependant, il mouilla son doigt, le frotta sur son nez, et se dressa, cherchant à prendre le vent le plus haut, le plus faible peut-être, mais le plus sûr.

— L'Homme! gronda Akela, en se ramassant sur ses hanches.

— Buldeo! dit Mowgli, en se rasseyant. Il suit notre trace, et voici, là-bas, son fusil qui brille au soleil. Regardez!

Ce n'avait été qu'une éclaboussure de lumière, pendant une fraction de seconde, sur les montures de cuivre du vieux mousquet; mais rien, dans la Jungle, n'a proprement ce clignement d'éclair, sauf lorsque les nuages se poursuivent dans le ciel. Alors un éclat de mica, la moindre flaque d'eau, ou même une feuille d'arbre plus vernie, flamboieront comme un héliographe. Or, ce jour-là, il n'y avait pas de nuages ni de vent.

— Je savais bien que les hommes suivraient, dit Akela triomphant. Ce n'est pas pour rien que j'ai conduit le Clan!

Les quatre frères de Mowgli ne dirent rien, mais disparurent en rampant et semblèrent se fondre parmi les ronces et les broussailles vers le bas de la colline.

— Où allez-vous, vous autres, et sans ordres? héla Mowgli.

— Chut! nous roulerons son crâne ici avant midi! répondit Frère Gris.

— Ici! Ici! et couchez là! L'Homme ne mange pas l'Homme! cria Mowgli à tue-tête.

— Qui donc était un loup tout à l'heure encore? Qui donc m'a lancé le couteau parce que je l'avais pris pour un homme? dit Akela, tandis que les Quatre revenaient et s'asseyaient d'un air maussade.

— Ai-je des raisons à donner pour tout ce qu'il me plaît de faire? s'exclama furieusement Mowgli.

— Voilà l'Homme! C'est bien l'Homme qui parle là! murmura Bagheera dans ses favoris. C'est ainsi que les hommes parlaient devant les cages du roi, à Oodeypore. Nous autres, de la Jungle, nous savons que, de tous, l'Homme est le plus sage. Pourtant, à en croire nos oreilles, nous devrions juger qu'il n'y a pas d'être plus fou.

Élevant la voix, elle ajouta :

— En ceci le Petit d'Homme a raison. Les hommes chassent par bandes. En tuer avant de savoir ce que feront les autres, c'est de mauvaise chasse. Allons voir d'abord ce que cet homme-là nous veut.

— Nous n'y allons pas, grommela Frère Gris. Chasse tout seul, Petit Frère, Nous autres, nous savons ce que nous voulons! Le crâne serait déjà prêt à rapporter maintenant!

Mowgli promenait son regard de l'un à l'autre de ses amis, la poitrine gonflée et les yeux pleins de larmes. Il fit un pas en avant, et, tombant sur un genou :

— Je ne sais donc pas ce que je veux? dit-il. Regardez-moi.

Ils le regardèrent avec malaise; puis, comme leurs yeux fuyaient les siens, il les provoqua de la voix, les rappelant et rappelant encore, jusqu'à ce que sur leur corps tout leur poil se hérissât et qu'ils tremblassent de tous leurs membres, tandis qu'il les fixait de plus en plus tenacement :

— Maintenant, dit-il, de nous cinq, qui est le chef?

— Tu es le chef, Petit Frère, dit Frère Gris.

Et il lécha le pied de Mowgli.

— Suivez, alors!...

Et tous quatre suivirent sur ses talons, la queue entre les jambes.

— Voilà ce que c'est d'avoir vécu dans le Clan des Hommes, dit Bagheera, en se glissant derrière eux. Il y a maintenant dans la Jungle quelque chose de plus que la Loi de la Jungle, Baloo.

Le vieil Ours ne dit rien, mais il n'en pensait pas moins.

Mowgli coupa sans bruit à travers la Jungle comme pour tomber à angle droit sur le chemin de Buldeo, ¡usqu'au moment où, écartant la brousse, il vit le vieil homme, son mousquet sur l'épaule, qui remontait au petit trot la trace de l'avant-veille.

Vous vous rappelez sans doute qu'en quittant le village, Mowgli portait sur ses épaules la lourde peau saignante de Shere Khan, pendant qu'Akela et Frère Gris trottaient derrière; la piste était donc des plus nettement marquée. En ce moment, Buldeo arrivait à l'endroit où Akela était retourné, comme vous le savez, et l'avait brouillée à dessein. Alors, il s'assit, toussa et bougonna; puis il poussa de petites pointes et tourna dans la Jungle, cherchant à relever la trace; et, tout ce temps-là, il était à un jet de pierre de ceux qui l'épiaient. Personne ne fait moins de bruit qu'un loup lorsqu'il ne se soucie pas d'être entendu; et, quant à Mowgli, bien que, de l'avis des loups, il se mût comme un lourdaud, il pouvait aller et venir plus léger qu'une ombre.

Ils cernaient le vieil homme, comme une bande de marsouins un steamer à toute vitesse; et, ce faisant, ils ne se gênaient pas pour causer, car le diapason de leur langage vibrait au-dessous des sons les plus bas que, sans habitude, un être humain puisse entendre. A l'autre extrémité de la gamme, c'est le cri aigu de Mang, la Chauve-Souris, que beaucoup de gens ne peuvent percevoir : de là part l'échelle des sons qui servent de langage à tous les oiseaux, chauves-souris et insectes.

— C'est plus drôle que n'importe quelle chasse, dit Frère Gris, comme Buldeo se baissait, regardait attentivement le sol, et soufflait. Il a l'air d'un porc égaré dans les jungles du bord de l'eau. Que dit-il?

Buldeo grommelait quelque chose d'un air féroce. Mowgli traduisit :

— Il dit qu'il faut que des meutes de loups aient dansé

autour de moi! Il dit qu'il n'a jamais vu de piste pareille de sa vie. Il dit qu'il est fatigué.

— Il a le temps de se reposer avant de retrouver la trace! dit froidement Bagheera, en se coulant autour d'un arbre, dans cette partie de cache-cache qu'ils étaient en train de jouer. Eh! mais, que fait-il avec ses doigts maigres?

— Il mange ou bien il souffle de la fumée par la bouche. Les hommes jouent toujours avec leur bouche, dit Mowgli.

Et les traqueurs silencieux virent le bonhomme bourrer une pipe à eau, l'allumer et en tirer une bouffée; et ils prirent note de l'odeur du tabac pour être sûrs de reconnaître Buldeo, le cas échéant, par la nuit la plus noire.

Un petit groupe de charbonniers descendit alors le sentier et fit halte, naturellement, pour parler à Buldeo dont la renommée, comme chasseur, s'étendait à vingt milles à la ronde. Ils s'assirent tous pour fumer, tandis que Bagheera et les autres venaient tout près au guet, et que Buldeo se mettait à raconter d'un bout à l'autre l'histoire de Mowgli, l'Enfant-Démon, avec force embellissements et inventions : comment c'était lui, Buldeo, qui avait réellement tué Shere Khan; comment Mowgli s'était changé en loup et avait lutté avec lui tout l'après-midi, puis avait repris sa forme de garçon et ensorcelé le fusil de Buldeo de façon que la balle déviât, lorsqu'il avait visé Mowgli, et allât tuer un de ses propres buffles; comment enfin le village, le connaissant pour le chasseur le plus brave de Seeonee, l'avait envoyé pour tuer cet Enfant-Démon. Mais pendant ce temps-là le village avait empoigné Messua et son mari, qui étaient sans aucun doute le père et la mère de cet Enfant-Démon, et les avait barricadés dans leur propre hutte. On ne tarderait pas à les soumettre à la torture pour leur faire avouer qu'ils étaient sorcier et sorcière, et alors on les brûlerait vifs.

— Quand? dirent les charbonniers, qui auraient fort aimé ne pas manquer la cérémonie.

Buldeo répondit qu'on ne ferait rien avant son retour, le village désirant qu'il commençât par tuer l'Enfant de Jungle. Cela fait on disposerait de Messua et de son mari et le village se partagerait leurs terres et leurs buffles. Et les buffles du mari de Messua étaient même remarquablement beaux. C'était faire œuvre pie, pensait Buldeo, que de détruire les sorciers; et des gens qui recevaient chez eux ces Enfants-Loups échappés de la Jungle appartenaient clairement à la pire espèce de sorciers.

Mais, disaient les charbonniers, qu'arriverait-il si les Anglais entendaient parler de cela? Les Anglais, leur avait-on dit, étaient des gens absolument fous, qui ne laisseraient pas d'honnêtes fermiers tuer leurs sorciers en paix.

Eh bien, quoi! disait Buldeo, le chef du village raconterait que Messua et son mari étaient morts de la dent d'un serpent. Tout était arrangé, la seule chose à faire maintenant était de tuer l'Enfant-Loup. N'avaient-ils pas rencontré, par hasard, quelque chose d'approchant?

Les charbonniers jetèrent autour d'eux des regards circonspects, et remercièrent leur bonne étoile de n'avoir rien rencontré de pareil; mais ils ne doutaient pas qu'un homme aussi brave que Buldeo ne pût le découvrir, si cela était au pouvoir d'hommes au monde. Le soleil baissait déjà et ils avaient quelque idée de pousser jusqu'au village de Buldeo pour voir la méchante sorcière. Buldeo répondit que sans doute c'était son devoir de tuer l'Enfant-Démon, mais qu'il ne pouvait songer à laisser, sans les escorter, des gens désarmés traverser une Jungle d'où pouvait à chaque instant surgir le Loup-Diable. En conséquence, il les accompagnerait, et si l'Enfant des sorciers apparaissait, eh bien! il leur montrerait comment le meilleur chasseur de Seeonee traitait de pareils monstres. Le brahmane, affirmait-il, lui avait donné contre la créature un charme qui garantissait de tout accident.

— Que dit-il, que dit-il? que dit-il? répétaient les Loups toutes les deux minutes.

Et Mowgli traduisait, jusqu'à la partie de l'histoire un peu trop difficile pour lui, concernant les sorciers: alors, il dit que l'homme et la femme qui avaient été si bons à son égard étaient pris dans une trappe.

— Les hommes prennent donc les hommes dans des trappes? demanda Frère Gris.

— A ce qu'il dit! Je ne comprends rien à leur conversation. Ce sont tous fous ensemble. Comment, à cause de moi, enferme-t-on Messua et son mari dans une trappe, et que signifie tout ce bavardage à propos de la Fleur Rouge? Il faut que j'aie l'œil à cela. Quoi qu'ils veuillent faire à Messua, ils ne feront rien avant le retour de Buldeo. Aussi...

Mowgli réfléchit profondément, les doigts jouant avec le manche de son couteau, tandis que Buldeo et les charbonniers s'éloignaient très vaillamment en file indienne.

— Je rentre droit au Clan des Hommes, dit Mowgli à la fin.

— Et ceux-là? dit Frère Gris, avec un regard affamé vers les dos bronzés des charbonniers.

— Chantez-leur une petite chanson pour les reconduire, ricana Mowgli. Je ne veux pas d'eux à la barrière du village avant la nuit. Pouvez-vous les garder?

Frère Gris montra ses dents blanches avec une moue de mépris.

— Nous pouvons les faire tourner et retourner sur eux-mêmes comme des chèvres au piquet, si je connais l'Homme.

— Je n'en demande pas tant. Chantez-leur une petite chanson, de peur qu'ils ne s'ennuient en route; et tu sais, Frère Gris, la chanson n'a pas besoin d'être des plus tendres. Va avec eux, Bagheera, pour renforcer cette chanson. A la tombée de la nuit, rejoignez-moi près du village. Frère Gris connaît l'endroit.

— Ce n'est pas une mince besogne que de traquer pour un Petit d'Homme. Quand vais-je dormir? dit Bagheera, en bâillant, bien qu'on eût pu lire dans ses yeux combien le jeu la ravissait. Moi, chanter pour ces gaillards tout nus! Bah! essayons.

Elle baissa la tête pour donner au son toute sa portée et poussa un long, long « bonne chasse » — un appel de minuit en plein jour, très suffisamment redoutable pour commencer. Mogwli l'entendit rouler, monter, retomber et s'éteindre derrière lui en une sorte de plainte à faire froid dans le dos, et se mit à rire tout seul en courant à travers la Jungle.

Il pouvait voir les charbonniers serrés en peloton, tandis que le canon du fusil de Buldeo oscillait, comme une feuille de bananier, aux quatre points cardinaux. Frère Gris, alors, lança le *Yalahi! Yalaha!* l'appel de la chasse au chevreuil, lorsque le Clan court le Nilghai, la grosse vache bleue, et cela semblait s'élever des confins de la terre, se rapprochait, se rapprochait, pour finir en un cri déchirant coupé net. Les trois autres répondirent, si bien que Mowgli même eût juré que le Clan tout entier donnait à pleine gorge; puis tous à la fois entonnèrent la magnifique Chanson du Matin dans la Jungle, sans omettre une des variations, des fioritures et des notes d'agrément que sait moduler la voix bien timbrée d'un vrai loup du Clan. En voici une interprétation grossière, mais il faut en imaginer l'effet lorsqu'elle rompt le silence de l'après-midi dans la Jungle :

> *Tout à l'heure encor l'ombre de nos corps*
> *Ne tachait pas la plaine :*
> *Maintenant chacun, un spectre importun*
> *Au gîte nous ramène.*

> *Sur l'azur de l'air, dressé net et clair,*
> *Branche ou roc détache son angle!*
> *Nous entendez-vous :* Bon sommeil à tous
> *Qui gardez la Loi de la Jungle!*

> *Plume et poil soudain, loup, vautour ou daim,*
> *Fondent dans les lisières;*
> *En silence vois les Barons du Bois*
> *Regagner leurs tanières.*
> *Lourd sous le joug neuf, par les champs le bœuf*
> *Peine, le sillon fume;*
> *Redoutable et nu, le matin venu*
> *Flambe sur l'étang qui s'allume.*

> *Au gîte! il est temps. Le ciel rutilant*
> *Blanchit l'herbe bavarde,*
> *Et murmurant sous les jeunes bambous*
> *Glissent les mots de garde.*

Les yeux clignotants, nous battons les champs,
  Écoutant d'où nous sommes,
Au fond des roseaux, les sarcelles d'eau
  Chanter : le Jour — le Jour aux Hommes!

Dans les chemins creux, à nos flancs poudreux
  A séché la rosée.
Où nous avons bu, la berge n'est plus
  Qu'une fange crispée :
Car le traître soir livre et laisse voir
  Chaque empreinte de griffe ou d'ongle ;
Nous entendez-vous : Bon sommeil à tous
  Qui gardez la Loi de la Jungle!

Mais aucune traduction n'en peut rendre l'effet, ni le glapissement de mépris dont les Quatre en soulignaient chaque note au craquement des branches dans les arbres, comme les hommes y grimpaient en hâte, et comme Buldeo commençait à répéter des formules d'incantations et de magie. Ensuite les frères se couchèrent pour dormir; car pareils à tout ceux qui n'ont à compter, pour vivre, que sur leur propre effort, ils étaient d'esprit méthodique; et personne ne travaille bien sans sommeil.

Entre-temps Mowgli dévorait les milles, à raison de neuf à l'heure, d'un trot preste et cadencé, heureux de se retrouver en forme après tant de longs mois à l'étroit parmi les hommes. Sa première idée était de tirer Messua et son mari de la trappe. Plus tard, se promit-il, il commencerait à payer ses dettes au village, et largement.

C'est à la lueur du crépuscule qu'il revit les pâturages bien connus, et le *dhâk* sous lequel Frère Gris l'avait attendu le matin du jour où il tua Shere Khan. Tout irrité qu'il fût contre la race entière des hommes et leur société, quelque chose lui serra la gorge et son souffle s'arrêta quand il aperçut les toits du village. Il remarqua que tout le monde était rentré des champs plus tôt que d'habitude, et qu'au lieu d'aller préparer leur repas du soir ils formaient un rassemblement sous l'arbre de la place, bavardant et criant.

— Il faut que les hommes soient toujours à tendre des trappes aux hommes, dit Mowgli, ou bien ils ne seraient pas contents. Il y a deux nuits, c'était Mowgli — mais cette nuit-là semble déjà vieille de plusieurs Pluies. Ce soir, c'est Messua et son homme. Demain, et beaucoup d'autres soirs encore, ce sera de nouveau le tour de Mowgli.

Il se coula le long de la partie extérieure du mur, jusqu'à la hutte de Messua, et regarda par la fenêtre dans la chambre. Messua gisait, bâillonnée, pieds et mains liés, la poitrine oppressée, et poussant de sourds gémissements; son mari était attaché au bois du lit peinturluré. La porte de la hutte, qui ouvrait sur la rue, était hermétiquement fermée, et trois ou quatre individus, assis devant, s'y tenaient le dos appuyé.

Mowgli connaissait fort bien les us et coutumes des villageois. Sa raison lui démontrait que tant qu'ils seraient en train de manger, de causer et de fumer, ils ne penseraient pas à faire autre chose, mais que, aussitôt repus, ils commenceraient à devenir dangereux. Buldeo serait de retour avant longtemps, et si son escorte avait fait son devoir, il aurait une histoire des plus intéressantes à raconter. Sur quoi il pénétra dans la hutte par la fenêtre, et, se penchant sur l'homme et sur la femme, il coupa leurs liens, les débarrassa de leurs bâillons, puis regarda autour de lui s'il n'y avait pas un peu de lait.

Messua était à moitié folle de souffrance et de peur (on l'avait battue et lapidée toute la matinée), et Mowgli n'eut que le temps de lui mettre la main sur la bouche pour étouffer son cri. Son mari n'était qu'abasourdi et furieux : il restait assis à enlever la poussière et les débris de toutes sortes de sa barbe à demi arrachée.

— Je savais, je savais qu'il viendrait, sanglota enfin Messua. Maintenant, je vois bien qu'il est mon fils.

Et elle pressa Mowgli sur son cœur. Jusqu'alors Mowgli n'avait rien perdu de son sang-froid; mais à ce moment il se mit, ce qui le surprit très fort, à trembler de la tête aux pieds.

— Que signifient ces liens? Pourquoi t'ont-ils attachée? demanda-t-il après une pause.

— Afin de la mettre à mort parce qu'elle a fait de toi son fils, rien de plus! dit l'Homme d'un air sombre. Regarde! Je saigne.

Messua ne dit rien, mais c'étaient ses blessures, à elle, que regardait Mowgli, et ils entendirent ses dents grincer lorsqu'il aperçut le sang.

— Qui a fait cela? dit-il. Il faut qu'il le paie.

— C'est tout le village. J'étais trop riche. J'avais trop de bétail. Voilà comment nous sommes des sorciers, elle et moi, pour t'avoir donné asile.

— Je ne comprends pas. Laisse Messua me raconter la chose.

— Je t'ai donné du lait, Nathoo; t'en souviens-tu? dit Messua timidement. Parce que tu étais mon fils que le Tigre avait pris, et parce que je t'aimais très tendrement. Ils ont dit que j'étais ta mère, la mère d'un démon, et que pour cela je méritais la mort.

— Et qu'est-ce qu'un démon? demanda Mowgli. La Mort, je l'ai vue.

L'Homme leva un regard lugubre sous ses sourcils; mais Messua se prit à rire :

— Tu vois, dit-elle à son mari, je savais, je t'ai dit que ce n'était pas un sorcier! C'est mon fils, mon fils!

— Fils ou sorcier, cela nous avance bien! répondit l'Homme. Nous pouvons nous considérer déjà comme morts.

— Voici, là-bas, la route à travers la Jungle, dit Mowgli en étendant le bras par la fenêtre. Vos mains et vos pieds sont libres. Allez, maintenant.

— Nous ne connaissons pas la Jungle, mon fils, comme... comme tu la connais, commença Messua. Je ne crois pas que je pourrais aller loin.

— Et les hommes et les femmes seraient vite sur notre dos pour nous traîner ici de nouveau, dit le mari.

— Hum! dit Mowgli, en chatouillant la paume de sa main avec la pointe de son couteau. Je ne veux de mal à personne de ce village, mais je crois qu'ils ne te retiendront pas. Dans un instant ils auront trop à penser. Ah!

Il leva la tête et prêta l'oreille à des cris et des piétinements au-dehors.

— Ils ont donc enfin laissé rentrer Buldeo !

— On l'a envoyé ce matin pour te tuer, pleura Messua. L'as-tu rencontré?

— Oui, — nous — je l'ai rencontré. Il a une histoire à dire : et pendant qu'il jase on a le temps de faire beaucoup. Mais, d'abord, il faut que je connaisse leurs intentions. Voyez où vous voulez aller. Vous me le direz quand je reviendrai.

Il bondit par la fenêtre et longea de nouveau en courant le mur du village jusqu'à portée d'oreille de la foule rassemblée sous le pipal. Buldeo, couché sur le sol, toussait et gémissait, pendant que chacun lui posait des questions. Les cheveux tombés sur les épaules, les pieds et les jambes écorchés d'avoir grimpé aux arbres, il pouvait à peine parler; mais il sentait vivement l'importance de sa situation. De temps en temps il disait quelque chose au sujet de diables, de chansons de diables et d'enchantements magiques, juste de quoi donner à la foule un avant-goût de ce qui allait suivre. Puis il demanda de l'eau.

— Bah! dit Mowgli. Bavardage, bavardage! Des mots et encore des mots. Les hommes sont frères des *Bandarlog*. D'abord il lui faut de l'eau pour se laver la bouche, ensuite de la fumée à souffler et, quand il en a fini avec cela, il a encore son histoire à raconter. Ce sont vraiment gens très sages, les hommes. Ils ne laisseront personne pour garder Messua tant qu'ils n'auront pas les oreilles farcies des contes de Buldeo. Et moi, voilà que je deviens aussi paresseux que ces gens-ci.

Il secoua sa torpeur et se glissa de nouveau jusqu'à la hutte. Au moment où il atteignait la fenêtre, il sentit qu'on lui touchait le pied.

— Mère, dit-il, car il connaissait bien la caresse de cette langue-là, que fais-tu, toi, ici?

— J'ai entendu chanter mes enfants à travers les bois, et j'ai suivi celui que j'aime le mieux. Petite Grenouille, je me suis mis en tête de voir cette femme qui t'a donné du lait, dit Mère Louve tout humide de rosée.

— Ils l'ont liée, et ils veulent la tuer. J'ai coupé ses liens et elle s'en ira avec son homme à travers la Jungle.

— Je suivrai aussi. Je suis vieille, mais il me reste des dents.

Mère Louve se dressa sur ses pattes de derrière et regarda par la fenêtre dans l'obscurité de la hutte. Au bout d'une minute elle retomba sans bruit sur ses pattes, et tout ce qu'elle dit fut :

— Je t'ai donné ton premier lait, mais Bagheera a raison : l'Homme, à la fin, retourne à l'Homme.

— Possible! dit Mowgli d'un air peu gracieux, mais, ce soir, je suis très loin de cette piste-là. Attends ici, et qu'elle ne te voie pas.

— Toi, tu n'as jamais eu peur de moi, Petite Grenouille, dit Mère Louve en reculant dans les herbes où elle disparut, soudain effacée, comme elle savait faire.

— Et maintenant, dit gaiement Mowgli en sautant de nouveau dans la hutte, les voilà tous assis autour de Buldeo qui leur raconte ce qui n'est pas arrivé. Quand il aura fini de bavarder, ils disent que sûrement ils viendront ici avec la Fleur, avec du feu pour vous brûler tous les deux. Et alors?

— J'ai parlé à mon homme, dit Messua. Khanhiwara est à trente milles d'ici, mais à Khanhiwara nous pouvons trouver les Anglais...

— Et de quel Clan sont-ils? demanda Mowgli.

— Je ne sais pas. Ce sont des Blancs, et on prétend qu'ils gouvernent tout le pays, et qu'ils ne souffrent pas qu'on s'entre-brûle ni qu'on se batte les uns les autres sans témoins. Si nous pouvons parvenir là cette nuit, nous vivrons. Autrement il nous faut mourir.

— Vivez alors. Personne ne passera la barrière ce soir. Mais lui, que fait-il?

Le mari de Messua, à quatre pattes, était en train de creuser la terre dans un coin de la hutte.

— C'est son peu d'argent, dit Messua. Nous ne pouvons emporter rien d'autre...

— Ah, oui! Cette chose qui passe de main en main et ne se réchauffe jamais. Est-ce qu'on en a besoin ailleurs aussi? demanda Mowgli.

L'Homme le fixa d'un œil courroucé :

— C'est un fou, et non un démon, murmura-t-il. Avec l'argent je peux acheter un cheval. Nous sommes trop meurtris pour marcher bien loin, et le village sera sur nos talons dans une heure.

— Je vous dis qu'ils ne vous suivront pas jusqu'à ce

qu'il me plaise; mais l'idée du cheval a du bon, car Messua est fatiguée.

Le mari se releva et noua les dernières roupies dans sa ceinture. Mowgli aida Messua à franchir la fenêtre, et l'air frais de la nuit la raviva un peu. Mais la Jungle, à la lueur des étoiles, semblait aussi sombre que terrible.

— Vous connaissez le chemin de Khanhiwara? chuchota Mowgli.

Ils firent signe que oui.

— Bien. Souvenez-vous, maintenant, qu'il ne faut pas avoir peur. Vous n'avez pas besoin non plus de vous presser. Seulement, seulement, il se peut que vous entendiez quelque petite chanson dans la Jungle devant et derrière vous.

— Crois-tu que, sans la peur d'être brûlés, nous nous risquerions la nuit dans la Jungle? Il vaut mieux être tué par les bêtes que par les hommes, dit le mari de Messua.

Quant à Messua, elle regarda Mowgli et sourit.

— Je dis, continua Mowgli, sur le ton de Baloo répétant pour la centième fois à un petit inattentif quelque vieille Loi de Jungle, je dis que personne dans la Jungle ne montrera une dent ni n'avancera une patte contre vous. Homme ni bête ne vous arrêtera jusqu'à ce que vous soyez en vue de Khanhiwara. On montera la garde autour de vous.

Il se retourna vers Messua avec vivacité :

— Il ne me croit pas, lui; mais toi, tu me crois, n'est-ce pas?

— Oui, sûrement, mon fils. Homme, fantôme ou loup de la Jungle, je te crois.

— Il aura peur, lui, quand il entendra mon peuple chanter. Toi, tu sauras et tu comprendras. Allez maintenant et doucement, car il est inutile de se dépêcher : les barrières sont closes.

Messua se jeta en sanglotant aux pieds de Mowgli, mais il la releva vivement avec un frisson. Alors elle se pendit à son cou en lui donnant tous les noms de tendresse et de bénédiction qu'elle pouvait retrouver, pendant que son mari, couvrant ses propres champs d'un regard d'envie, disait :

— *Si* nous atteignons Khanhiwara, et que j'arrive à

l'oreille des Anglais, je ferai au Brahmane, au vieux Buldeo et aux autres un procès qui mangera ce village jusqu'aux os. Ils me paieront deux fois mes champs en friche, et mes buffles mal nourris. Je veux une grande justice.

Mowgli se prit à rire :

— Je ne sais pas ce que c'est que votre justice, mais... revenez aux Pluies prochaines voir ce qui restera.

Ils s'éloignèrent du côté de la Jungle, et Mère Louve bondit hors de sa cachette.

— Suis-les! dit Mowgli, et veille à ce que toute la Jungle sache qu'ils doivent tous deux passer sains et saufs. Donne un peu de la voix. Je voudrais appeler Bagheera.

Long et grave un hurlement s'éleva, puis retomba, et Mowgli vit le mari de Messua hésiter et se retourner, prêt à courir pour regagner la hutte.

— Allez! cria Mowgli avec bonne humeur. Je vous l'ai dit, qu'il y aurait peut-être de la musique. Cet appel vous suivra jusqu'à Khanhiwara. C'est la Faveur de la Jungle.

Messua exhorta son mari à marcher de l'avant, et l'obscurité se refermait sur eux et sur Mère Louve comme Bagheera se levait, presque sous les pieds de Mowgli, toute tremblante de délices à l'arrivée de la nuit qui rend le peuple des Jungles fou.

— J'ai honte de tes frères, dit-elle, en filant.

— Quoi? N'ont-ils pas bien chanté pour Buldeo? dit Mowgli.

— Oh! trop bien! trop bien! Ils m'ont fait à moi-même oublier mon orgueil, et, par la Serrure Brisée qui m'a faite libre, je suis partie chantant à travers la Jungle comme si je quêtais l'amour au printemps! Ne nous as-tu pas entendus?

— J'avais d'autre gibier sur pied. Demande à Buldeo si la chanson lui a plu. Mais où sont les Quatre? Je ne veux pas que personne du Clan des Hommes passe les barrières cette nuit.

— Quel besoin des Quatre, alors? dit Bagheera, en levant les pattes l'une après l'autre, les yeux flamboyants, son rouet vibrant plus haut que jamais. Je peux les retenir, Petit Frère. Va-t-on tuer enfin? Ces chansons, ces hommes qui grimpaient aux arbres, tout cela m'a mis en goût. Qu'est-ce que l'Homme pour qu'on s'en soucie, ce bêcheur brun, tout nu, sans poils ni crocs, ce mangeur de terre! je l'ai suivi tout le jour, à midi, sous le soleil blanc. Je l'ai mené en troupeau, comme les loups mènent une harde. Je suis Bagheera! Bagheera! Bagheera! Et comme je danse avec mon ombre, ainsi je dansais avec ces hommes. Regarde!

La grande Panthère sauta, comme saute un jeune chat pour attraper une feuille morte qui tournoie au-dessus de sa tête, frappa de droite et de gauche dans le vide, où l'air fouetté sonna, et elle retomba sans bruit sur ses pattes, pour ressauter de plus belle, tout en s'accompagnant d'un bruit, demi-ronron, demi-grondement, qui s'enflait de volume comme un ronflement de vapeur dans une chaudière.

— Je suis Bagheera, dans la Jungle, dans la nuit, et je sens ma force en moi. Qui donc arrêterait mon élan? Petit d'Homme, un coup de ma patte, et la tête écrasée serait là, aussi plate qu'une grenouille morte en été.

— Essaie donc! fit Mowgli dans le dialecte du village, non plus, cette fois, dans le langage de la Jungle.

Les mots humains arrêtèrent Bagheera court, ses hanches frissonnantes fléchies sous le poids de son corps, sa tête juste au niveau de celle de Mowgli. Une fois de plus Mowgli fixa son regard, comme il avait fait aux jeunes loups rebelles, en plein au fond des yeux de vert béryl, jusqu'à ce que la lueur rouge transparue derrière la prunelle verte s'éteignît comme le feu d'un phare qui s'éclipse à vingt milles en mer, jusqu'à ce que ces yeux s'abaissassent vers le sol, et avec eux, la grosse tête, plus bas, plus bas encore, et qu'une langue rouge vînt râper le cou-de-pied de Mowgli.

— Frère, Frère, Frère! murmura le garçon, en promenant une caresse rythmée et légère tout le long du dos qui s'arquait. Calme-toi, calme-toi! C'est la faute de la nuit, et non pas ta faute.

— C'étaient les senteurs de la nuit, dit Bagheera d'une voix contrite. Tout cet air parle à voix haute pour moi. Mais toi, comment sais-tu?

L'air autour d'un village hindou est naturellement plein de toutes sortes de senteurs, et, pour des créatures qui ne pensent guère que par le nez, les odeurs sont aussi affolantes que pour les êtres humains la musique et les breuvages. Mowgli caressa, quelques minutes encore, Bagheera, laquelle se coucha sur le sol, tel un chat devant l'âtre, les pattes repliées sous la poitrine et les yeux mi-clos.

— Tu es de la Jungle, et tu n'es *pas* de la Jungle, dit Bagheera enfin. Et je ne suis qu'une panthère noire. Mais je t'aime, Petit Frère.

— Ils mettent le temps à leur conversation, sous l'arbre, dit Mowgli sans prêter attention à ces derniers mots. Buldeo doit leur avoir fait plus d'un conte. Bientôt ils vont venir pour tirer de la trappe la femme et son homme, et les mettre dans la Fleur Rouge. Ils trouveront la trappe levée. Ah! Ah!

— Bien mieux, écoute, dit Bagheera. Mon sang est maintenant calmé, je n'ai plus de fièvre. Que ce soit moi qu'ils trouvent là! Il n'y en aura guère pour quitter leurs maisons après m'avoir vue. Ce n'est pas la première fois que j'aurai été en cage; et je ne pense pas que moi, on m'attache avec des cordes.

— Sois sage, alors, dit en riant Mowgli.

Car il commençait à se sentir aussi téméraire que la Panthère qui se glissait dans la hutte.

— Pouah! souffla Bagheera, cela empeste l'Homme ici! Mais voici un lit tout pareil à celui qu'on me donnait pour dormir dans les cages du Roi à Oodeypore. Allons, je me couche.

Mowgli entendit les sangles craquer sous le poids de l'énorme bête.

— Par la Serrure Brisée qui m'a faite libre! ils croiront avoir pris un gros gibier. Viens t'asseoir près de moi, Petit Frère; nous serons deux à leur souhaiter bonne chasse!

— Non; j'ai une autre idée en tête. Le Clan des Hommes ne saura point quelle part j'ai prise à ce jeu. Amuse-toi tout seul. Je ne tiens pas à les voir.

— Comme tu voudras, dit Bagheera. Les voilà qui viennent!

Sous le pipal, à l'autre bout du village, la conférence était devenue de plus en plus bruyante. La séance fut levée parmi des hurlements sauvages, et un torrent d'hommes et de femmes roula dans la rue, brandissant des gourdins, des bambous, des faucilles, des couteaux. Buldeo et le Brahmane marchaient en tête, et la foule les serrait de près, en criant :

— Le sorcier et la sorcière! Voyons si des monnaies rougies au feu les feront avouer! Brûlez la hutte sur leurs têtes! Nous leur apprendrons à abriter des Loups-Démons! Non, la bastonnade d'abord! Des torches! Encore des torches! Buldeo, chauffe le canon du mousquet!

Une difficulté surgit devant le verrou de la porte : on l'avait solidement assujetti; mais la foule l'arracha d'une pièce, et la lumière des torches inonda la chambre où, étendu tout du long sur le lit, les pattes croisées pendant négligemment à l'un des bouts, noire comme l'abîme, et terrible comme un démon, attendait Bagheera.

Il y eut une demi-minute de silence désespéré, tandis que les premiers rangs de la foule, près du seuil, se taillaient à coups d'ongles un chemin en arrière; et, pendant cet instant, Bagheera leva la tête et bâilla — avec minutie, recherche et ostentation — comme elle avait coutume de bâiller pour insulter un égal. Les franges des lèvres se retroussèrent en s'écartant; la langue rouge se frisa; la mâchoire inférieure descendit, descendit tant, qu'on put voir à mi-chemin de la gorge fumante; et les formidables canines se découvrirent jusqu'au creux des gencives, avant de se refermer, celles du haut contre celles du bas, avec le bruit métallique de pênes d'acier rentrant dans leurs gâches sur les bords d'un coffre-fort. L'instant d'après, la rue était vide; Bagheera, d'un bond, avait repassé par la fenêtre, et se tenait aux côtés de Mowgli, tandis qu'un torrent d'hommes vociférants, hurlants, se grimpaient sur le dos et se passaient sur le corps, dans leur panique et leur hâte à regagner chacun sa hutte.

— Ils ne bougeront plus jusqu'au lever du jour, dit tranquillement Bagheera. Et maintenant?

Le silence de la sieste semblait avoir surpris le village;

mais, en écoutant, on pouvait entendre le bruit de lourds coffres à grain traînés sur la terre battue des maisons et qu'on poussait contre les portes. Bagheera avait dit vrai : le village ne bougerait plus jusqu'au jour. Mowgli restait assis, immobile, réfléchissant; et son visage, par degrés, devenait de plus en plus sombre.

— Qu'est-ce que j'ai fait? finit par dire Bagheera en se caressant à lui.

— Rien que de très bien. Surveille-les maintenant jusqu'au jour. Moi, je dors.

Mowgli rentra dans la Jungle au pas de course, se laissa tomber en travers d'un rocher, et dormit tout le long du jour, et encore la nuit suivante.

Quand il s'éveilla, Bagheera était près de lui, et un chevreuil fraîchement tué gisait à ses pieds. La Panthère l'observa curieusement tout le temps qu'il travailla du couteau, mangea et but, pour se retourner enfin, le menton dans les mains.

— L'homme et la femme sont arrivés sains et saufs en vue de Khanhiwara, dit Bagheera. Ta mère l'a fait dire par Chil. Ils ont trouvé un cheval avant minuit, la nuit où tu les as délivrés, et ils sont allés très vite. Cela n'est-il pas bien?

— C'est bien, fit Mowgli.

— Et ton Clan des Hommes, dans le village, n'a pas bougé jusqu'à ce que le soleil fût haut, ce matin. Alors ils ont mangé, et se sont dépêchés de rentrer dans leurs maisons.

— T'ont-ils aperçue, par hasard?

— Cela se peut. Je me suis roulée dans la poussière devant la barrière, au point du jour, et il a pu m'arriver de me chanter aussi à moi-même quelque petite chanson. Maintenant, Petit Frère, il n'y a plus rien à faire. Viens chasser avec moi et Baloo; il a de nouvelles ruches qu'il désire te montrer, et nous voulons tous te voir revenir parmi nous comme autrefois. Cesse d'avoir ce regard qui m'effraie moi-même. L'homme et la femme ne seront pas mis dans la Fleur Rouge, et tout va bien dans la Jungle. N'est-il pas vrai? Oublions le Clan des Hommes.

— On les oubliera... dans un petit moment. Où Hathi mangera-t-il, cette nuit?

— Où il lui plaît. Qui peut répondre pour le Silencieux? Mais pourquoi? Que peut donc Hathi, que nous ne puissions faire?

— Prie-le, ainsi que ses trois fils, de venir me trouver ici.

— Mais, vraiment et en toute franchise, Petit Frère, ce n'est pas — ce n'est pas convenable, d'aller dire à Hathi « Viens » ou « Va ». Rappelle-toi qu'il est le Maître de la Jungle et qu'il t'enseigna un Maître-Mot de la Jungle avant que le Clan des Hommes eût changé le regard de tes yeux dans ton visage.

— Cela ne fait rien. Je connais un Maître-Mot pour Hathi lui-même. Prie-le de venir trouver Mowgli, — la Grenouille, et, s'il n'entend pas tout d'abord, prie-le de venir à cause du Sac des Champs de Bhurtpore.

— Le Sac des Champs de Burthpore, répéta deux ou trois fois Bagheera pour être sûre. J'y vais. En mettant les choses au pis, Hathi ne peut que montrer de l'humeur, et je donnerais une lune de chasse pour entendre un Maître-Mot qui fît obéir le Silencieux.

Elle partit, laissant Mowgli en train de larder la terre avec son couteau, à coups furieux. Mowgli, de sa vie, n'avait vu de sang humain jusqu'à l'instant où il avait aperçu et — ce qui lui disait bien plus — senti le sang de Messua sur les liens dont on l'avait garrottée. Or, Messua avait été bonne pour lui et, autant qu'il pouvait savoir aimer, il aimait Messua aussi profondément qu'il haïssait le reste du genre humain. Mais quelle que fût son horreur des hommes, de leur bavardage, de leur cruauté et de leur couardise, il n'aurait pu, en échange de quoi que la Jungle lui pût offrir, se faire à l'idée de prendre une vie humaine, et sentir encore cette affreuse odeur de sang remonter à ses narines. Son plan se dessinait plus simple, mais avec plus d'ampleur; et il riait en pensant que c'était un des contes du vieux Buldeo, le soir, sous le pipal, qui lui en avait donné l'idée.

— C'était bien un Maître-Mot, lui chuchota Bagheera à l'oreille. Ils broutaient près de la rivière, et ils ont obéi comme des bœufs. Regarde, les voici déjà.

Hathi et ses trois fils étaient apparus, selon leur coutume, sans bruit. La vase de la rivière était encore humide à leurs flancs, et Hathi mâchait pensivement la tige verte d'un jeune bananier qu'il venait d'arracher avec ses défenses. Mais chaque ligne de son vaste corps montrait à Bagheera, qui savait voir les choses une fois le nez dessus, que ce n'était plus le Maître de la Jungle s'adressant à un Petit d'Homme mais un être effrayé d'avoir à comparaître devant un autre qui ne l'était pas. Ses trois fils roulaient côte à côte derrière leur père.

Mowgli leva à peine la tête lorsque Hathi lui souhaita « Bonne chasse ». Il le laissa se bercer, se balancer, lever un pied après l'autre pendant longtemps, avant de prendre la parole et, quand il ouvrit la bouche, ce fut pour s'adresser à Bagheera, et non aux éléphants.

— Je vais raconter une histoire que je tiens du chasseur que vous avez chassé aujourd'hui, dit Mowgli. Elle concerne un éléphant très vieux et très sage, qui tomba dans une trappe, et que le pieu aigu dressé au fond de la fosse balafra, depuis le talon, ou peu s'en faut, jusqu'au sommet de l'épaule. Il en reste une marque blanche.

Mowgli tendit le bras et, comme Hathi évoluait, une longue cicatrice blanche parut au clair de lune sur son flanc gris-ardoise, telle que l'aurait laissée un fouet d'acier brûlant.

— Les hommes vinrent le tirer de la trappe afin de l'emmener, continua Mowgli, mais il brisa ses liens, car il était robuste, et s'en alla jusqu'à ce que sa blessure fût guérie. Alors il revint, plein de colère, la nuit, dans les champs de ces chasseurs. Et je me rappelle maintenant qu'il avait trois fils. Tout cela se passa il y a beaucoup, beaucoup de Pluies, et très loin d'ici, dans les Champs de Bhurtpore. Qu'arriva-t-il à ces champs au temps de la moisson, Hathi ?

— Ils furent moissonnés par moi et mes trois fils, dit Hathi.

— Et le labour qui suit la moisson ?

— Il n'y eut pas de labour.

— Et les hommes qui habitent auprès des cultures vertes ?

— Ils s'en allèrent.

— Et les huttes où ces hommes dormaient?

— Nous mîmes les toits en pièces, et la Jungle englou
tit les murs.

— Et quoi encore?

— Autant de bonne terre que j'en peux parcourir er
deux nuits de l'est à l'ouest, et du nord au sud en troi
nuits, tout cela fut la proie de la Jungle. Nous fîme
descendre la Jungle sur cinq villages et, dans ces village
et sur leurs territoires, pâturages et terres de labour, i
ne reste pas aujourd'hui un homme que nourrisse le
sol. Tel fut le Sac des Champs de Bhurtpore, que nou
fîmes, moi et mes trois fils. Et maintenant, Petit d'Homme
je te le demande, comment la nouvelle en est-elle venu
jusqu'à toi? dit Hathi.

— Elle me vient d'un homme; et maintenant je m'aper
çois que Buldeo lui-même peut dire vrai quelquefois
Ce fut bien fait, ô Hathi à la marque blanche; mais, la
seconde fois, ce sera mieux encore, car il y aura un homme
pour diriger. Tu connais le village du Clan des Hommes
qui m'ont chassé? Les habitants en sont paresseux
absurdes et cruels; ils ne font que jouer avec leurs bouches, et ils ne tuent pas les plus faibles d'entre eux pour
se nourrir, mais en manière de passe-temps. Quand ils
sont gavés, ils jetteraient leurs propres enfants dans la
Fleur Rouge. Cela, je l'ai vu. Il ne sied point qu'ils
continuent de vivre ici. Je les hais!

— Tue, alors, dit le plus jeune des trois fils, en cueil-
lant du bout de sa trompe une touffe de gazon dont il
secoua la poussière contre ses jambes de devant, et qu'il
jeta au loin, tandis que ses petits yeux rouges lançaient
des regards furtifs de côté.

— Des os blancs! Qu'en ferais-je? répondit Mowgli
fougueusement. Suis-je le petit d'un loup pour jouer au
soleil avec une tête de mort? J'ai tué Shere Khan, et sa
peau est à pourrir sur le Rocher du Conseil; mais — mais
je ne sais pas où Shere Khan est allé, et ma vengeance a
toujours soif. Maintenant, je veux voir et toucher. Lâche
la Jungle sur ce village, Hathi!

Bagheera frémit et s'aplatit contre terre. Elle pouvait
concevoir, si les choses en venaient au pire, une charge

brusque dans la rue du village, des coups de droite et de gauche dans la foule, ou bien la ruse, l'homme qu'on abat, à sa charrue, au crépuscule ; mais ce projet d'effacer de sang-froid un village tout entier de la vue des hommes et des bêtes l'épouvantait. Elle comprenait maintenant pourquoi Mowgli avait envoyé chercher Hathi. Hors l'Éléphant, avec ses longues années de vie, personne n'était en mesure de concerter et d'achever une telle guerre.

— Qu'ils fuient comme ont fui leurs pareils des Champs de Bhurtpore, que l'eau de pluie laboure, seule, où ils labouraient, et que le bruit de cette pluie sur les feuilles lourdes remplace le bruit des fuseaux — Bagheera et moi voulons gîter dans la maison du Brahmane — et que le Chevreuil vienne boire au réservoir du temple. Lâche la Jungle, Hathi !

— Mais je... mais nous ne sommes pas en querelle avec eux, et il faut la colère rouge où met une grande souffrance, pour détruire les abris où dorment les hommes, dit Hathi, en se balançant d'un air indécis.

— Êtes-vous les seuls Mangeurs d'Herbe de la Jungle ? Amenez tous les vôtres. Que le Cerf, le Sanglier et le *nilghai* s'en chargent. Vous n'avez pas besoin de montrer large comme la main de votre peau avant que les champs soient nus. Lâche la Jungle, Hathi !

— On ne tuera pas ? Mes défenses étaient rouges au Sac des Champs de Bhurtpore ; et je voudrais ne pas réveiller cette odeur-là.

— Pas plus que moi. Je ne veux même pas que leurs os salissent notre terre. Qu'ils aillent chercher un nouveau gîte. Ils ne peuvent pas rester ici ! J'ai vu et senti le sang de la femme qui m'a donné à manger, de la femme que, sans moi, ils auraient tuée. Il n'y a que l'odeur de l'herbe nouvelle sur le seuil de leurs portes qui puisse bannir cette odeur-là. Elle me brûle la bouche. Lâche la Jungle, Hathi !

— Ah ! dit Hathi. C'est ainsi que la balafre du pieu me brûlait la peau, jusqu'au jour où nous vîmes leurs villages mourir sous la poussée du printemps. Maintenant, je comprends. Ta guerre sera notre guerre. Nous lâcherons la Jungle.

Mowgli eut à peine le temps de reprendre souffle — il tremblait de la tête aux pieds de rage et de haine — que déjà la place occupée par les Éléphants était vide. Bagheera le contemplait avec terreur.

— Par la Serrure Brisée qui m'a faite libre, dit enfin la Panthère Noire, es-tu bien ce petit tout nu pour qui j'élevai la voix au Conseil jadis, lorsque tout était jeune ? Maître de la Jungle, quand ma force m'abandonnera, parle pour moi — parle pour Baloo — parle pour nous tous ! Nous sommes devant toi comme des petits ! Des brindilles craquant sous le pied ! Des faons qui ont perdu leur mère.

L'idée de Bagheera dans le personnage d'un faon égaré bouleversa complètement Mowgli ; il se mit à rire, reprit haleine, puis sanglota et rit encore, au point d'être obligé de sauter dans une mare pour s'arrêter. Alors il se mit à nager en rond, plongeant dans les rayons de lune pour ressortir dans l'ombre, comme la Grenouille, dont il portait le nom.

Pendant ce temps Hathi et ses trois fils s'étaient séparés dans la direction des quatre points cardinaux, et, un mille plus loin, descendaient les vallées à grands pas silencieux. Ils marchèrent, marchèrent deux jours durant — cela faisait soixante bons milles de Jungle ; et, pendant cette marche, chacun de leurs pas, chaque ondulation de leurs trompes, furent observés, notés et commentés par Mang, Chil, le Peuple Singe, et tous les oiseaux. Puis ils se mirent à brouter, et ils broutèrent tranquillement pendant une semaine à peu près. Hathi et ses fils ressemblent à Kaa, le Python de Rocher ; ils ne se hâtent jamais qu'une fois le moment venu.

Au bout de ce temps la rumeur — et personne ne sut d'où elle venait — se répandit dans la Jungle qu'on pouvait trouver une nourriture et une eau bien meilleures dans telle et telle vallée. Les Sangliers, qui, naturellement, iraient au bout du monde pour un bon repas, se mirent en mouvement d'abord, par compagnies, en se bousculant sur les rochers ; et les Cerfs suivirent, avec les Petits Renards sauvages qui vivent des morts et des mourants que sèment les hardes ; les *nilghais* trapus s'ébranlèrent en colonne parallèle aux cerfs, et les Buffles sauvages des marais vinrent derrière les *nilghais*. La moindre chose eût suffi à faire dévier les bandes éparses aux traînards innombrables qui paissaient, flânaient, buvaient et se remettaient à paître; mais, à chaque velléité d'alarme, quelqu'un surgissait pour les calmer. Une fois, c'était Sahi, le Porc-Épic, plein de nouvelles au sujet de bonnes choses à manger juste un peu plus loin; une autre fois, on voyait Mang battre de l'aile, avec des cris d'encouragement, en descendant une percée, pour montrer la voie libre; ou bien Baloo, la bouche pleine de racines, clopinait le long d'une colonne hésitante, et moitié menaçant, moitié batifolant, la remettait gauchement en bonne route. Un grand nombre de bêtes revinrent sur leurs pas, ou s'enfuirent, ou renoncèrent à continuer, mais il en resta beaucoup pour aller de l'avant. Dix jours environ plus tard la situation était celle-ci : les Cerfs, les Sangliers et les *nilghais* broyaient tout à la ronde sur un cercle de huit à dix milles de rayon, tandis que les Mangeurs de Chair escarmouchaient sur les bords. Et le centre du cercle était le village autour duquel mûrissaient les récoltes; et, parmi ces récoltes, se tenaient des hommes sur ce qu'ils appellent des *machans* — plates-formes assez semblables à des perchoirs à pigeons, faites de bâtons portés par quatre piquets — afin d'effaroucher les oiseaux et autres voleurs. Alors les Cerfs ne furent plus ménagés; les Mangeurs de Chair les serrèrent de près et les forcèrent à marcher toujours de l'avant et vers le centre.

Ce fut par une nuit noire que Hathi et ses trois fils se glissèrent hors de la Jungle et rompirent, au moyen de leurs trompes, les piquets des *machans*.

Ceux-ci tombèrent, brisés d'un coup, comme des tiges cassées de ciguë en fleur, tandis que les hommes précipités à terre entendaient tout contre leurs oreilles le gargouillement sourd des éléphants. Alors l'avant-garde des armées de cerfs effarés céda, se répandit dans les pâturages et les cultures du village, et les inonda; le sanglier fouisseur, au sabot tranchant, les accompagnait, et ce que le Cerf laissait debout il l'achevait. De temps en temps une alerte de loups ébranlait les hardes, qui se ruaient désespérément de tous côtés, foulant l'orge nouvelle, rasant les remblais des canaux d'irrigation. Avant l'aurore la pression sur le pourtour du cercle fléchit en un point. Les Mangeurs de Chair s'étaient repliés et laissaient du côté du sud un chemin ouvert par lequel fuyaient, bandes sur bandes, les Chevreuils. D'autres animaux, plus hardis, restaient en haut, dans les fourrés, pour finir leur repas la nuit suivante.

Mais l'ouvrage, en principe, était fait. Quand les villageois, au matin, regardèrent, ils virent leurs récoltes perdues. C'était pour eux la mort s'ils ne s'en allaient pas, car ils vivaient d'une année à l'autre aussi près de la famine que près d'eux la Jungle. Lorsqu'on envoya paître les Buffles, ces brutes affamées, en trouvant les pâturages rasés après le passage des Cerfs, s'égarèrent dans la Jungle et dérivèrent à la suite de leurs compagnons sauvages; et, à la tombée du crépuscule, les trois ou quatre bidets qui appartenaient au village gisaient morts dans leurs écuries, la tête fracassée. Bagheera, seule, était capable d'avoir ainsi frappé, et seule Bagheera eût osé l'insolence de traîner ainsi la dernière carcasse au milieu de la rue.

Les villageois n'eurent pas le cœur d'allumer des feux dans leurs champs, cette nuit-là; aussi Hathi et ses trois fils s'en furent-ils glanant parmi ce qui restait; et là où Hathi a glané, il est inutile de repasser. Les hommes décidèrent de vivre, jusqu'à la chute des Pluies, sur le blé réservé pour les semailles, quittes à chercher du travail comme domestiques avant de songer à rattraper cette année perdue; mais, au moment où le marchand de grains pensait à ses mannes de blé bien pleines, et supputait le prix qu'il en pourrait tirer, les défenses aiguës de Hathi entamaient le pignon de sa maison de terre, et mettaient en pièces le gros coffre d'osier, luté de bouse de vache, où reposait le blé précieux.

Lorsqu'on découvrit cette dernière perte, ce fut au tour du Brahmane de parler. Il avait invoqué ses propres Dieux sans recevoir de réponse. Il se pouvait, disait-il, qu'inconsciemment le village eût offensé quelqu'un des Dieux de la Jungle, car il n'y avait pas de doute que la Jungle fût contre eux. Aussi envoyèrent-ils chercher le

chef des tribus les plus proches de Gonds Nomades —
petits chasseurs avisés à peau très noire qui vivent en
pleine Jungle, et dont les aïeux descendent de la plus
ancienne race de l'Inde — les propriétaires aborigènes
du sol. Ils accueillirent de leur mieux le Gond avec ce
qui restait. Lui se tenait sur une jambe, son arc à la
main, deux ou trois flèches empoisonnées passées dans la
touffe de cheveux qui couronnait son crâne, avec un air
mêlé d'effroi et de mépris, devant les villageois anxieux
et leurs champs dévastés. Ils voulaient savoir si les Dieux
— les Anciens Dieux — étaient irrités contre eux, et
quels sacrifices il convenait de leur offrir. Le Gond ne
dit rien, mais il ramassa un sarment de Karela, cette
liane rampante qui porte le fruit amer de la courge sauvage, et l'enchevêtra en travers de la porte du temple,
devant le visage de l'idole hindoue, peinte en rouge,
qui ouvrait ses yeux fixes. Puis il fit de la main un signe
dans l'espace, vers la route de Khanhiwara, et s'en
retourna dans sa Jungle, suivant des yeux le peuple
d'animaux qui dérivait au travers. Il savait que lorsque
la Jungle bouge, seuls les hommes blancs peuvent espé-
rer en détourner la marche.

Nul besoin de demander l'intention de son geste. La
courge sauvage pousserait là où ils avaient adoré leur
Dieu. Il ne leur restait qu'à se sauver, et le plus tôt serait
le mieux.

Mais un village ne brise pas si facilement ses amarres.
Ils demeurèrent encore tant qu'il resta quelques vivres
d'été; ils essayèrent même de ramasser des noix dans la
Jungle, mais des yeux ardents les épiaient, des ombres
se mouvaient devant eux en plein midi, et lorsque, épou-
vantés, ils rentraient dans les murs en courant, au tronc
des arbres près desquels ils avaient passé cinq minutes
à peine auparavant, l'écorce pendait en lambeaux, déchi-
quetée par les griffes de quelque patte puissante. D'autre
part, plus ils se confinaient dans le village, plus s'enhar-
dissaient les créatures sauvages qui gambadaient et meu-
glaient sur les pâtis au bord de la Waingunga. Ils n'avaient
pas le cœur de relever ni de replâtrer le mur extérieur de
leurs étables vides, adossé à la Jungle; les Sangliers en
achevèrent la ruine; les lianes aux racines noueuses se

précipitèrent à leur suite, jetant leurs coudes avides sur la terre nouvellement conquise; et derrière les lianes l'herbe drue foisonna.

Ceux qui n'avaient pas de femmes s'enfuirent les premiers, portant auprès et au loin la nouvelle que le village était condamné. Qui pourrait, disaient-ils, lutter contre la Jungle ou les Dieux de la Jungle, quand le Cobra du village, lui-même, a quitté son trou sous la plate-forme, à l'ombre du pipal!

Le peu de commerce qu'ils avaient jamais entretenu avec le monde extérieur se réduisit au fur et à mesure que s'effaçaient les sentiers battus à travers la clairière. Enfin Hathi et ses trois fils cessèrent de les troubler la nuit par leurs éclats de trompette : ils n'avaient plus rien à faire ici. La graine sous terre et la récolte au-dessus avaient également disparu. Les champs les plus éloignés perdaient déjà leur forme. Il était temps d'aller à Khanhiwara s'en remettre à la charité des Anglais.

Suivant la coutume des indigènes, ils différèrent encore le départ d'un jour à l'autre. Bientôt les Premières Pluies les surprirent, et les toits à l'abandon livrèrent passage au déluge; sur les pâturages l'eau montait à la cheville, et toutes les verdures se ruèrent, d'un élan, après les chaleurs de l'été. Alors ils sortirent dans la boue, hommes, femmes et enfants, à travers la chaude pluie aveuglante du matin, et ils se retournèrent, par un mouvement naturel, pour jeter un regard d'adieu sur leurs maisons.

Au moment où la dernière famille, ralentie par ses fardeaux, passait la barrière, on entendit derrière les murs un craquement de poutres et de chaume croulant. Un instant, dressée comme un reptile noir, une trompe polie apparut, qui éparpillait le chaume en bouillie; elle plongea et on entendit un nouveau craquement suivi d'un cri farouche. Hathi venait d'arracher les toits des huttes comme on cueille dans l'eau une touffe de nénuphars; mais une poutre, en rebondissant, l'avait piqué. Il n'avait besoin que de cela pour déchaîner toute sa force, car, de tous les hôtes de la Jungle, l'éléphant sauvage en fureur est le plus emporté dans ses destructions. Il culbuta d'une ruade un mur d'argile qui s'émietta sur le coup et fondit en boue jaune sous les torrents de pluie. Ensuite il vira, barrissant, se jeta dans les rues étroites, s'appuyant contre les huttes, à droite et à gauche, secouant les portes branlantes et les auvents rebroussés, tandis que ses trois fils faisaient rage derrière lui, comme naguère, au Sac des Champs de Bhurtpore.

— La Jungle engloutira ces coquilles, dit une voix calme parmi les décombres, c'est le mur d'enceinte qu'il faut jeter par terre.

Et Mowgli, la Pluie ruisselant sur ses épaules et ses bras nus, sauta d'un mur qui, pareil à un buffle fatigué, s'affaissait, cherchant son aplomb.

— Chaque chose en son temps, souffla Hathi. Oh! à Bhurtpore, mes défenses étaient rouges! Au mur d'enceinte, mes enfants! La tête basse! Ensemble! Han!

Tous quatre poussèrent côte à côte; le mur d'enceinte tomba, creva, s'effondra. Et les villageois, muets d'horreur, virent apparaître, dans les déchirures de la brèche, les têtes féroces, rayées d'argile, des dévastateurs. Alors ils s'enfuirent sans abri, sans pain, vers le bas de la vallée, tandis que leur village, haché, broyé, piétiné, s'évanouissait derrière eux.

Un mois plus tard un tertre onduleux, que recouvrait un manteau vert tendre de jeunes verdures, en marquait seul la place; et, à la fin des Pluies, le plein tonnerre de la Jungle vive grondait sur cette terre, que la charrue avait labourée six mois à peine auparavant.

LA CHANSON DE MOWGLI
CONTRE LES HOMMES

Je lâcherai sur vous le prompt assaut des vignes,
Je sommerai la Jungle et je lui ferai signe!
    Les airs crouleront, les toits
    Au flot vert fondront, dissous,
    Et l'amère Karela
    Vous couvrira tous!

Aux portes de vos conseils mon peuple à moi chantera,
Aux poutres de vos greniers la Chauve-Souris pendra;
    Le serpent monte sa garde
    Près de vos âtres souillés:
    Et l'amère Karela
    Rampe où vous aimiez!

Vous ne verrez point mes coups, vous entendrez mon armée
Et vous saurez que je viens avant la lune levée;
    Le loup veille vos troupeaux
    Dans les pâtis effacés,
    Et l'amère Karela
    Germe où vous aimiez!

Car mes hordes avant vous auront gerbé vos moissons,
Vous glanerez sur leurs pas le pain que nous laisserons.
    Mettez les cerfs aux charrues
    Dans les labours dévastés
    Et l'amère Karela
    Pousse où vous semiez!

J'ai déchaîné sur vous les pieds noueux des vignes ;
J'ai dépêché la Jungle à l'assaut de vos lignes !
      Les poutres s'écrouleront
      Les arbres — ils sont sur vous.
      Et l'amère Karela
      Vous couvrira tous !

Les croque-morts

Quand tu diras à Tabaqui : Frère, à l'Hyène :
*   Voici mon gibier,*
Tu feras ta trêve avec Jacala, le Ventre qui court
*   sur quatre pieds.*

                    Loi de la Jungle.

Respect aux vieillards!

C'était une voix épaisse — une voix fangeuse qui vous eût fait frissonner — une voix comme le bruit de quelque chose de mou qui se casserait en deux. Il y avait en elle un tremblotement; elle tenait du coassement et de la plainte.

— *Respect aux vieillards! O compagnons de la Rivière, respect aux vieillards!*

On ne pouvait rien voir sur la vaste étendue de la rivière, sauf les étoiles carrées d'une flotille de gabares chevillées de bois et chargées de pierres à bâtir, qui passaient juste sous le pont du chemin de fer, et descendaient le courant. Elles mirent toute la barre de leurs pesants gouvernails, pour éviter un banc de sable formé par le remous de l'eau en aval des piles du pont, et, au moment où elles passaient, trois de front, l'horrible voix recommença :

— *O Brahmanes de la Rivière, respect aux vieillards et aux infirmes!*

Un batelier se retourna sur le plat-bord où il était assis, leva la main, dit quelque chose qui n'était point précisément une bénédiction, et les bateaux s'éloignèrent avec des craquements dans le crépuscule. La large rivière indienne, qui présentait plutôt l'aspect d'un chapelet de petits lacs que d'un fleuve, polie comme un miroir, reflétait à mi-courant le rouge sablonneux du ciel, tandis que le long des rives basses, et sous leur ombre, elle s'éclaboussait de traînées d'ocre et de pourpre foncé.

De petites criques s'y ouvraient durant la saison humide; mais, maintenant, leurs bouches desséchées bâillaient bien au-dessus du niveau de l'eau. Sur la rive gauche, presque sous le pont du chemin de fer, s'élevait un village de boue, de briques, de chaume et de menu bois, dont la rue principale, remplie de bétail rentrant aux étables, aboutissait en ligne perpendiculaire à la rivière, et se terminait par une sorte de grossière jetée en briques le long de laquelle les gens qui voulaient se laver pouvaient pénétrer pas à pas dans l'eau. C'était le Ghaut du village de Mugger Ghaut.

La nuit tombait rapidement sur les champs de lentilles, de riz et de coton, situés en contrebas, et qu'inondait annuellement la rivière, sur les joncs qui frangeaient l'angle du coude qu'elle formait, et sur la Jungle emmêlée des pâturages derrière les roseaux dormants. Les Perroquets et les Corneilles, venus boire selon leur coutume le soir, à grand renfort de piaillements et de jacassements, s'étaient envolés vers l'intérieur des terres afin de se percher pour la nuit, croisant en chemin les bataillons de renards-volants [1] qui se mettaient en campagne; et des nuées d'oiseaux aquatiques se suivaient et se pressaient en sifflant et huant vers l'abri des lits de roseaux. Il y avait des oies à tête renflée ou à dos noir, des sarcelles, des canards siffleurs, des malarts et des tadornes, avec des coulis, et, par-ci par-là, un flamant.

Une Grue-Adjudant fermait pesamment la marche, volant comme si chacun de ses lents coups d'aile dût être le dernier.

— *Respect aux vieillards! Brahmanes de la Rivière, respect aux vieillards.*

L'Adjudant tourna à demi la tête, fit une petite embardée dans la direction de la voix, et prit terre avec raideur sur le banc de sable au-dessous du pont. On pouvait distinguer à présent quel brutal ruffian c'était. Il présentait de dos une apparence éminemment respectable, car il avait près de six pieds de taille et ressemblait plutôt à un

_____
1. Vampires.

pasteur très correct et chauve. De face c'était différent, car sa tête et son cou, à l'instar d'Ally Sloper[1], ne portaient pas une plume, et l'on voyait pendre, sous son menton, un horrible sac de peau nue, réceptacle de tout ce que son bec en pioche pouvait voler. Les jambes étaient longues, maigres et décharnées, mais il les remuait fort délicatement, et les contempla avec orgueil en lissant les plumes gris cendré de sa queue. Après quoi il jeta un coup d'œil par-dessus son épaule, et se raidit dans la position de « Garde à vous »!

Un petit Chacal galeux, qui jappait de famine sur une langue de terre basse, dressa les oreilles et la queue, et partit en barbotant à travers les flaques d'eau dans la direction de l'Adjudant.

C'était le plus bas de sa caste — non pas que le meilleur des chacals vaille grand-chose, mais celui-ci, moitié mendiant, moitié criminel, était particulièrement abject — nettoyeur de tas d'ordures, désespérément timide ou follement hardi, éternellement affamé, et plein de ruse qui ne tournait jamais à son profit.

— Ugh! dit-il, en se secouant d'un air souffreteux lorsqu'il prit terre. Puisse la gale rouge détruire tous les chiens de ce village! Je porte trois fois plus de morsures que de puces, et cela, parce que j'ai osé jeter un regard — seulement un regard — vous entendez? sur un vieux soulier dans une étable à vaches. Je ne peux pourtant pas manger de la boue?

Il se gratta sous l'oreille gauche.

— J'ai ouï dire, répliqua l'Adjudant, d'une voix de scie émoussée dans une planche épaisse, j'ai *ouï* dire qu'il y avait un petit chien nouveau-né dans ce soulier-là.

— Entendre est une chose, et savoir en est une autre, reprit le Chacal, qui possédait quelque teinture de proverbes ramassés à écouter les hommes le soir autour des feux de village.

— Tout à fait juste. Aussi, pour être sûr, j'ai pris

1. Type de vieillard cynique et ridicule qu'on peut comparer au Stenterello italien, et que la littérature créa il y a quelque vingt ans. *(N. d. T.)*

soin du bébé pendant que les chiens étaient occupés ailleurs.

— Ils étaient *très* occupés? dit le Chacal. Eh bien! je ferai mieux de ne pas aller à la chasse aux rogatons dans ce village d'ici à quelque temps. Ainsi, il y avait réellement dans ce soulier un petit chien qui n'avait pas encore ouvert les yeux?

— Il est ici, dit l'Adjudant, en louchant par-dessus son bec sur sa poche pleine. Peu de chose, mais appréciable en ces jours où la charité semble avoir disparu du monde.

— Hélas! aujourd'hui le monde est de fer, gémit le Chacal.

Alors, comme ses yeux inquiets recherchaient le moindre soupçon de ride sur l'eau, il poursuivit rapidement :

— La vie est dure pour nous tous, et je ne doute pas que notre excellent maître lui-même, l'Orgueil du Ghaut et l'Envie de la Rivière...

— Menteur, flatteur et chacal ont été couvés dans le même œuf, prononça l'Adjudant sans s'adresser à personne en particulier, car il n'était pas médiocre menteur pour son propre compte lorsqu'il en prenait la peine.

— Oui, l'Envie de la Rivière, répéta le Chacal en élevant la voix. Lui aussi, je n'en doute pas, trouve que, depuis la construction du pont, la bonne nourriture est devenue plus rare. Mais, d'un autre côté, bien que je n'oserais jamais le lui dire en sa noble présence, il est si sage et si vertueux — ce qu'hélas! moi, je ne suis pas...

— Quand le Chacal se dit gris, combien il doit être noir! murmura l'Adjudant.

Il ne pouvait voir ce qui arrivait.

— Que la nourriture ne lui manque jamais et par conséquent...

On entendit un raclement léger, comme si un bateau venait de toucher dans l'eau peu profonde. Le Chacal se retourna vivement et fit tête (il vaut toujours mieux faire tête) à celui que concernaient ses dernières paroles. C'était un crocodile de vingt-quatre pieds, enfermé dans une cuirasse qu'on eût dite de tôle à chaudière à triples rivets, clouté, enquillé et crêté, les pointes jaunes de ses dents du haut dépassant la mâchoire inférieure qui, elle-même, s'effilait avec élégance. C'était le Mugger camus de Mugger Ghaut, plus vieux que quiconque dans le village, et qui au village même avait donné son nom — le démon du gué avant la construction du pont de chemin de fer — meurtrier, mangeur de chair humaine et fétiche local tout ensemble. Il resta, le menton allongé dans l'eau basse, se maintenant à la même place d'un imperceptible mouvement de queue; et le Chacal n'ignorait pas qu'un coup de cette même queue dans l'eau pouvait projeter le Mugger sur le bord avec la vitesse d'une locomotive.

— Béni soit l'auspice de cette rencontre, Protecteur du Pauvre! dit-il avec platitude, en se reculant à chaque mot. Une voix délicieuse s'est fait entendre, et nous sommes venus dans l'attente de quelque doux entretien. Ma présomption sans bornes, pendant que j'attendais ici, m'a amené, il est vrai, à parler de toi. Mais j'ai l'espoir que rien de ce que j'ai dit n'a pu être surpris.

Or, le Chacal n'avait parlé que pour être entendu, car il savait que la flatterie était le meilleur moyen de se faire donner à manger, et le Mugger savait que le Chacal avait parlé dans ce but, et le Chacal savait que le Mugger savait; et le Mugger savait que le Chacal savait que le Mugger savait; et de cette façon ils étaient tous deux contents.

Soufflant et grognant, le vieux monstre se hissa avec effort sur la rive, en mâchonnant :

— *Respect aux vieillards et aux infirmes!*

Et tout le temps ses petits yeux brillaient comme des charbons sous les lourdes paupières de corne au sommet de sa tête triangulaire, tandis qu'il poussait en avant, entre ses jambes torses, son corps gonflé en forme de baril.

Enfin il s'arrêta, et, tout habitué que fût le Chacal à ses façons, il ne put s'empêcher, pour la centième fois, de tressaillir en voyant avec quelle exactitude le Mugger prenait l'aspect d'un tronc en dérive arrêté sur la barre de la rivière. Il s'était même donné la peine de choisir l'angle exact qu'un tronc échoué aurait formé avec l'eau, étant donné le courant de la saison, en ce temps et à cette place. Tout cela n'était assurément qu'affaire d'habitude, car le Mugger ne venait de prendre terre que pour son plaisir, mais un crocodile n'est jamais rassasié, et si le Chacal se fût trompé à la ressemblance, il n'eût pas vécu pour philosopher sur ce point.

— Je n'ai rien entendu, mon enfant, dit le Mugger, en fermant un œil. J'avais de l'eau dans les oreilles, et je mourais de faim. Depuis que le pont du chemin de fer a été construit, mon peuple, dans mon village, a cessé de m'aimer, et cela me brise le cœur.

— Ah! c'est une honte, dit le Chacal. Un si noble cœur! Mais tous les hommes se valent à mon avis.

— Non, il existe en vérité de grandes différences, répondit doucement le Mugger. Les uns sont aussi maigres que des gaffes de bateau, les autres aussi gras que de jeunes chac... chiens. Je ne me permettrais jamais de dire du mal de l'Homme sans motif. Il y en a de toutes les façons. Mais le nombre des années m'a appris que, l'un dans l'autre, ils sont très bons. Hommes, femmes et enfants — je n'ai aucune faute à leur reprocher. Et rappelle-toi, fils, que celui qui blâme le monde est par le monde blâmé.

— La flatterie ne vaut pas un pot d'étain vide dans le ventre. Mais ce que nous venons d'entendre est pure sagesse, dit l'Adjudant, en abaissant une patte.

— Considérez cependant leur ingratitude vis-à-vis de cette excellente personne, commença le Chacal d'un ton attendri.

— Non, non, ce n'est pas de l'ingratitude, dit le Mugger. Ils ne songent pas à autrui, voilà tout. Mais j'ai remarqué, de mon poste habituel, au-dessous du gué, que les escaliers du nouveau pont sont cruellement durs à grimper, autant pour les vieilles gens que pour les jeunes enfants. Les vieux, il est vrai, ne sont pas aussi dignes de considération, mais je suis affligé — je suis vraiment affligé — en ce qui concerne les petits enfants gras. Néanmoins, je pense que, dans quelque temps, lorsque cette nouveauté de pont sera usée, nous verrons les jambes brunes et nues de mon peuple patauger à travers le gué comme devant. Alors le vieux Mugger sera derechef honoré.

— Mais je suis sûr d'avoir vu des guirlandes de soucis

flotter sur les bords du Ghaut cet après-midi même, dit l'Adjudant.

Les guirlandes de soucis sont une marque de vénération par toute l'Inde.

— Erreur, erreur. C'était la femme du marchand de bonbons. Elle perd la vue d'année en année, et ne peut faire la différence entre une solive et moi — le Mugger du Ghaut! Je me suis aperçu de la méprise lorsqu'elle a jeté la guirlande, car je reposais au pied même du Ghaut, et si elle avait fait un pas de plus, j'aurais pu lui montrer qu'il existait une petite différence. Toutefois, son intention était bonne, et nous devons considérer l'esprit qui dicte l'offrande.

— De quel profit sont les guirlandes de soucis, lorsqu'on est sur le tas d'ordures? dit le Chacal, en faisant la chasse à ses puces, mais sans quitter d'un œil prudent son Protecteur du Pauvre.

— C'est vrai, mais ils n'ont pas encore commencé le tas d'ordures qui me portera. Cinq fois j'ai vu la rivière se retirer du village et déposer de nouvelles terres à l'entrée de la rue. Cinq fois, j'ai vu le village reconstruit sur les berges, et je le verrai reconstruire encore cinq fois de plus. Je ne suis pas un Gavial sans foi, un pêcheur de poisson, moi, à Kasi aujourd'hui et à Prayag demain, comme dit le proverbe, mais le fidèle et constant gardien du gué. Ce n'est pas pour rien, petit, que le village porte mon nom, et que « celui qui sait attendre » comme dit le proverbe, « finira par avoir sa récompense ».

— Pour moi, j'ai attendu longtemps — très longtemps — presque toute ma vie, et ma récompense a consisté en morsures et en coups, dit le Chacal.

— Oh! oh! oh! éclata l'Adjudant :

> *Le Chacal naquit à l'Août ;*
> *Lorsqu'en Septembre vint la pluie*
> *Il dit : Je n'ai pas vu tel déluge dans tout*
> *L'espace de ma vie.*

L'Adjudant présente une particularité fort désagréable. Aux moments où l'on s'y attend le moins, il est pris de crises aiguës, de crampes ou de fourmis dans les jambes, et, quoiqu'il n'offre pas des dehors moins vertueux que la plupart des grues qui sont toutes d'aspect hautement respectable, il part tout à coup en folles danses de guerre sur ses échasses maladroites, les ailes à demi déployées, sa tête chauve balancée grotesquement de haut en bas, en même temps que, pour des motifs connus de lui seul, il prend grand soin de régler ses pires gigotements sur ses remarques les plus malsonnantes. Au dernier mot de sa chanson il se remit au garde-à-vous, dix fois plus Adjudant que jamais.

Le Chacal plia le dos, bien qu'il comptât trois bonnes raisons, mais on ne relève pas l'insulte d'une personne armée d'un mètre de bec, qu'elle peut lancer comme un javelot. L'Adjudant était un fieffé poltron, mais le Chacal était pire.

— Il faut vivre avant de savoir, dit le Mugger, et l'on peut dire ceci : les petits chacals sont très communs, mon enfant, mais un Mugger tel que moi ne l'est pas. Malgré cela je n'éprouve aucun orgueil, car tout orgueil signifie ruine; mais remarque-le, c'est le Destin, et, contre son Destin, nul de ceux qui nagent, marchent ou courent, ne devrait parler. Je suis satisfait de mon Destin. Avec un peu de chance, du coup d'œil, et l'habitude de s'assurer d'un débouché avant de s'engager dans une crique ou un bras mort, on peut faire bien des choses.

— J'ai entendu dire une fois que le Protecteur du Pauvre lui-même s'était trompé, fit le Chacal sournoisement.

— C'est vrai, mais, en cette occasion, mon Destin me servit. C'était avant que j'arrivasse à ma pleine croissance. Il y a de cela plus de trois famines (par la Droite et la Gauche du Gange, les rivières étaient peuplées, au moins, ces jours-là!). Oui, j'étais jeune, inconsidéré et, lorsque vint l'inondation, personne n'en eut plus de contentement. Il me suffisait alors de peu pour être heureux. Le village était inondé jusqu'aux toits; je nageais par-dessus le Ghaut et remontais loin dans les terres, aux champs de riz, que recouvrait une couche de bonne vase. Je me souviens aussi d'avoir trouvé une paire de bracelets ce soir-là (ils étaient en verre, et me gênèrent quelque peu). Oui, des bracelets de verre, et si j'ai bonne mémoire, un soulier. J'aurais dû faire choir les deux souliers, mais j'avais faim. J'appris plus tard à mieux faire. Oui. Puis, bien repu, je me reposai; mais lorsque je m'apprêtai à regagner la rivière, l'inondation avait baissé, et il me fallut marcher à travers la boue de la grande rue. Oui, moi, et pas un autre! Tout mon peuple sortit, prêtres, femmes, enfants, et je laissai tomber sur eux un regard de bienveillance. La boue n'est pas un endroit propice pour combattre. « Prenez des haches, et tuez-le, dit un batelier, car c'est le Mugger du gué. » « Ne faites pas cela, dit le Brahmane, voyez, il chasse l'inondation devant lui! C'est le génie du village. » Alors, ils me jetèrent des fleurs en grand nombre, et l'un d'eux eut l'heureuse pensée de mettre sur ma route une chèvre.

— Comme c'est bon — comme c'est excellent, la chèvre! fit le Chacal.

— Des poils — trop de poils, et quand on en trouve dans l'eau, elles dissimulent trop souvent un hameçon en croix. Mais, cette chèvre-là, je l'acceptai, et redescendis au Ghaut, plein d'honneurs. Plus tard, mon Destin m'envoya le batelier qui avait exprimé le désir de me couper la queue avec une hache. Son bateau échoua sur un vieux banc dont vous ne pouvez vous souvenir.

— Nous ne sommes pas *tous* ici des chacals, dit l'Adjudant. Était-ce le banc qui se forme à l'endroit où coulèrent les bateaux chargés de pierre, l'année de la grande sécheresse — un banc allongé qui a résisté à trois crues?

— Il y en avait deux, répondit le Mugger, un en amont, et un autre en aval.

— Ah! oui, j'avais oublié. Ils étaient séparés par un chenal qui se dessécha plus tard, dit l'Adjudant, qui se piquait d'avoir de la mémoire.

— C'est sur le banc d'aval que s'échoua le bateau de l'homme qui me voulait du bien. Il dormait à l'avant, et, à moitié éveillé, sauta dans l'eau jusqu'à la ceinture — non, jusqu'aux genoux à peine — pour dégager son bateau. Le bateau, allégé, se mit en marche et alla toucher encore au-dessous du banc voisin, selon le cours de la rivière en ce temps-là. Je suivis, car je savais qu'il viendrait des hommes pour le tirer sur la berge.

— Et en vint-il ? dit le Chacal avec un frisson d'émotion. La chasse sur une telle échelle, cela l'impressionnait.

— Il en vint là et plus bas en aval aussi. Je n'allai pas plus loin, mais cela m'en fit trois en un seul jour — tous *manjis* (bateliers) bien nourris —, et, sauf en ce qui concerne le dernier — là, ce fut ma faute —, pas un cri pour donner l'éveil à ceux de la berge.

— Ah! voilà du noble sport! Mais quelle habileté et quel profond jugement il réclame! dit le Chacal.

— Pas d'habileté, mon enfant, mais de la réflexion. Un peu de réflexion dans la vie, c'est comme du sel sur le riz, disent les bateliers, et j'ai toujours réfléchi profondément. Le Gavial, mon cousin, le mangeur de poisson, m'a raconté quel rude métier c'est pour lui que de suivre son poisson, comment un poisson diffère d'un autre, et comment il lui faut les connaître tous, et ensemble et séparément. Je dis que c'est de la sagesse; mais, d'un autre côté, mon cousin, le Gavial, vit parmi son peuple. Tandis que mon peuple, à moi, ne nage pas en bandes, la bouche hors de l'eau, comme Rewa, ni ne monte constamment à la surface de l'eau et ne se tourne sur le côté, comme Mohoo ou le petit Chapta ni ne se rassemble en bancs après les inondations, comme Batchua et Chilwa.

— Tout cela est très bon à manger, dit l'Adjudant en claquant du bec.

— Ainsi le prétend mon cousin, et il se donne beaucoup de mal pour leur faire la chasse, mais ils ne grimpent pas, eux, sur les bords pour échapper à son nez tranchant. Mon peuple, à moi, est tout autre. Sa vie se passe sur les terres, dans les maisons, parmi le bétail. Il me faut savoir ce qu'il fait, ce qu'il va faire, et c'est en ajoutant la queue à la trompe, comme dit le proverbe, que je construis tout l'éléphant. Accroche-t-on une branche verte ou un anneau de fer à une porte, le vieux Mugger sait qu'un garçon vient de naître dans cette maison, et qu'un jour il descendra jouer sur les bords du Ghaut. Une jeune fille est-elle sur le point de se marier, le vieux Mugger le sait, car il voit les hommes apporter et remporter des présents; puis elle, à son tour, s'en vient vers le Ghaut pour se baigner avant les noces, et — lui, il est là. La rivière a-t-elle changé de lit et créé de nouvelles terres à l'endroit où il n'y avait que le sable auparavant? Le Mugger le sait.

— Pour ce qui est de savoir cela, dit le Chacal, à quoi bon? La rivière a changé de lit même pendant ma courte vie.

Les rivières indiennes ne cessent presque jamais de se déplacer capricieusement dans leurs lits et s'écarteront parfois de deux ou trois milles dans une saison, noyant les champs sur une rive, et couvrant l'autre d'humus fertile.

— Il n'y a pas de connaissance plus utile, répondit le Mugger, terres nouvelles, ce sont nouvelles querelles. Le Mugger le sait. Oh! oh! le Mugger le sait. Aussitôt l'eau bue par le sol, il gagne en rampant les petites criques où les hommes pensent qu'un chien ne pourrait se cacher, et, là, il attend. Bientôt arrive un fermier : il plantera ici des concombres, dit-il, et là des melons, sur la nouvelle terre que la rivière lui a donnée. Du bout de son orteil il tâte la bonne vase. Puis, en voici venir un autre disant qu'il mettra des oignons, des carottes, des cannes à sucre à telle et telle place. Il s'abordent comme des bateaux en dérive, et s'entre-regardent en roulant les yeux sous leur gros turban bleu. Le vieux Mugger voit et entend. Chacun appelle l'autre « frère », et ils s'en vont poser les limites du nouveau domaine. Le Mugger se hâte à leur suite, d'un point du champ à l'autre, en s'aplatissant le plus possible à travers la vase. Puis, voici qu'ils commencent à se quereller! Ils enlèvent leurs turbans! Ils lèvent leurs *lathis* (massues), et, à la fin, l'un d'eux tombe à la renverse dans la vase, tandis que l'autre s'enfuit. Lorsqu'il revient la querelle est vidée, comme en témoigne le bambou ferré du perdant, resté sur place. Et pourtant, ils n'ont aucune reconnaissance pour le Mugger. Non, ils crient : *Au meurtre!* et leurs familles se battent avec des bâtons, une vingtaine dans chaque camp. Mon peuple est un peuple de braves — Jats des hautes terres — Malwais du Bêt. On ne s'y donne pas de coups pour rire, et, quand la bataille prend fin, le vieux Mugger attend très bas en aval, hors de vue du village, derrière le taillis de kikars, là-bas. Alors, les voici qui descendent, mes Jats aux larges épaules, — huit ou neuf ensemble, au clair des étoiles, portant le mort sur une civière. Ce sont des vieillards à barbes grises, à voix aussi caverneuses que la mienne. Ils allument un petit feu. — Ah! comme je connais bien ce feu! — et ils avalent du tabac, et se mettent à hocher la tête, vers l'homme mort sur la berge. Ils disent que la justice anglaise viendra avec une potence pour régler cette affaire, et que la famille d'un tel sera déshonorée parce qu'un tel aura été pendu dans la cour de la prison. Alors les amis du mort disent : « Qu'on le pende! » Et la même conversation de recommencer — une fois, deux fois, vingt fois au cours de la longue nuit. Puis quelqu'un dit enfin : « Le combat fut loyal. Prenons l'argent du sang, un peu plus que ne nous offre le meurtrier, et nous n'en parlerons plus. » Puis ils discutent le prix du sang, car le mort était un homme vigoureux, et laisse plus d'un fils. Enfin, avant *amratvela* (le lever du jour), ils lui mettent un peu le feu, comme c'est la coutume, après quoi le mort vient à moi; et lui du moins, on peut être certain qu'il n'en parlera plus. Ah! ah! mes enfants, le Mugger sait — le Mugger sait — et mes Jats de Malwah sont un brave peuple!

— Ils sont trop avares, leur main ne s'ouvre pas assez volontiers pour mon sac, croàssa l'Adjudant. Ils ne gaspillent pas le vernis sur les cornes de la vache, comme dit le proverbe, et encore une fois, qui peut trouver à glaner derrière un Malwai?

— Ah! moi, c'est eux, que je glane, dit le Mugger.

— Eh bien! à Calcutta du Sud, au temps passé, continua l'Adjudant, on jetait tout dans les rues, et nous n'avions qu'à trier et choisir. C'était le bon temps. Mais, aujourd'hui, ils tiennent leurs rues aussi nettes qu'une coquille d'œuf, et les gens de ma race s'en vont. Se tenir propre est une chose; mais épousseter, balayer, arroser sept fois par jour, il y a de quoi lasser les Dieux mêmes.

— J'ai entendu dire par un Chacal des bas pays, qui le tenait d'un de ses frères, que dans Calcutta du Sud tous les Chacals étaient gras comme loutres pendant les

Pluies, dit le Chacal, à qui cette seule pensée faisait venir l'eau à la bouche.

— Oui, mais il y a là les visages blancs — les Anglais — et ils amènent leurs chiens de quelque part, au bas de la rivière, dans des bateaux — de gros chiens bien nourris — pour empêcher ces mêmes Chacals d'engraisser, dit l'Adjudant.

— Ils ont donc le cœur aussi dur que les gens d'ici? Je devrais le savoir. Ni terre, ni ciel, ni eau n'a pitié d'un Chacal. J'ai vu les tentes d'un homme blanc, à la saison dernière, après les Pluies, et j'ai pris même une bride jaune toute neuve pour la manger. Les visages blancs ne préparent pas bien leur cuir. J'en ai eu très mal à l'estomac.

— Vous avez eu plus de chance que dans mon cas, dit l'Adjudant. J'étais alors, dans ma troisième saison, un oiseau jeune et hardi; je descendis à l'endroit de la rivière où abordent les grands bateaux. Les bateaux des Anglais sont trois fois aussi grands que ce village.

— Il est allé aussi loin que Delhi, et veut faire croire que les gens y marchent sur la tête, murmura le Chacal.

Le Mugger ouvrit l'œil gauche, et regarda fixement l'Adjudant.

— C'est vrai, insista le gros oiseau. Un menteur ne ment que lorsqu'il espère être cru. Quand on n'a pas vu ces bateaux, on ne peut pas croire à la vérité de ce que je dis.

— Voilà qui est plus raisonnable, dit le Mugger. Et alors?

— De l'intérieur de ce bateau, ils retiraient de gros morceaux d'une matière blanche qui, en peu de temps, se changeait en eau. Beaucoup de cette matière se brisait en miettes, et se répandait sur le bord; quant au reste, ils le mettaient promptement dans une maison entourée de murs épais. Mais un batelier, tout en riant, en prit un morceau pas plus gros qu'un petit chien, et me le jeta. J'ai l'habitude — comme tous les miens — d'avaler sans réfléchir, et j'avalai ce morceau selon notre coutume. Immédiatement j'éprouvai un froid excessif, qui, prenant ma poche pour point de départ, descendit jusqu'à l'extrémité de mes pattes, et me priva même de la parole, tandis que les bateliers se moquaient de moi. Je n'ai jamais ressenti un tel froid. Je dansai de nouveau en criant contre la fausseté de ce monde. Les bateliers rirent de moi jusqu'à en tomber par terre. Mais le plus étonnant de l'affaire, en mettant à part ce froid merveilleux, fut qu'il n'y avait rien du tout dans ma poche lorsque j'en eus fini avec mes lamentations!

L'Adjudant avait fait de son mieux pour décrire ses impressions après avoir avalé un bloc de glace de sept livres, de la glace du lac Wenham, provenant d'un navire américain chargé spécialement de ce service, au temps où Calcutta ne fabriquait pas encore sa glace à la machine; mais, comme il ne savait pas ce que c'était que la glace, et que le Mugger et le Chacal le savaient encore moins, l'histoire fit long feu.

— Tout, dit le Mugger, en refermant son œil gauche, *tout* est possible sortant d'un bateau trois fois de la taille de Mugger Ghaut. Mon village n'est pourtant pas un petit village.

Un sifflement se fit entendre tout à coup sur le pont, et la malle de Delhi passa, tous les wagons éclatants de feux, tandis que leurs ombres suivaient fidèlement à travers la rivière. Le train se perdit de nouveau dans l'obscurité à grand bruit de ferraille : mais le Mugger et le Chacal y étaient si bien accoutumés, qu'ils ne tournèrent même pas la tête.

— Cela le cède-t-il en rien, comme chose étonnante, à un bateau trois fois de la grandeur de Mugger Ghaut? dit l'oiseau, en levant les yeux.

— J'ai vu construire cela, mon enfant. Pierre sur pierre j'ai vu s'élever les piles du pont, et, quand les hommes tombaient (ils avaient le pied étonnamment sûr pour la plupart, mais enfin *quand* il leur arrivait de tomber) i'étais toujours prêt. La première pile n'était pas terminée, qu'ils ne pensaient déjà plus à chercher les corps en aval pour les enterrer. Ce fut là une occasion de plus où je leur épargnai bien de la peine. Il n'y avait rien d'étrange dans la construction de ce pont, dit le Mugger.

— Mais ce qui passe dessus en traînant les charrettes à toit, voilà qui est étrange, répliqua l'Adjudant.

— C'est, sans aucun doute, un buffle d'une nouvelle

espèce. Un jour arrivera où il perdra l'équilibre à son tour, et où il tombera comme firent les hommes. Alors, le vieux Mugger sera prêt.

Le Chacal regarda l'Adjudant, l'Adjudant regarda le Chacal. S'il y avait pour eux quelque chose de certain, c'était que la locomotive pouvait bien être tout au monde, sauf un buffle. Le Chacal l'avait observée maintes fois, posté dans les haies d'aloès qui bordaient la ligne, et l'Adjudant en avait vu bien d'autres depuis la première locomotive chauffée en Hindoustan. Mais le Mugger n'avait regardé la chose que d'en bas, d'où la chaudière de cuivre ressemblait assez, en effet, à la bosse d'un buffle.

— Hum — oui, une nouvelle espèce de buffle, répéta pesamment le Mugger, comme pour s'en convaincre lui-même.

— Certainement c'est un buffle, dit le Chacal.

— Ce pourrait être également..., commença le Mugger d'un ton agacé.

— Certainement... on ne peut plus certainement, fit le Chacal, sans attendre que l'autre eût fini.

— Quoi? dit le Mugger en colère, car il sentait que les autres en savaient plus que lui; qu'est-ce que cela pourrait être? Je n'avais pas achevé ma phrase. Vous disiez que c'était un buffle.

— C'est tout ce qu'il plaira au Protecteur du Pauvre. Je suis son serviteur, à lui — et non pas le serviteur de la chose qui franchit la rivière.

— Quoi que ce puisse être, c'est œuvre de Blancs, dit l'Adjudant, et, pour ma part, j'aimerais mieux m'en tenir plus loin que nous ne sommes ici sur cette barre de sable.

— Vous ne connaissez pas les Anglais comme moi, dit le Mugger. Il y avait ici, quand on construisit le pont, un visage blanc qui, le soir, prenait un bateau et trépignait sur les planches du fond, en chuchotant : « Est-il ici? Est-il ici? Apportez-moi mon fusil. » Je l'entendais avant de le voir — j'entendais chaque bruit qu'il faisait — craquements, souffles courts, heurts de son fusil, du haut en bas de la rivière. Dès que j'avais cueilli l'un de ses ouvriers, lui épargnant ainsi les grands frais de bois qu'aurait entraînés son incinération, j'étais sûr de le voir descendre au Ghaut et crier d'une voix retentissante qu'il me tuerait et débarrasserait la rivière de ma personne — le Mugger de Mugger Ghaut. *Moi!* Mes enfants, je nageais sous son bateau des heures entières, je l'entendais tirer sur des souches, et quand j'étais bien sûr qu'il était fatigué, j'apparaissais le long de la barque et faisais claquer mes mâchoires à son nez. Lorsque le pont fut fini, il s'en alla. Tous les Anglais chassent de cette façon, sauf lorsque c'est eux qu'on chasse.

— Qui donc fait la chasse aux visages blancs? jappa le Chacal très excité.

— Personne en ce moment, mais je leur ai fait la chasse en mon temps.

— Je me souviens un peu de cette chasse. J'étais jeune, alors, dit l'Adjudant, en faisant claquer son bec d'une manière significative.

— J'étais bien établi ici. Mon village venait d'être reconstruit pour la troisième fois, si je me rappelle bien, lorsque mon cousin, le Gavial, m'apporta des nouvelles; il s'agissait de riches eaux en amont de Bénarès. D'abord je ne voulais pas partir, car mon cousin, qui est un mangeur de poisson, ne sait pas toujours discerner le bon du mauvais : mais j'entendis les gens de mon peuple causer le soir, et ce qu'ils dirent me confirma la chose.

— Et que dirent-ils? demanda le Chacal.

— Ils en dirent assez pour me faire, moi, le Mugger de Mugger Ghaut, quitter l'eau et m'en aller à pied. Je partis la nuit, utilisant les plus petits courants à l'occasion; mais c'était au début des chaleurs, et toutes les eaux étaient fort basses. Je coupai des routes poudreuses, je traversai de hautes herbes, je grimpai des côtes au clair de lune. Je dus même escalader des rochers, mes enfants — pensez-y! Je franchis la pointe du Sirhind, qui est sans eau, avant de tomber sur le tas de petites rivières qui se déversent dans le Gange. Je me trouvais à un mois d'éloignement de mon peuple et de mes rivages familiers. Cela était très merveilleux!

— Et que mangeait-on en chemin? dit le Chacal, qui faisait tenir toute son âme dans son petit estomac, et n'était pas le moins du monde impressionné par le voyage du Mugger à travers les terres.

— Ce que je trouvais — *cousin* — dit le Mugger lentement, en appuyant sur chaque mot.

Or, on ne traite pas quelqu'un de *cousin*, dans l'Inde, à moins qu'on ne pense pouvoir établir entre soi et lui quelque lien de parenté; et, comme ce n'est que dans les vieux contes que le Mugger a jamais épousé de chacal, le Chacal savait bien pour quelle raison il se trouvait tout à coup élevé à l'honneur d'une place dans le cercle de famille du Mugger. S'ils avaient été seuls, cela ne lui aurait rien fait, mais les yeux de l'Adjudant brillèrent de joie à cette vilaine plaisanterie.

— Assurément, père, j'aurais dû savoir, dit le Chacal.

Un Mugger ne se soucie pas de s'entendre appeler le père de chacals, et le Mugger de Mugger Ghaut en dit autant — et beaucoup plus qu'il n'est nécessaire de répéter ici.

— Le Protecteur du Pauvre a fait appel à notre parenté. Comment puis-je me souvenir du degré précis? En outre, notre nourriture est la même. Il l'a dit, fut la réponse du Chacal.

Cela ne pouvait qu'empirer les choses; car ce qu'insinuait le Chacal, c'était que le Mugger devait avoir, durant cette marche à travers les terres, mangé sa nourriture fraîche, et fraîche chaque jour, au lieu de la garder avec lui jusqu'à ce qu'elle fût bien et dûment en état, selon l'usage de tout Mugger qui se respecte et de la plupart des bêtes fauves lorsqu'elles le peuvent. En fait, l'un des pires termes de mépris qui courent le long de la rivière est « mangeur de chair fraîche ». C'est presque aussi injurieux que d'appeler un homme cannibale.

— Il s'agit de nourriture mangée il y a de cela trente saisons, dit l'Adjudant conciliant. Nous en parlerions trente saisons de plus que cela ne la ferait pas revenir. Dis-nous maintenant ce qui arriva lorsque tu atteignis les eaux promises après cet extraordinaire voyage à pied. S'il fallait écouter chaque hurlement de chacal, les affaires de la ville s'arrêteraient, comme dit le proverbe.

Le Mugger dut être reconnaissant de l'interruption, car il continua précipitamment :

— Par la Droite et la Gauche du Gange! lorsque j'arrivai là, je n'avais jamais vu des eaux pareilles!

— Elles valaient mieux vraiment que la grande crue de la saison dernière? demanda le Chacal.

— Mieux? cette crue, il en vient de pareilles tous les cinq ans, une poignée de noyés étrangers, quelques poulets, et un bœuf mort dans des contre-courants d'eau trouble. Mais, dans la saison à laquelle je pense, la rivière était basse, égale, unie, et, comme le Gavial m'en avait prévenu, les Anglais morts descendaient le courant, serrés à se toucher. C'est cette saison qui me valut la circonférence que vous me voyez — cette circonférence et cette hauteur. Cela me vient d'Agra, des environs d'Etawah et d'Allahabad, où s'élargit le fleuve...

— Oh! ce tourbillon sous les murs du fort à Allahabad! dit l'Adjudant. Ils s'en venaient là comme des canards dans les roseaux, et ils tournoyaient en rond, en rond — comme ceci !

Il recommença de plus belle son horrible danse, tandis que le Chacal ouvrait un œil d'envie. Il ne pouvait naturellement se rappeler l'année dont ils parlaient, l'année terrible de l'Insurrection.

Le Mugger continua :

— Oui, près d'Allahabad, il n'y avait qu'à rester tranquille dans l'eau paresseuse, on en choisissait un sur vingt qu'on laissait aller; et par-dessus tout, les Anglais n'étaient pas embarrassés de bijoux, d'anneaux de nez et de chevilles, comme mes femmes en portent aujourd'hui. Qui trop aime parure finit par collier de chanvre, dit le proverbe. Tous les Muggers de toutes les rivières devinrent gras alors, mais mon Destin voulut que je devinsse le plus gras de tous. Le bruit courait que l'on jetait tous les Anglais dans les rivières, et, par la Droite et la Gauche du Gange, nous crûmes que c'était vrai, et je descendis au-delà de Monghyr, et des tombeaux qui dominent la rivière.

— Je connais l'endroit, dit l'Adjudant. Depuis cette époque, Monghyr est une cité perdue. Il y a peu de gens qui habitent là maintenant.

— Donc je remontai le courant sans me presser et en flânant, et, un peu au-dessus de Monghyr, je vis descendre un bateau plein de visages blancs — en vie! C'étaient, je m'en souviens, des femmes couchées sous une étoffe tendue sur des bâtons, et qui pleuraient très fort. A cette époque, jamais on ne tirait un coup de feu sur nous, gardiens de la rivière. Tous les fusils étaient occupés ailleurs. Nous pouvions les entendre, jour et nuit, à l'intérieur des terres, proches ou lointains, selon les changements de vent. J'apparus en plein devant le bateau, parce que je n'avais jamais vu de visages blancs en vie, quoique je les connusse bien — autrement. Un enfant blanc tout nu était agenouillé sur l'un des bordages, et, se courbant en dehors, se croyait naturellement obligé de laisser traîner ses mains dans la rivière. C'est une jolie chose à voir, la passion des enfants pour l'eau courante. J'avais mangé, ce jour-là, mais il me restait bien un petit vide dans l'estomac. Pourtant, ce fut affaire de plaisir, non de gourmandise, si j'apparus sous les mains de l'enfant. Elles faisaient une tache si claire que je refermai la bouche sans regarder; mais elles étaient si petites (mes mâchoires avaient claqué d'aplomb cependant, j'en suis sûr) que l'enfant les retira promptement sans mal. Elles devaient avoir passé entre deux dents, ces petites mains blanches. J'aurais pu les saisir en travers par les coudes, mais, comme je vous l'ai dit, c'était seulement par gaieté et avec seul désir de m'instruire que j'étais sorti de l'eau. Dans le bateau les femmes se mirent à crier l'une après l'autre, et, un moment plus tard, je vins encore à la surface pour les observer. Le bateau était trop lourd pour le faire chavirer. Ce n'étaient que des femmes, mais qui se fie à la femme peut aussi bien marcher sur l'herbe des mares, comme dit le proverbe : et, par la Droite et la Gauche du Gange! c'est la vérité.

— Une fois, une femme me donna une peau de poisson sec, dit le Chacal. J'avais compté sur son bébé, mais nourriture de cheval vaut encore mieux que ruade, comme dit le proverbe. Que fit la femme, alors?

— Elle tira sur moi avec un fusil court d'une espèce que je n'ai jamais vue ni avant ni depuis. Cinq coups l'un après l'autre (le Mugger devait s'être trouvé en présence d'un revolver d'ancien modèle); et je restai bouche bée, tout ébahi, la tête dans la fumée. Je n'ai jamais vu pareille chose. Cinq coups. Dans le temps d'un coup de queue — comme ceci !

Le Chacal, qui avait pris un intérêt de plus en plus vif à l'histoire, n'eut que juste le temps de sauter en arrière au moment où l'énorme queue volait comme une faux.

— Pas avant le cinquième coup, dit le Mugger, comme si jamais il n'avait eu la pensée d'assommer un de ses auditeurs — pas avant le cinquième coup n'eus-je l'idée de plonger, et je remontai juste pour entendre un batelier dire à toutes ces femmes blanches que j'étais très certainement mort. L'une des balles s'était logée sous une des plaques de mon cou. Je ne sais si elle y est encore, pour la raison que je ne puis tourner la tête. Cherche et vois, mon enfant. Cela te prouvera la véracité de mon histoire.

— Moi ? dit le Chacal. Un mangeur de vieux souliers, un craqueur d'os de ma sorte aurait-il la présomption de mettre en doute la parole de l'Envie de la Rivière ? Puisse ma queue rester aux dents des petits chiens qui n'y voient pas encore, si l'ombre d'une telle pensée a traversé mon humble esprit. Le Protecteur du Pauvre a daigné m'informer, moi son esclave, qu'une fois dans sa vie il a été blessé par une femme. Il suffit, et je transmettrai l'histoire à tous mes enfants, sans demander de preuve.

— Excès de civilité ne vaut parfois pas mieux qu'excès d'impolitesse ; car, d'après le proverbe, on peut étouffer son hôte avec du lait caillé. Je ne tiens pas à ce que tes enfants sachent que le Mugger de Mugger Ghaut a reçu d'une femme sa seule blessure. Ils auront bien d'autres soucis en tête s'ils gagnent leur provende aussi misérablement que leur père.

— C'est oublié depuis longtemps ! Cela n'a jamais été dit ! Il n'y a jamais eu de femme blanche ! Il n'y avait pas de bateau ! Rien n'est arrivé du tout.

Le Chacal agita la queue pour montrer à quel point il avait tout balayé de sa mémoire, et s'assit en faisant des mines.

— En fait, il arriva beaucoup de choses, dit le Mugger, battu dans sa seconde tentative pour prendre l'avantage sur son ami cette nuit-là.

De rancune, il n'y en avait ni d'un côté ni de l'autre,

cependant. Manger, être mangé, c'était la loi naturelle le long de la rivière, et le Chacal venait prendre sa part de butin lorsque le Mugger avait fini son repas.

— J'abandonnai ce bateau pour remonter le courant, et, lorsque j'eus atteint Arrah et les eaux qui sont derrière, il n'y avait plus d'Anglais morts. La rivière resta vide quelque temps. Puis vinrent un ou deux morts, en tuniques rouges, non pas anglais ceux-là, mais tous de la même race — Hindous et Purbeeahs — ensuite ils arrivèrent par cinq ou six de front, et, à la fin, depuis Arrah jusqu'au nord au-delà d'Agra, c'était comme si des villages tout entiers se fussent promenés dans l'eau. Il venait des cadavres des petits affluents, l'un après l'autre, comme descendent les troncs d'arbres après les Pluies. Quand le flot montait, ils se levaient aussi par compagnies des bancs de sable où ils avaient reposé; et la crue, en baissant, les traînait avec elle par leurs longs cheveux à travers les champs et la Jungle. Toute la nuit, encore, sur la route du Nord, j'entendis des coups de fusil, et, vers le jour, des pieds d'hommes bottés qui traversaient des gués, et ce grincement du sable sous l'eau au passage de roues pesantes; et chaque ride apportait plus de morts. A la fin même j'eus peur. « Si pareille chose arrive aux hommes, dis-je, comment le Mugger de Mugger Ghaut échappera-t-il? » Il y avait aussi des bateaux qui remontaient derrière moi, sans voiles, brûlant continuellement, comme brûlent parfois les bateaux chargés de coton, mais sans couler jamais.

— Ah! dit l'Adjudant. Il vient des bateaux comme cela dans Calcutta du Sud. Ils sont hauts et noirs, ils font écumer l'eau derrière eux avec une queue, et ils...

— Sont trois fois aussi grands que mon village. Mes bateaux, à moi, étaient bas et de couleur blanche; ils faisaient écumer l'eau sur leurs côtés, et n'étaient pas plus gros qu'il ne convient aux bateaux de quelqu'un qui dit la vérité. Ils me firent grand-peur, et je quittai l'eau pour revenir à ma rivière que voici, me cachant le jour et marchant la nuit, quand le secours des ruisseaux me faisait défaut. Je revins à mon village, mais je n'espérais pas y retrouver personne de mon peuple. Ils étaient là cependant, ils labouraient, semaient, fauchaient et marchaient çà et là dans leurs champs aussi tranquillement que leurs bestiaux.

— Restait-il toujours beaucoup à manger dans la rivière? demanda le Chacal.

— Au-delà de mes désirs. Même moi — et je ne me nourris pas de vase — même moi je me sentais las, et, je m'en souviens, un peu inquiet de cette descente continuelle de silencieux. J'entendis mon peuple dire dans le village que tous les Anglais étaient morts; mais cependant, ceux qui descendaient, le visage dans l'eau, avec le courant, n'étaient pas des Anglais, mes gens le virent bien. Enfin mon peuple déclara qu'il valait mieux ne rien dire du tout, payer l'impôt et labourer la terre. Après longtemps la rivière se dégorgea, et ceux qui la descendaient n'étaient plus évidemment que des gens noyés par les inondations, comme je pouvais bien m'en rendre compte; quoique ce ne fût plus alors aussi facile de se nourrir, j'en fus sincèrement content. Un petit meurtre par-ci par-là n'est pas une mauvaise chose — mais le Mugger lui-même est quelquefois satisfait, comme on dit.

— Merveilleux! On ne peut plus vraiment merveilleux! dit le Chacal. Je suis devenu gras rien qu'à entendre parler de tant de bonnes choses. Et ensuite, s'il m'est permis de poser une question, que fit le Protecteur du Pauvre?

— Je me dis à moi-même — et par la Droite et la Gauche du Gange! j'ai tenu bon mes mâchoires sur ce vœu — je me dis que jamais plus je ne chercherais aventure. Aussi, depuis, ai-je vécu dans le voisinage du Ghaut, tout près de mon peuple; j'ai veillé d'année en année; et il m'aimait tant qu'on me jetait des guirlandes de soucis chaque fois que je montrais la tête. Oui, mon Destin me fut indulgent, et toute la rivière est assez bonne pour respecter la présence d'un pauvre infirme comme moi; seulement...

— Personne n'est tout à fait heureux, du bec à la queue, dit l'Adjudant avec sympathie. Que manque-t-il au Mugger de Mugger Ghaut?

— Ce petit enfant blanc que je ne pus avoir, dit le Mugger avec un profond soupir. Il était bien petit, mais je ne l'ai pas oublié. Je suis vieux maintenant, mais, avant de mourir, il y a une chose nouvelle que je désire tenter. C'est vrai que ce sont gens à la démarche pesante, bavards et sans cervelle, et le plaisir serait mince, mais je me rappelle les jours d'antan, là-bas, au-dessus de Béna-rès, et, si l'enfant vit encore, il doit se les rappeler aussi. Il raconte peut-être le long de quelque rivière comment il passa autrefois ses mains entre les dents du Mugger de Mugger Ghaut. Qui sait s'il n'a pas vécu pour en faire des récits? Mon Destin m'a été favorable, mais elle me tourmente parfois dans mes rêves — la pensée de ce petit enfant blanc à l'avant du bateau.

Il bâilla et ferma ses mâchoires.

— Et maintenant je vais me reposer et songer. Gardez le silence, mes enfants, et respectez les vieillards.

Il fit demi-tour avec raideur et se traîna vers le haut du banc de sable, tandis que le Chacal se retirait avec l'Adjudant à l'abri d'un arbre échoué sur la pointe la plus rapprochée du pont du chemin de fer.

— Douce et profitable existence, ricana le Chacal en levant un regard interrogateur vers l'oiseau qui le domi-nait de toute sa hauteur. Et pas une seule fois, notez-le bien, il n'a jugé à propos de m'indiquer la place d'un relief oublié le long des berges. Cependant je lui ai cent fois signalé, à lui, de bonnes choses en train de barboter au bas de la rivière. Comme il est vrai, le proverbe : « Le monde entier oublie le Chacal et le barbier une fois les nouvelles données! » Maintenant il va dormir! *Arrh!*

— Comment un Chacal peut-il chasser avec un Mugger? déclara l'Adjudant froidement, Gros voleur et petit voleur; il est aisé de prévoir à qui va le butin.

Le Chacal se retourna avec un glapissement d'impa-tience, et il allait se rouler en boule sous le tronc d'arbre, lorsque tout à coup il se tapit, et leva les yeux à travers les branches emmêlées, vers la partie du pont située à peu près au-dessus de sa tête.

— Qu'y a-t-il encore? dit l'Adjudant, en ouvrant une aile inquiète.

— Attendez, on verra bien. Nous sommes sous leur vent, mais ce n'est pas nous qu'ils cherchent — ces deux hommes.

— Des hommes, n'est-ce que cela? Mes fonctions me protègent. Toute l'Inde sait que je suis sacré.

L'Adjudant, comme agent de la propreté publique — c'est un fonctionnaire de premier ordre — a permission d'aller partout où bon lui semble; aussi le nôtre ne broncha pas.

— Je ne vaux pas un coup d'autre chose que d'un vieux soulier, dit le Chacal.

Et il écouta de nouveau.

— Entendez-vous ce pas? continua-t-il. Ce n'était pas le cuir du pays, mais le pied chaussé d'un visage blanc. Écoutez encore, Voilà un bruit de fer là-haut, qui sonne sur du fer? C'est un fusil! Ami, ce sont les Anglais, vous savez, ces gens à démarche pesante et sans cervelle, qui viennent dire deux mots au Mugger.

— Prévenez-le alors. Quelqu'un l'appelait Protecteur du Pauvre, tout à l'heure, qui ressemblait assez à un Chacal affamé.

— Que mon cousin protège sa propre peau. Il m'a répété maintes et maintes fois qu'il n'y avait rien à craindre des visages blancs. Pas un villageois de Mugger Ghaut n'oserait venir s'attaquer à lui. Voyez, je l'avais dit que c'était un fusil! Maintenant, la chance aidant, nous aurons à manger avant le jour. Il n'entend pas bien hors de l'eau, et cette fois ce n'est pas une femme!

L'acier d'un canon de fusil brilla pendant une minute au clair de lune sur les traverses. Le Mugger reposait sur le banc de sable, immobile comme son ombre, les pattes de devant un peu écartées, la tête tombée entre elles deux, et ronflant comme un... mugger.

Une voix sur le pont murmura :

— C'est un drôle de coup de fusil — presque en ligne perpendiculaire — mais sûr comme tout, un coup de père de famille. Il vaut mieux essayer de toucher derrière le cou. Bon Dieu! quel monstre! Les villageois seront furieux pourtant s'il est tué. C'est le *deota* (le génie) de ces parages.

— Je m'en moque, dit une autre voix. Il m'a pris une quinzaine environ de mes meilleurs coolies pendant la construction du pont, et il est temps de mettre un terme à sa carrière. J'ai couru en bateau après lui pendant des semaines. Tenez-vous prêt avec le Martini dès que j'aurai tiré les deux coups de celui-ci.

— Gare à la gifle. Il ne faut pas plaisanter avec une *double four-bore*[1].

— C'est à l'autre d'en juger. Je tire!

Un grondement retentit, pareil au bruit d'un petit canon (la grosse espèce de fusil d'éléphant ne diffère pas beaucoup d'une pièce d'artillerie), et on vit un double trait de flamme, suivi de la détonation perçante du Martini dont la longue balle a facilement raison du blindage d'un crocodile. Mais les balles explosives avaient fait la besogne. L'une d'elles toucha le Mugger juste derrière le cou, à une largeur de main, sur la gauche, de l'épine dorsale, tandis que l'autre éclata un peu plus bas, à la naissance de la queue. Quatre-vingt-dix-neuf fois sur cent, un crocodile blessé à mort peut ramper jusqu'en eau profonde et disparaître; mais le Mugger de Mugger Ghaut était littéralement brisé en trois morceaux. Il put à peine remuer la tête avant que la vie l'eût quitté, et il resta là aussi plat que le Chacal.

— Tonnerre et foudre! Foudre et tonnerre! s'écria la misérable petite bête. Est-ce que la chose qui traîne les charrettes à toit sur le pont a fini par tomber?

— Ce n'est qu'un fusil, dit l'Adjudant, bien qu'il tremblât jusqu'au bout des plumes de sa queue. Rien de plus qu'un fusil. Pour sûr il est mort. Voici les visages blancs.

Les deux Anglais étaient descendus en toute hâte du pont, et coururent au banc de sable où ils restèrent à admirer la longueur du Mugger. Puis un indigène, à l'aide d'une hache, coupa la grosse tête, et quatre hommes le tirèrent en travers de la langue de terre.

— La dernière fois que je mis la main dans la gueule d'un mugger, dit l'un des Anglais en se baissant (c'était l'homme qui avait construit le pont), j'avais alors cinq ans environ — et je descendais la rivière en bateau pour aller à Monghyr. J'étais un bébé de l'Insurrection, comme

1. Le plus gros des fusils de chasse, au moyen duquel on tire des balles explosives sur les éléphants, crocodiles, rhinocéros et autres animaux lourdement cuirassés. *(N. d. T.)*

on disait. Ma pauvre mère était dans le bateau, elle aussi, et elle m'a souvent raconté comme quoi elle déchargea le vieux pistolet de mon père sur l'animal.

— Eh bien! vous avez pris certainement votre revanche sur le chef de la tribu — même si le fusil vous a fait saigner du nez. Hé! vous autres bateliers! Tirez cette bête sur la berge, vous la ferez bouillir pour avoir le crâne. Sa peau est trop abîmée pour la conserver. Allons nous coucher maintenant. Cela valait la peine de veiller une nuit, n'est-ce pas?

. . . .

Chose assez curieuse, le Chacal et l'Adjudant firent exactement la même remarque trois minutes à peine après que les hommes furent partis.

CHANSON DU FLOT

Le petit flot qui scintille
Dans le soir d'or a léché
La main d'une jeune fille
  Au passer du gué.

Pied peureux, sein frêle et tendre
Hâte-toi, gagne le bord!
Le flot dit : Tu peux attendre,
Attends-moi, je suis la Mort!

Que j'attarde par ma faute
L'amour serait grand péché,
Ce n'est qu'un poisson qui saute
  Au passer du gué.

Pied peureux, cœur frêle et tendre
Le bac te conduit au bord.
Le flot dit : Pourquoi l'attendre?
Enfant, car je suis la Mort!

A l'amour il faut que j'aille —
Dédain n'a point de mari!
Le flot autour de sa taille
  Tourbillonne et rit.

Cœur ignorant, main fidèle,
Petits pieds, si près du port
Le flot refermé sur elle
S'enfuit — rouge — loin du bord!

L'ankus du roi

Les Quatre qui jamais n'ont été remplis depuis la première
   Rosée, on les nomme —
Gueule de Jacala, gésier de Vautour, mains de Singe
   Œil d'Homme.

Dicton de la Jungle.

Kaa, le gros Python de Rocher, venait de changer de peau pour la deux centième fois peut-être depuis sa naissance; et, Mowgli, se rappelant toujours qu'il lui devait la vie, à la suite de certaine nuit blanche aux Grottes Froides, dont vous vous souvenez peut-être, accourut l'en féliciter.

Un serpent, après avoir changé de peau, reste toujours quinteux et démoralisé jusqu'à ce que la nouvelle peau commence à reluire et à prendre apparence.

Kaa ne plaisantait plus Mowgli maintenant, mais, avec tout le Peuple de la Jungle, il l'acceptait comme le Maître de la Jungle, et lui portait toutes les nouvelles qu'un python pouvait naturellement apprendre. Ce qu'ignorait Kaa de la Moyenne Jungle, comme on l'appelle, la vie qui court à ras de terre ou sous terre, la vie des cailloux, des terriers et des racines, on aurait pu l'écrire sur la plus petite de ses écailles.

Cet après-midi Mowgli, assis au milieu des grands anneaux de Kaa, maniait la vieille peau flasque et déchirée, qui gisait toute nouée et tordue parmi les rochers, telle que Kaa venait de la quitter. Kaa s'était courtoisement tassé sous les larges épaules nues de Mowgli, de sorte que le garçon reposait en réalité dans un fauteuil vivant.

— Jusqu'aux écailles des yeux, c'est parfait, murmura Mowgli, en jouant avec la vieille peau. Singulière chose de voir ainsi l'enveloppe de sa tête à ses propres pieds.

— Oui, mais je n'ai pas de pieds, dit Kaa; et, à la mode des miens, je ne le trouve pas étrange. Est-ce que tu ne te sens jamais la peau vieille et rugueuse?

— Alors, je vais me laver, Tête Plate; mais, c'est vrai, dans les grandes chaleurs j'ai parfois désiré pouvoir ôter ma peau sans douleur, et courir ainsi allégé.

— Moi aussi je me lave, et *de plus* je change de peau. Quel air a mon nouvel habit?

Mowgli passa sa main sur la marqueterie en losanges de l'immense échine :

— La Tortue a le dos plus dur, mais moins gai à l'œil, prononça-t-il. La Grenouille, qui porte mon nom, l'a plus gai, mais moins dur. C'est très beau à voir, on dirait des marbrures dans la cloche d'un lis.

— Il lui faut de l'eau. Une peau neuve ne prend jamais tout son lustre avant le premier bain. Allons nous baigner.

— Je vais te porter, dit Mowgli.

Et il se baissa, en riant, comme pour soulever le grand corps de Kaa par le milieu, juste à l'endroit où le cylindre offrait le plus d'épaisseur. C'était comme si un homme eût essayé de soulever un conduit à eau de deux pieds de diamètre; et Kaa restait immobile, pouffant de gaieté silencieuse. Puis ils commencèrent leur habituelle partie du soir : l'Adolescent, dans la fleur de sa jeune force, et le Python, en la somptueuse nouveauté de sa parure, face à face pour un match de lutte, épreuve d'adresse et de vigueur. Sans doute Kaa eût pu broyer une douzaine de Mowgli, s'il s'était laissé aller; mais il jouait avec précaution, et ne donnait pas le dixième de sa puissance. Dès que Mowgli avait eu la force de supporter quelques façons un peu rudes, Kaa lui avait enseigné ce jeu, qui assouplissait les membres du garçon comme nul autre. Parfois Mowgli, garrotté jusqu'au menton par les anneaux mobiles de Kaa, s'efforçait de dégager un bras pour saisir le serpent à la gorge. Alors Kaa cédait mollement, et Mowgli, d'un rapide mouvement des deux pieds, tâchait de paralyser la prise de l'énorme queue, tandis qu'elle cherchait en arrière, à tâtons, l'appui d'un rocher ou d'une souche. Ils oscillaient ainsi d'un côté et d'autre, tête contre tête, chacun épiant son moment jusqu'à ce que le beau groupe sculptural se fondît en un tourbillon de replis noirs et jaunes de jambes et de bras agités, pour se reformer et se défaire encore.

— Tiens! Tiens! Tiens! disait Kaa, en faisant des feintes de tête, que la main preste de Mowgli n'arrivait point à parer. Vois! Je te touche ici, Petit Frère! Et là, et là! As-tu les mains gourdes? Et là encore!

Le jeu finissait toujours de la même manière, par un coup droit de bélier qui culbutait le garçon plusieurs fois sur lui-même. Jamais Mowgli ne put trouver une garde contre cette botte foudroyante, et, comme le disait Kaa, il ne valait pas la peine d'essayer.

— Bonne chasse! grogna Kaa pour finir.

Et Mowgli, suivant l'habitude, fut lancé à une douzaine de mètres, suffoquant et riant. Il se releva, de l'herbe plein les doigts, et suivit Kaa vers la baignade favorite du sage python — mare profonde et noire comme l'encre, entourée de rochers, et qu'égayaient des moignons d'arbres sombres. Le garçon s'y glissa à la mode de la Jungle, sans un bruit, et plongea; il reparut à l'autre bord, toujours sans bruit, et se retourna sur le dos, les bras derrière la tête, suivant des yeux la lune qui se levait au-dessus des rochers, et s'amusant, du bout des orteils, à en briser le reflet dans l'eau. La tête taillée en diamant de Kaa fendit la mare comme un rasoir, et vint se poser sur l'épaule de Mowgli. Ils restèrent immobiles ainsi, voluptueusement pénétrés par la fraîcheur de l'eau.

— C'est très, très bon! dit enfin Mowgli d'une voix nonchalante. Eh bien! à cette même heure, dans le Clan des Hommes, si je me rappelle bien, ils s'étendaient sur des morceaux de bois durs, dans des trappes de boue, et, après s'être soigneusement barricadés contre l'air pur, tiraient une étoffe sale par-dessus leurs lourdes têtes, et chantaient de vilaines chansons par le nez. Il fait meilleur dans la Jungle.

Un cobra pressé descendit le long d'un rocher, but, leur souhaita « Bonne chasse! », et disparut.

— Sssh! dit Kaa, comme si quelque chose lui revenait à l'esprit. Ainsi la Jungle te donne tout ce que tu as jamais désiré, Petit Frère?

— Pas tout, dit Mowgli en riant; ou il y aurait un autre Shere Khan aussi gros à tuer une fois par lune. *Maintenant*, je pourrais tuer avec mes propres mains, sans l'aide de buffles. Et puis aussi j'ai souhaité voir briller le soleil au milieu des Pluies, et les Pluies cacher le soleil au fort de l'été; et je ne me suis jamais levé le ventre vide, sans désirer avoir tué une chèvre; et je n'ai jamais tué une chèvre sans désirer que ce fût un daim, ni un daim sans désirer que ce fût un nilghai. Mais c'est ainsi que nous sentons tous.

— Tu n'as pas d'autre désir? demanda le grand serpent.

— Que puis-je désirer de plus? J'ai la Jungle, et la Faveur de la Jungle! Y a-t-il quelque chose de plus entre l'aurore et le couchant?

— Pourtant le Cobra disait... commença Kaa.

— Quel Cobra? Celui qui vient de filer n'a rien dit. Il était en chasse.

— C'est un autre.

— As-tu donc beaucoup de rapports avec le Peuple du Poison? Pour moi je leur laisse le chemin. Ils portent la mort dans leur dent de devant, et cela n'est pas juste... car ils sont si petits. Mais quel est ce capuchon avec qui tu as causé?

Kaa se mit à rouler lentement dans l'eau, comme un steamer pris par le travers

— Il y a trois ou quatre lunes, dit-il, je chassais aux Grottes Froides, un endroit que peut-être tu n'as pas oublié. Et ce que je chassais s'enfuit en criant, au-delà des citernes, jusqu'à cette maison dont j'enfonçai jadis un mur à cause de toi, et disparut sous terre.

— Mais les gens des Grottes Froides ne logent pas dans des terriers.

Mowgli savait que Kaa parlait du Peuple Singe.

— Celui-là ne logeait pas, mais cherchait à se loger, répartit Kaa avec un petit frisson de la langue. Il entra dans un terrier qui menait très loin. Je le suivis, puis, ayant tué, je dormis. Lorsque je m'éveillai je m'avançai encore.

— Sous terre?

— Tu l'as dit. Je tombai enfin sur un Capuchon

Blanc (un Cobra Blanc), qui me parla de choses au-delà de mon entendement, et m'en montra beaucoup que je n'avais jamais vues.

— Un nouveau gibier? Était-ce de bonne chasse?

— Ce n'était pas du gibier, et je m'y serais cassé toutes les dents; mais le Capuchon Blanc me dit qu'un homme — il parlait comme s'il connaissait l'espèce — qu'un homme eût donné le sang chaud de ses veines pour la seule contemplation de ces choses.

— Nous irons voir, dit Mowgli. Je me souviens maintenant d'avoir été un homme.

— Doucement, doucement. Trop de hâte a perdu le Serpent Jaune qui voulait manger le Soleil. Nous causâmes donc sous terre, et je parlai de toi, en te désignant comme un homme. Le Capuchon Blanc (il est, en vérité, aussi vieux que la Jungle) dit : » Il y a longtemps que je n'ai vu un homme. Qu'il vienne, et il verra toutes ces choses pour la moindre desquelles beaucoup d'hommes donneraient leur vie. »

— Cela ne *peut* être qu'un nouveau gibier. Et cependant le Peuple du Poison ne nous le dit pas, lorsqu'il y a du gibier sur pied. Ce sont gens peu serviables.

— Ce n'est *pas* du gibier, te dis-je. C'est... c'est... je ne peux te dire ce que c'est.

— Nous irons. Je n'ai jamais vu de Capuchon Blanc, et j'ai envie de voir les autres choses. Est-ce qu'il les a tuées?

— Ce sont toutes des choses mortes. Il prétend qu'il est leur gardien à toutes.

— Ah! comme un loup se tient sur la chair qu'il a portée à son gîte. Allons-y.

Mowgli nagea vers le bord, se roula dans l'herbe pour se sécher, et tous deux se mirent en route pour les Grottes Froides, la cité abandonnée dont vous avez déjà entendu parler. Mowgli, à cette époque, n'avait plus peur du Peuple Singe, mais le Peuple Singe gardait la plus vive horreur de Mowgli. Cependant leurs tribus étaient en expédition dans la Jungle, de sorte que les Grottes Froides apparurent vides et silencieuses dans le clair de lune. Kaa ouvrit la marche vers les ruines du pavillon de la reine, qui s'élevaient sur la terrasse, se coula par-dessus les décombres et plongea dans l'escalier à demi bouché qui, du centre du pavillon, s'enfonçait sous terre. Mowgli lança l'appel des serpents : « Nous sommes du même sang, vous et moi », et suivit, sur les mains et les genoux. Ils se traînèrent ensuite, sur un long parcours, dans un passage en pente, qui tournait et revenait plusieurs fois sur lui-même; et, à la fin, ils atteignirent un endroit où la racine de quelque arbre géant, qui jaillissait du sol à trente pieds au-dessus, avait descellé une des lourdes pierres du mur. Ils rampèrent par cette brèche et se trouvèrent dans un vaste caveau, dont le toit en forme de dôme avait été pareillement disjoint par des racines d'arbre, de telle sorte que de rares traînées de lumière en balafraient l'obscurité.

— Voilà un gîte sûr, dit Mowgli, en se redressant et se campant sur ses jambes, mais trop loin pour y venir tous les jours. Et maintenant, qu'allons-nous voir?

— Je ne compte donc pour rien? dit une voix au milieu du caveau.

Et Mowgli vit bouger quelque chose de blanc, et, petit à petit, se dresser le cobra le plus monstrueux sur lequel ses yeux se fussent jamais posés, un être long de huit pieds ou presque, et devenu, à force de vivre dans l'obscurité, d'un blanc de vieil ivoire. La marque des lunettes elle-même sur le capuchon éployé avait tourné au jaune pâle. Ses yeux étaient aussi rouges que des rubis; tout l'ensemble présentait l'aspect le plus surprenant.

— Bonne chasse! dit Mowgli, qui n'oubliait pas plus ses bonnes manières que son couteau, et celui-ci ne le quittait jamais.

— Quelles nouvelles de la cité? demanda le Cobra Blanc, sans répondre au salut. Quelles nouvelles de la grande cité aux formidables murs — la cité des cent éléphants, des vingt mille chevaux et du bétail sans nombre — la cité du Roi de vingt Rois? Je deviens sourd ici, et il y a longtemps que je n'ai entendu les gongs de guerre.

— Il n'y a que la Jungle sur nos têtes, répondit Mowgli. Parmi les éléphants, je ne connais que Hathi et ses fils. Bagheera a égorgé tous les chevaux dans un village; et qu'est-ce que c'est qu'un Roi?

— Je t'ai déjà dit, fit Kaa doucement, s'adressant au

124

Cobra, je t'ai dit, il y a quatre lunes, que ta cité n'existait pas.

— La cité — la grande cité de la forêt, dont les portes sont gardées par les tours du Roi — ne passera point. Ils l'ont bâtie avant que sortît de l'œuf le père de mon père, et elle durera encore que les fils de mon fils seront aussi blancs que moi. Salomdhi, fils de Chandrabija, fils de Viyeja, fils de Yegasuri, l'a bâtie aux jours de Bappa Rawal. Quel bétail êtes-vous, vous autres, et à quel maître ?

— C'est une piste perdue, dit Mowgli, en se tournant vers Kaa. Je ne comprends pas ce qu'il dit.

— Moi non plus. Il est très vieux. Père des Cobras, il n'y a ici que la Jungle, comme il en a toujours été depuis le commencement.

— Alors, quel est celui-ci, dit le Cobra Blanc, assis en face de moi, sans peur, qui ne connaît pas le nom du Roi, et qui parle notre langage avec ses lèvres d'homme ? Quel est-il avec son couteau et sa langue de serpent ?

— On m'appelle Mowgli, fut la réponse. Je suis de la Jungle. Les loups sont mon peuple, et Kaa ici présent est mon frère. Père des Cobras, qui es-tu ?

— Je suis le Gardien du Trésor du Roi. Kurrun Rajah bâtit la voûte au-dessus de ma tête, aux jours où ma peau était sombre encore, afin que j'enseigne la mort à ceux qui viendraient voler. Puis on descendit le trésor par un trou, et j'entendis les chants des brahmanes mes maîtres.

— Hem ! dit Mowgli en lui-même. J'ai déjà eu affaire à un brahmane dans le Clan des Hommes, et... je sais ce que je sais. Cela va mal tourner tout à l'heure.

— Cinq fois depuis ma garde la pierre a été levée, mais toujours pour en descendre davantage, et jamais pour rien retirer. Il n'y a pas de richesses comme ces richesses, trésors de cent rois. Mais il y a longtemps, bien longtemps, que la pierre a bougé pour la dernière fois, et je pense que ma ville oublie...

— Il n'y a pas de ville. Lève les yeux. Les racines des grands arbres, là-haut, éventrent les pierres. Arbres et hommes ne poussent pas ensemble, insista Kaa.

— Deux ou trois fois, des hommes ont trouvé leur chemin jusqu'ici, répondit férocement le Cobra Blanc ;

mais ils ne disaient rien jusqu'à ce que j'arrivasse sur eux, tandis qu'ils tâtonnaient dans l'ombre, et alors ils ne criaient qu'un peu de temps. Mais vous, vous venez avec des mensonges, tous les deux, Homme et Serpent, et vous voudriez me faire croire que ma cité n'existe pas, et que ma garde est finie. Peu changent les hommes au cours des années. Et moi, je ne change jamais! Jusqu'à ce que la pierre soit levée, et que les brahmanes descendent en chantant les chants que je connais, et me nourrissent de lait chaud, et me ramènent à la lumière, moi, moi, *moi*, et pas un autre, je reste le Gardien du Trésor du Roi! La cité est morte, dites-vous, et voici les racines des arbres? Baissez-vous alors, et prenez ce que vous voulez. La terre n'a pas de trésors comme ceux-ci. Homme à langue de serpent, si tu repasses vivant le chemin que tu as pris pour entrer ici, les Rois jusqu'au dernier seront tes esclaves!

— De nouveau la piste est perdue, dit froidement Mowgli. Quelque chacal aurait-il poussé son terrier si profond, et mordu ce grand Capuchon Blanc? Il est fou sûrement. Père des Cobras, je ne vois ici rien à emporter.

— Par les Dieux du Soleil et de la Lune, la folie de la mort est sur ce garçon? siffla le Cobra. Avant que tes yeux se ferment, je vais t'accorder cette faveur. Regarde, et vois ce qu'auparavant nul homme n'a jamais vu!

— Ils ont tort, dans la Jungle, ceux qui parlent à Mowgli de faveur, dit le garçon entre ses dents; mais l'obscurité change tout, comme je le vois. Je regarderai, si cela peut te faire plaisir.

Du regard, en clignant les yeux, il fit le tour du caveau, puis ramassa sur le sol une poignée de quelque chose qui brillait.

— Oh! oh! dit-il, dans le Clan des Hommes ils aimaient à jouer avec quelque chose de pareil; seulement, ceci est jaune, et l'autre chose était brune.

Il laissa retomber les pièces d'or, et fit quelques pas en avant. Le sol du caveau disparaissait sous quelque cinq ou six pieds de monnaies d'or et d'argent qui avaient jailli des sacs où on les avait primitivement enfermées.

Au cours des siècles le métal avait fini par se tasser et s'agglomérer comme fait le sable à marée basse. Dessus, au milieu, ou bien en trouant la surface, comme des épaves bosselant la grève, se voyaient des howdahs à éléphants, en argent repoussé, incrustés de plaques en or martelé, enrichis d'escarboucles et de turquoises. Il y avait des litières et des palanquins pour transporter les reines, encadrés et cerclés d'argent et d'émaux, avec des bâtons à poignées de jade et des anneaux d'ambre pour les rideaux; des chandeliers d'or à pendeloques d'émeraudes percées qui frissonnaient sur les branches, des images de dieux oubliés, hautes de cinq pieds, en argent, avec des yeux de pierreries; des cottes de mailles damasquinées d'or sur acier, frangées d'un semis de perles gâtées et noircies par le temps; des casques à cimiers et à filets de rubis sang de pigeon, des boucliers de laque, d'écaille et de peau de rhinocéros, à bandes et à bosses d'or rouge, ornés d'émeraudes sur les bords; des faisceaux d'épées, de dagues et de couteaux de chasse à poignées de diamant; des vases et des cuillers d'or pour les sacrifices, et des autels portatifs d'une forme qui ne voit jamais la lumière du jour; des coupes et des bracelets de jade; des cassolettes, des peignes, des pots à parfums, pour le henné, pour le khôl, tous en or repoussé; des anneaux de nez, des bracelets, des diadèmes, des bagues et des ceintures sans nombre; des baudriers larges de sept doigts, en diamants et rubis taillés en pyramide; des coffres à triple armature de fer, dont le bois tombé en poudre laissait voir, à l'intérieur, des piles de saphirs étoilés, opales, œils-de-chat, saphirs ordinaires, diamants, émeraudes et grenats cabochons.

Le Cobra Blanc avait raison. Aucune somme n'aurait pu seulement commencer à payer la valeur de ce trésor, butin trié de siècles de guerre, de pillage, de commerce et d'impôts. Les monnaies seules, pierres précieuses mises à part, étaient sans prix, et le poids brut de l'or et de l'argent pouvait atteindre deux ou trois cents tonnes. Tout prince indigène dans l'Inde d'aujourd'hui, si pauvre qu'il soit, possède une réserve cachée qu'il grossit toujours; et, bien qu'une fois, de loin en loin, il arrive à un prince éclairé d'expédier quarante ou cinquante chariots à bœufs chargés d'argent pour recevoir en échange des titres de rentes, la plupart d'entre eux gardent jalousement leur trésor et son secret.

Mais naturellement Mowgli ne comprenait pas ce que tout cela voulait dire. Les couteaux l'intéressaient un peu, mais ils n'étaient pas aussi bien en main que le sien, et il eut tôt fait de les laisser retomber. A la fin il découvrit un objet vraiment captivant, posé sur le fronton d'un howdah à demi enseveli dans les monnaies. C'était un ankus ou aiguillon à éléphant, de deux pieds de long, quelque chose comme une petite gaffe. Un rubis cabochon unique en formait le sommet, et sur une longueur de huit pouces, au-dessous, le manche était clouté de turquoises brutes dont le semis rapproché fournissait une prise des plus satisfaisantes. Au-dessous encore régnait un rebord de jade sur lequel courait une guirlande de fleurs, seulement les feuilles de ces fleurs étaient d'émeraude, et les corolles de rubis sertis à même la fraîche et verte pierre. Le manche se continuait par une tige de l'ivoire le plus pur, tandis que l'extrémité — la pointe et le croc — était d'acier avec des nielles d'or qui représentaient une chasse à l'éléphant. Les dessins attirèrent l'attention de Mowgli, qui s'aperçut de quelque rapport entre eux et son ami Hathi.

Le Cobra Blanc l'avait suivi de près.

— Tout cela ne vaut-il pas la peine de mourir pour le voir? dit-il. Ne t'ai-je pas fait une grande faveur?

— Je ne comprends pas, dit Mowgli. Ce sont choses dures et froides, et en aucune manière bonnes à manger. Ceci, cependant — il souleva l'ankus — je désire le prendre, afin de le voir au soleil. Tu dis que tout cela t'appartient. Veux-tu me le donner? je t'apporterai des Grenouilles à manger.

Le Cobra Blanc frissonna tout entier d'une joie diabolique.

— Assurément, je te le donnerai, dit-il. Tout ce qui est ici, je te le donnerai... jusqu'à ce que tu t'en ailles.

— Mais je m'en vais maintenant. Il fait sombre et froid dans ce trou, et je voudrais emporter la chose à pointe d'épine dans la Jungle.

— Regarde à tes pieds! Qu'est-ce que cela?

Mowgli ramassa quelque chose de blanc et de poli.

— C'est l'os d'une tête d'homme, dit-il avec calme...
En voici deux autres.

— Ils vinrent, il y a nombre d'années, pour emporter
le Trésor. Je leur parlai dans l'ombre et ils ne bougèrent
plus.

— Mais qu'ai-je besoin de ce qu'on appelle un trésor?
Si tu veux seulement me donner l'ankus à emporter,
c'est une assez bonne chasse. Sinon, c'est bonne chasse
tout de même. Je ne me bats pas avec le Peuple du
Poison, et l'on m'a enseigné aussi le Maître-Mot de ta
tribu.

— Il n'y a qu'un Maître-Mot ici. C'est le mien!

Kaa s'élança, les yeux flambants.

— Qui m'a prié d'amener l'Homme? siffla-t-il.

— Moi, évidemment, dit du bout des dents le vieux
Cobra. Il y a longtemps que je n'avais vu d'Homme,
et celui-ci parle notre langue...

— Mais il n'était pas question de tuer. Comment
puis-je retourner à la Jungle et dire que je l'ai conduit à
la mort? dit Kaa.

— Je ne te parle pas de tuer, jusqu'à ce qu'il en soit
temps. Et quant à ce qui est, pour toi, de rester ou de
partir, il y a le trou dans le mur. Silence, maintenant,
gros tueur de singes! Je n'ai qu'à te toucher au cou,
et la Jungle n'entendra plus parler de toi. Jamais homme
n'est venu ici, qui s'en soit allé respirant encore. Je
suis le Gardien du Trésor de la Cité du Roi.

— Mais je te déclare, à toi, ver blanc des ténèbres,
qu'il n'y a ni roi ni cité! La Jungle est là tout autour de
nous! cria Kaa.

— Il y a toujours le Trésor. Mais nous pouvons faire
une chose... Attends un peu, Kaa des Rochers, et regarde
le garçon courir. Il y a place, ici, pour se divertir. La vie
est bonne. Cours çà et là pour un moment, amuse-toi,
mon garçon!

Mowgli posa tranquillement la main sur la tête de
Kaa.

— Jusqu'alors la créature blanche n'a eu affaire
qu'aux hommes du Clan des Hommes... Elle ne me

connaît pas, murmura-t-il... Elle a voulu cette chasse. Qu'on la lui donne!

Mowgli se tenait debout, l'ankus à la main, la pointe tournée vers la terre. D'un geste rapide il le lança devant lui, et l'ankus retomba sur le gros Serpent, en travers et juste en arrière du capuchon, et le cloua sur le sol. En un éclair Kaa tombait de tout son poids sur le corps qui se tordait, le paralysant du capuchon à la queue. Les yeux rouges flamboyaient, et les six pouces de tête libres battaient furieusement de droite et de gauche.

— Tue, dit Kaa, comme Mowgli portait la main à son couteau.

— Non, dit Mowgli, en tirant la lame; je ne tuerai plus, sauf pour vivre. Mais regarde, Kaa!

Il saisit le Serpent derrière le capuchon, ouvrit de force la bouche avec la lame de son couteau, et montra les terribles crocs venimeux de la mâchoire supérieure, qui apparaissaient noirs et desséchés dans la gencive. Le Cobra Blanc avait survécu à son poison, comme il arrive aux serpents.

— *Thuu* (c'est tout sec) [1], dit Mowgli.

Et, faisant un signe de départ à Kaa, il ramassa l'ankus, rendant au Cobra Blanc la liberté.

— Le Trésor du Roi réclame un nouveau Gardien, dit-il gravement. Thuu, tu as tort. Cours partout çà et là, et amuse-toi, Thuu!

— Je suis déshonoré. Tue-moi! siffla le Cobra Blanc.

— Il a été trop question de tuer ici. Nous allons partir. Je prends la chose à pointe d'épine, Thuu, comme prix du combat et de ma victoire.

— Prends garde, alors, que cette chose ne finisse par te tuer toi-même. C'est la Mort! Souviens-t'en, c'est la Mort! Il y a, dans cette chose, assez pour faire périr les hommes de toute ma cité. Tu ne la garderas pas longtemps, Homme de la Jungle, pas plus que celui qui te la prendra. Ils tueront, tueront, et tueront à cause d'elle! Ma force est desséchée, mais l'ankus fera mon ouvrage. C'est la Mort! la Mort! la Mort!

Mowgli se traîna par le trou pour regagner le passage,

---

1. Littéralement : « souche pourrie ». *(N. d. T.)*

et sa dernière vision fut celle du Cobra Blanc frappant furieusement de ses crocs désarmés les faces d'or indifférentes des dieux couchés sur le sol, et sifflant :

— C'est la Mort!

Ils se retrouvèrent avec joie une fois de plus à la lumière du jour, et, lorsqu'ils furent rentrés dans leur propre Jungle, et que Mowgli fit étinceler l'ankus au soleil du matin, il se sentit presque aussi content que de la trouvaille d'un bouquet de fleurs nouvelles pour mettre dans sa chevelure.

— C'est encore plus brillant que les yeux de Bagheera, dit-il avec ravissement comme il faisait miroiter le rubis. Je le lui montrerai... Mais que voulait dire le Thuu en parlant de mort?

— Je ne sais pas. Jusqu'au fin bout de ma queue je suis fâché que tu ne lui aies point fait tâter de ton couteau. Il y a toujours du mal aux Grottes Froides, sur terre et dessous. Mais j'ai faim maintenant. Chasses-tu avec moi, ce matin? dit Kaa.

— Non; il faut que Bagheera voie ceci. Bonne chasse !

Mowgli s'en alla, dansant, brandissant le grand ankus, et s'arrêtant de temps à autre pour l'admirer, jusqu'à la partie de la Jungle que Bagheera fréquentait de préférence; et il la trouva en train de boire après une chasse un peu dure. Mowgli lui conta ses aventures depuis le commencement jusqu'à la fin, et Bagheera, entre-temps, reniflait l'ankus. Lorsque Mowgli en vint aux derniers mots du Cobra Blanc, Bagheera fit entendre un ronron approbateur.

— Alors le Capuchon Blanc a dit la vérité? demanda Mowgli vivement.

— Je suis née dans les cages du Roi, à Oodeypore, et je me flatte de connaître un peu l'Homme. Beaucoup d'hommes tueraient trois fois dans une seule nuit rien que pour cette pierre rouge.

— Mais la pierre ne fait qu'alourdir la chose à la main. Mon petit couteau brillant vaut bien mieux; et vois! la pierre rouge n'est pas bonne à manger. Alors, pourquoi tueraient-ils?

— Mowgli, va dormir. Tu as vécu parmi les hommes, et...

— Je me souviens. Les hommes tuent parce qu'ils ne chassent pas — par oisiveté et pour le plaisir. Réveille-toi, Bagheera. Pour quel usage a-t-on fabriqué cette chose à pointe d'épine?

Bagheera ouvrit à demi les yeux — elle avait une grande envie de dormir — en un clignement malicieux.

— Les hommes l'ont fabriquée pour l'enfoncer dans la tête des fils de Hathi, afin que le sang coule. J'ai vu cela dans les rues d'Oodeypore, devant nos cages. Cette chose a goûté au sang de beaucoup d'éléphants comme Hathi.

— Mais pourquoi l'enfoncent-ils dans la tête des éléphants?

— Pour leur apprendre la Loi des Hommes. N'ayant ni griffes ni dents, les hommes fabriquent ces choses — et de pires encore.

— Toujours du sang quand on approche le Clan des Hommes ou seulement leur ouvrage! dit Mowgli avec dégoût.

Le poids de l'ankus commençait à le fatiguer.

— Si j'avais su cela, je ne l'aurais pas pris. D'abord le sang de Messua sur ses liens, et maintenant celui de Hathi. Je ne veux plus m'en servir. Regarde!

L'ankus vola parmi des étincelles, et s'enterra lui-même, la pointe en bas à cinquante mètres de là parmi les arbres.

— De cette façon, mes mains sont lavées de la mort, dit Mowgli en frottant ses mains sur la terre humide et fraîche. Le Thuu a dit que la Mort me suivrait. Il est vieux, il est blanc et il est fou.

— Blanc ou noir, mort ou vie, moi, je vais dormir, Petit Frère. Je ne peux pas chasser toute la nuit et hurler tout le jour, comme certaines gens.

Bagheera s'en alla vers un gîte d'affût de sa connaissance, à environ deux milles de là. Mowgli grimpa sans peine sur un arbre commode, noua trois ou quatre lianes ensemble, et en moins de temps qu'il n'en faut pour le dire, se balançait dans un hamac à cinquante pieds du sol. Bien qu'il n'eût pas d'objections positives contre le grand jour, Mowgli suivait la coutume de ses amis, et en usait le moins possible. Lorsqu'il s'éveilla parmi les bruyantes peuplades qui vivent dans les arbres, c'était de nouveau le crépuscule, et il venait de rêver aux beaux cailloux qu'il avait jetés.

— Il faut au moins que je revoie la chose, dit-il.

Et il se laissa glisser le long d'une liane jusqu'à terre ; mais Bagheera était devant lui. Mowgli put l'entendre flairer dans le demi-jour.

— Où est la chose à pointe d'épine? cria Mowgli.

— Un homme l'a prise. Voici sa trace.

— Nous allons voir maintenant si le Thuu dit vrai. Si la chose pointue est la Mort, cet homme-là mourra. Suivons.

— Il faut tuer d'abord, dit Bagheera. A ventre vide, œil négligent. Les hommes vont très lentement, et la Jungle est assez humide pour garder la plus légère empreinte.

Ils tuèrent aussitôt que possible, mais il ne s'écoula pas moins de trois heures avant qu'ils eussent fini leur repas, bu à leur soif, et pris la piste pour de bon. Le Peuple de la Jungle sait que rien ne répare le dommage d'un repas bousculé.

— Penses-tu que la chose pointue va se retourner dans la main de l'homme pour le tuer? demanda Mowgli. Le Thuu a dit que c'était la Mort.

— Nous verrons cela quand nous y serons, dit Bagheera, en trottant la tête basse. C'est un pied seul (elle voulait dire qu'il n'y avait qu'un homme), et le poids de la chose a imprimé son talon profondément dans la terre.

— Oui! Cela se voit aussi bien qu'un éclair de chaleur, répondit Mowgli.

Et ils prirent l'allure vive et hachée du trot de chasse, à travers le clair de lune et les taches d'ombre, en suivant les empreintes de ces deux pieds nus.

— A présent il court vite, dit Mowgli. Les orteils sont écartés.

Ils continuèrent leur course sur un terrain détrempé.

— A présent, pourquoi tourne-t-il ici tout à coup?

— Attends! dit Bagheera.

Et un bond superbe l'emporta aussi loin que possible en avant. La première chose à faire lorsqu'une piste cesse d'être claire, c'est de se jeter en avant, d'un seul coup, sans la brouiller davantage de ses propres empreintes. Bagheera, en touchant terre, se retourna et fit face à Mowgli, en criant :

— Voici une autre piste qui vient à sa rencontre. C'est un pied plus petit, cette seconde trace, et les orteils tournent en dedans.

Mowgli accourut et regarda.

— Le pied d'un chasseur Gond, dit-il. Regarde! Ici, il a traîné son arc sur l'herbe. Voilà ce qui explique pourquoi la première piste avait tourné si brusquement. Le Grand Pied voulait se cacher du Petit Pied.

— C'est vrai, dit Bagheera. Eh bien! de peur de brouiller les empreintes en croisant nos foulées, suivons chacun une piste. Je suis le Grand Pied, Petit Frère, et toi, tu es le Petit Pied, le Gond.

Bagheera retourna d'un bond à la première piste, laissant Mowgli penché sur la curieuse trace aux orteils en dedans du petit sauvage des bois.

— Maintenant, dit Bagheera, en avançant pas à pas le long de la chaîne que formaient les empreintes, moi, le Grand Pied, je tourne ici. Puis, je me cache derrière un rocher, et me tiens immobile, sans oser changer mes pieds de place. Crie-moi ta voie, Petit Frère.

— Maintenant, moi, le Petit Pied, j'arrive au rocher, dit Mowgli, en remontant rapidement sa piste. Puis je m'assois sous le rocher, appuyé sur ma main droite, et mon arc entre les orteils. J'attends longtemps, car la marque de mes pieds, ici, est profonde.

— Moi aussi, dit Bagheera, derrière le rocher, j'attends, en laissant reposer le bout de la chose à pointe d'épine sur une pierre. Elle glisse, car voici sur la pierre une égratignure. Crie ta voie, Petit Frère.

— Une, deux petites branches et une grosse, ici brisées, dit Mowgli à demi-voix. Mais comment expliquer cela! Ah! c'est clair maintenant. Moi, le Petit Pied, je m'en vais en faisant du bruit et en piétinant, pour que le Grand Pied m'entende.

Il s'éloigna du rocher, pas à pas, parmi les arbres, en élevant la voix, selon la distance, à mesure qu'il approchait d'une petite cascade.

— Je — m'en vais — très loin — là-bas — où — le
— bruit — de — l'eau — qui tombe — couvre — le —
bruit — que — je — fais; et — ici — j'attends. Crie ta
trace, Bagheera, Grand Pied!

La Panthère avait sondé le bois dans toutes les directions pour voir comment la trace du Grand Pied l'éloignait du revers du rocher. Enfin, elle donna de sa voix.

— J'arrive de derrière le rocher sur les genoux en
traînant la chose à pointe d'épine. Ne voyant personne,
je cours. Moi, le Grand Pied, je cours très vite. La trace
est claire. Que chacun de nous suive la sienne. Je cours
toujours.

Bagheera bondit le long des nettes empreintes, et Mowgli
suivit les pas du Gond. Pour un moment, il n'y eut que
silence dans la Jungle.

— Où es-tu, Petit Pied? cria Bagheera.

La voix de Mowgli lui répondit à cinquante mètres à
peine sur la droite.

— Hum! dit la Panthère avec une toux grave.

Tous deux coururent l'un à côté de l'autre en se
rapprochant.

Ils galopèrent encore un demi-mille, en gardant toujours à peu près la même distance, jusqu'à ce que Mowgli,
dont la tête n'était pas aussi près de terre que celle de
Bagheera, criât :

— Ils se sont rencontrés. Bonne chasse, regarde!
Ici se tenait le Petit Pied, son genou sur un rocher, et là-
bas est le Grand Pied.

A dix mètres à peine, en face d'eux, étendu en travers
d'un monceau de pierrailles, gisait le corps d'un villageois du district, le dos et le flanc transpercés par la petite
flèche empennée d'un Gond.

— Le Thuu était-il si vieux et si fou, Petit Frère? dit
Bagheera doucement. Voici toujours un mort.

— Suivons. Mais où est la chose qui boit le sang
d'éléphant, l'épine à l'œil rouge?

— Le Petit Pied l'a... peut-être. Il n'y a plus, de nouveau, qu'un seul pied maintenant.

La trace unique d'un homme agile qui avait couru vite,
un fardeau sur l'épaule gauche, persistait autour d'une
longue bande basse de gazon sec en forme d'éperon,

où chaque empreinte, aux yeux perçants des traqueurs, semblait marquée au fer rouge.

Ils ne parlèrent ni l'un ni l'autre jusqu'à ce que la trace aboutît aux cendres d'un feu de camp, caché dans un ravin.

— Encore! dit Bagheera, en s'arrêtant net, comme si on l'avait changée en pierre.

Le corps recroquevillé d'un petit Gond gisait là, les pieds dans les cendres, et Bagheera interrogea Mowgli du regard.

— On a fait cela avec un bambou, dit le garçon après un coup d'œil. J'en usais avec les Buffles lorsque je servais le Clan des Hommes. Le Père des Cobras — je regrette de m'être moqué de lui — connaissait bien la race, comme j'aurais dû la connaître. N'ai-je pas dit que les hommes tuaient pour le plaisir?

— En vérité, ils ont tué pour avoir des pierres rouges et bleues, répondit Bagheera. Souviens-t'en, j'ai logé moi-même dans les cages du Roi, à Oodeypore.

— Une, deux, trois, quatre pistes, dit Mowgli, en se penchant sur les cendres. Quatre pistes d'hommes aux pieds chaussés. Ils ne vont pas aussi vite que les Gonds. Mais quel mal leur avait fait le petit homme des bois? Vois, ils ont parlé ensemble, tous les cinq, debout, avant de le tuer. Bagheera, retournons. Mon cœur est lourd en moi, quoiqu'il danse de haut en bas comme un nid de loriot au bout de sa branche.

— C'est mauvaise chasse que de laisser gibier sur piste. Suivons! dit la Panthère. Ces huit pieds chaussés ne sont pas allés loin.

Ils ne parlèrent plus pendant une grande heure, tandis qu'ils relevaient la large voie des quatre hommes.

Le soleil était déjà clair et chaud lorsque Bagheera dit :

— Je sens de la fumée.

— Les hommes ont toujours plus envie de manger que de courir, répondit Mowgli, en décrivant des lacets parmi les buissons ras de la nouvelle Jungle qu'ils étaient en train d'explorer.

Bagheera, un peu sur la gauche, fit entendre un indescriptible bruit de gorge.

— En voici un qui ne mangera plus, dit-elle.

Un paquet de vêtements aux couleurs vives gisait en tas sous un buisson, et, alentour, de la farine s'était répandue.

— Cela a été fait à l'aide du bambou, dit Mowgli. Regarde! Cette poudre blanche est ce que les hommes mangent. Ils ont pris sa proie à celui-là — il portait leurs vivres — et ils l'ont livré comme proie lui-même à Chil le Vautour.

— C'est le troisième, dit Bagheera.

— J'irai porter de grosses grenouilles fraîches au Père des Cobras pour l'engraisser, se dit Mowgli. Cette chose qui boit le sang d'éléphant, c'est la Mort même, et, cependant, je ne comprends toujours pas!

— Suivons, dit Bagheera.

Ils n'avaient pas fait un mille de plus qu'ils entendirent Ko, le Corbeau, en train de chanter un chant de mort au sommet d'un tamaris, à l'ombre duquel trois hommes étaient couchés. Un feu mourant fumait au centre du cercle, sous un plat de fer qui contenait une galette noircie et brûlée de pain sans levain. Près du feu gisait flamboyant au soleil l'ankus de rubis et de turquoises.

— La chose va vite en besogne. Tout se termine ici, dit Bagheera. Comment ceux-ci sont-ils morts, Mowgli? Ils ne portent ni marque ni meurtrissure.

Un habitant de jungle arrive à en savoir, par expérience, aussi long que la plupart des médecins sur les plantes et les baies vénéneuses. Mowgli flaira la fumée qui montait du feu, rompit un morceau de pain noirci, le goûta, et, le recrachant :

— La pomme de mort, toussa-t-il. Le premier a dû la mêler aux aliments destinés à ceux qui l'ont tué comme ils avaient tué d'abord le Gond.

— Bonne chasse, en vérité! Les meurtres se suivent de près, dit Bagheera.

La « pomme de mort » est le nom que la Jungle donne à la pomme épineuse ou datura, le poison le plus prompt de toute l'Inde.

— Et quoi, maintenant? dit la Panthère. Allons-nous nous entre-tuer, toi et moi, pour cet égorgeur à l'œil rouge, là-bas?

— Parle-t-il? murmura Mowgli. L'ai-je offensé en le jetant? Entre nous deux il ne peut faire de mal, car nous n'avons pas les mêmes désirs que les hommes. Si on le laisse ici, il continuera certainement à tuer les hommes, l'un après l'autre, aussi vite que les noix tombent par le grand vent. Je ne souhaiterais pas cependant les voir mourir six par nuit.

— Qu'importe! Ce ne sont que des hommes. Ils se sont entre-tués, et ils ont été contents, dit Bagheera. Le premier petit homme des bois chassait bien.

— Ce n'en sont pas moins des enfants, et un enfant se noierait pour mordre un rayon de lune dans l'eau. Toute la faute est à moi, dit Mowgli, qui parlait comme s'il savait le fond de toutes choses. Je n'apporterai plus jamais de choses étrangères dans la Jungle, fussent-elles aussi belles que des fleurs. Ceci — il souleva l'ankus avec méfiance — va retourner au Père des Cobras. Mais il faut d'abord que nous fassions un somme, et nous ne pouvons nous coucher auprès de cès dormeurs-là. Il nous faut aussi l'enterrer, lui, de peur qu'il ne se sauve et n'en tue six encore. Creuse-moi un trou sous cet arbre.

— Mais, Petit Frère, dit Bagheera, en se dirigeant vers l'endroit indiqué, je t'assure que ce n'est pas sa faute, à ce buveur de sang. Tout le mal vient des hommes.

— C'est tout un, répondit Mowgli. Creuse le trou profond. Lorsque nous nous réveillerons, je le reprendrai pour le rapporter.

. . . .

Deux nuits plus tard, tandis que le Cobra Blanc honteux, spolié, solitaire, roulait des pensées de deuil dans les ténèbres du caveau, l'ankus de turquoises vola en sifflant par le trou du mur, et s'abattit avec fracas sur la couche de monnaies d'or.

— Père des Cobras, dit Mowgli (il avait soin de rester de l'autre côté du mur), tâche de trouver dans ton peuple quelqu'un de jeune et de bien armé qui t'aide à garder le Trésor du Roi, afin que nul homme ne sorte plus vivant d'ici.

— Ah! ah! ainsi, le voilà de retour. Je l'avais bien dit, que c'était la Mort. Comment se fait-il que tu sois encore

138

vivant? marmotta le vieux Cobra, en s'enroulant amou-
reusement autour du manche de l'ankus.

— Par le Taureau qui me racheta, je n'en sais rien!
Cette chose a tué six fois en une nuit. Ne la laisse plus
sortir.

LA CHANSON DU PETIT CHASSEUR

Mor le Paon, les Singes Gris dorment encor — tout
    est sombre,
Chil n'a point fauché le ciel sur cent brasses
    de longueur,
Par la Jungle doucement flotte un soupir, glisse
    une ombre —
    C'est la peur, ô Petit Chasseur, c'est la Peur!
Doucement, dans la clairière, elle fuit, épie, espère,
    Le murmure monte et s'étend, chuchoteur;
Ton front se mouille et se glace, à l'instant ce bruit
    qui passe —
    C'est la peur, ô Petit Chasseur, c'est la Peur!

Avant que du haut du mont la lune ait sabré la roche,
A l'heure où trempé, défait, s'égoutte le poil pleureur,
Écoute à travers la nuit: un souffle halète, approche —
    C'est la Peur, ô Petit Chasseur, c'est la Peur!
A genoux, bande la corde; en sifflant la flèche morde;
    Plonge ta lance au fourré vide et moqueur;
Ta main faiblit, se dénoue et le sang quitte ta joue —
    C'est la Peur, ô Petit Chasseur, c'est la Peur!

Quand la trombe voit le ciel, quand le pin glisse
    et s'écroule,
Quand cingle et claque le fouet de l'ouragan aboyeur,
Dans les cuivres du tonnerre une voix plus haute
    roule —

C'est la Peur, ô Petit Chasseur, c'est la Peur!
La crue écume et s'encaisse, le bloc oscillant s'affaisse,
Chaque brin d'herbe est un spectre en la livide lueur,
Ta gorge sèche se scelle et ton cœur battant martèle :
    C'est la Peur, ô Petit Chasseur, c'est la Peur!

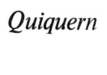

Quiquern

Les gens de la Glace de l'Est, ils fondent comme neige,
ils prennent
Du sucre et du café des Blancs, ils se rendent où les Blancs
viennent.
Les gens de la Glace d'Ouest, ils volent et versent le
sang ;
Ils portent leurs peaux au trappeur et vendent leurs âmes
au Blanc.
Les gens de la Glace du Sud avec les baleiniers brocan-
tent ;
Leurs femmes ont plus d'un ruban, plus d'un trou les toits
de leurs tentes.
Mais les gens de la Vieille Glace, aînés des golfes incon-
nus
Leurs dards sont en os de narval, et devant eux rien ne
vit plus.

Traduction.

— Il a ouvert les yeux. Regarde!

— Remets-le dans la peau. Ce sera un beau chien. A son quatrième mois nous lui donnerons un nom.

— Et pour qui? demanda Amoraq.

Les yeux de Kadlu firent le tour de la hutte de neige tapissée de peaux, et vinrent s'arrêter sur Kotuko, âgé de quatorze ans, qui, assis sur le banc de repos, taillait un bouton dans une dent de morse.

— Pour moi, dit Kotuko, avec un large sourire. J'aurai besoin de lui un jour.

Kadlu répondit par un autre sourire, qui fit disparaître ses yeux dans le gras de ses joues plates, et hocha la tête en regardant Amoraq, tandis que la mère farouche du petit chien pleurnichait de voir son bébé se démener hors d'atteinte dans le petit sac de peau de phoque qui pendait bien au chaud au-dessus de la lampe à graisse. Kotuko continua de sculpter et Kadlu, ayant jeté un paquet de harnais de chiens dans une chambre minuscule qui s'ouvrait sur un des côtés de la maison, se mit en devoir d'enlever son lourd costume de chasse en peau de renne, le plaça dans un filet de fanons de baleine pendu au-dessus d'une autre lampe, et tomba sur le banc de repos, où il resta à taquiner un morceau de viande de phoque gelée en attendant qu'Amoraq, sa femme, apportât le dîner habituel de viande bouillie et de soupe au sang. Il était allé, dès le matin, à l'aube, aux trous de phoques, à huit milles de là, et venait de rentrer avec

145

trois gros animaux. A mi-chemin du couloir ou tunnel de neige, long et bas, qui conduisait à la porte intérieure de la maison, on pouvait entendre un concert de jappements et d'aboiements : c'étaient les chiens d'attelage de son traîneau qui, après la besogne du jour, se disputaient les places chaudes. Lorsque les aboiements devinrent trop forts, Kotuko roula nonchalamment à bas du banc de repos et ramassa un fouet formé d'une souple poignée de baleines longues de dix-huit pouces et d'une courroie de vingt-cinq pieds lourdement tressée. Il plongea dans le couloir, où le vacarme devint tel qu'on eût dit que les chiens le dévoraient tout vif; mais ce n'était rien de plus que leur bénédicité coutumier avant le repas. Lorsqu'il sortit, en rampant, à l'autre extrémité, une demi-douzaine de têtes fourrées le suivirent des yeux tandis qu'il se dirigeait vers une sorte de potence faite d'une mâchoire de baleine, où la viande des chiens était accrochée. A l'aide d'un harpon muni d'un large fer il fendit en gros morceaux la viande gelée, et attendit, le fouet d'une main et la viande de l'autre. Chaque animal était appelé par son nom, les plus faibles d'abord, et malheur au chien qui devançait son tour, car la mèche effilée projetait l'éclair de sa lanière, et faisait voler un pouce, ou peu s'en faut, de poil et de peau. Chaque bête se contentait de grogner, happait, s'étranglait en avalant sa part, et s'en retournait à la hâte dans le couloir, tandis que le jeune garçon, debout sur la neige dans l'incendie des Lueurs Boréales, distribuait sa justice. Le dernier à servir fut le gros conducteur noir de l'attelage, qui maintenait l'ordre parmi les chiens sous le harnais, et Kotuko lui donna double ration de viande et un coup de fouet en surplus.

— Ah! dit Kotuko en enroulant le fouet, j'en ai, sur la lampe, un petit qui hurlera fort. *Sarpok!* Allez coucher!

Il rentra en rampant par-dessus le pêle-mêle des chiens, secoua de ses fourrures la poussière de neige avec le martinet de baleine qu'Amoraq tenait pendu près de la porte, tapota la peau qui doublait le toit, pour en détacher les glaçons qui auraient pu tomber du dôme de neige, et se roula en boule sur le banc.

Les chiens, dans le couloir, ronflaient et geignaient en dormant, le dernier-né d'Amoraq jouait des pieds, toussait et gargouillait au fond de l'épais capuchon de fourrure maternel, et la mère du petit chien nouvellement baptisé reposait à côté de Kotuko, les yeux fixés sur le sac de peau de phoque qui pendait au chaud et à l'abri au-dessus de la large flamme jaune de la lampe.

Et tout cela se passait loin, là-bas, dans le Nord, au-delà du Labrador, au-delà du détroit d'Hudson, où les grandes marées crèvent la glace, au nord de la péninsule de Melville — au nord même des étroits passages de la Fury et de l'Hécla — sur le rivage septentrional de la Terre de Baffin, où l'île de Bylot se dresse au-dessus des glaces du détroit de Lancastre comme un bol à pudding renversé. On ne connaît pas grand-chose plus haut que le détroit de Lancastre, sauf le Devon du Nord et la terre d'Ellesmere; là même, cependant, vivent quelques habitants dispersés, porte à porte, pour ainsi dire, avec le pôle même.

Kadlu était un Inuit — ce que vous appelleriez un Esquimau — et sa tribu, composée en tout d'une trentaine de personnes, appartenait au Tununirmiut, « le pays qui s'étend là-bas, derrière quelque chose ». Sur les cartes cette côte désolée s'appelle Navy Board Inlet, mais le nom d'Inuit est meilleur, parce que ce pays gît en vérité derrière tout au monde. Pendant neuf mois de l'année ce ne sont que glaces, neiges, coups de vent sur coups de vent, accompagnés d'un froid que ne peuvent imaginer ceux qui n'ont jamais vu le thermomètre descendre même à zéro. Six mois sur ces neuf il fait nuit, et c'est pour cela que le pays est si horrible. Pendant les trois mois d'été il ne gèle qu'un jour sur deux et chaque nuit; à ce moment, la neige commence à s'égoutter des pentes exposées au sud, quelques saules nains pointent leurs bourgeons laineux, une ou deux microscopiques joubardes font mine de fleurir, des plages de gravier fin et de pierres arrondies descendent vers la mer libre, et des galets polis et des rochers veinés se lèvent au-dessus de la neige granulée. Mais tout cela passe en quelques semaines; bientôt le sauvage hiver revient verrouiller la terre, tandis qu'en mer les glaces se ruent dans les courants contrariés du large, se bloquent, se choquent, se rognent, se cognent, se broient et s'échouent jusqu'à ce que tout gèle d'une pièce, sur dix pieds d'épaisseur, du rivage à l'eau profonde.

En hiver Kadlu suivait les phoques jusqu'au bord de la banquise, et les harponnait lorsqu'ils montaient pour respirer à leurs trous d'air. Le phoque a besoin d'eau libre pour y vivre et y prendre du poisson; or, la glace s'avançait parfois sans une brèche à quatre-vingts milles de la terre la plus proche. Au printemps ils abandonnaient, lui et les siens, la glace fondante pour les rochers de la côte, où ils dressaient des tentes de peaux et prenaient des oiseaux de mer au piège, ou bien harponnaient les jeunes phoques qui se chauffaient sur les grèves. Plus tard ils descendaient vers le sud, dans la terre de Baffin, chasser le renne et faire leur provision annuelle de saumon aux centaines de cours d'eau et de lacs de l'intérieur; et ils revenaient au nord en septembre ou octobre, pour la chasse du bœuf musqué et la pêche d'hiver. Ce voyage s'accomplissait en traîneaux à chiens, par traites de vingt et trente milles, ou, quelquefois, le long de la côte, dans les grands « bateaux de femmes », faits de peaux cousues, où les chiens et les bébés reposaient entre les pieds des rameurs, et où chantaient les femmes tandis qu'ils glissaient de cap en cap sur l'eau limpide et froide. Tout ce que les Tununirmiut connaissaient de raffinement venait du sud — bois échoué pour patins de traîneaux, pointes de fer pour le bout des harpons d'acier, chaudrons étamés dans lesquels on cuit la nourriture beaucoup mieux que dans les vieux ustensiles de marne savonneuse, pierres à fusil, briquet et jusqu'à des allumettes, rubans de couleur pour les cheveux des femmes, petits miroirs à bon marché, et drap rouge pour border les jaquettes de cérémonie en peau de renne.

Kadlu faisait le commerce du précieux ivoire de couleur crème que donne la corne en spirale du narval, et des dents de bœuf musqué (qui ont autant de valeur que les perles) avec les Inuit du Sud, et ceux-ci en trafiquaient à leur tour avec les baleiniers et les postes de missions des détroits d'Exeter et de Cumberland; de sorte que, grâce à cette chaîne, il arrivait qu'un chaudron, pris par quelque cuisinier de navire au bazar de Bhendy, pouvait aller finir ses jours sur une lampe à graisse, quelque part du côté le plus frais du Cercle Arctique.

Kadlu, bon chasseur, était riche en harpons de fer, en couteaux à neige, en dards pour prendre les oiseaux, et en toutes sortes d'autres choses qui facilitent la vie là-haut dans le grand froid; de plus, il était chef de sa tribu, ou, comme ils disent, « l'homme qui-la-connaît-dans-les-coins-par-la-pratique ». Cela ne lui conférait aucune autorité, sinon que, de temps en temps, il pouvait conseiller à ses amis un changement de terrains de chasse; mais Kotuko, lui, en profitait pour régenter un peu, à la façon nonchalante des gras Inuit, les autres jeunes garçons, quand ils sortaient la nuit pour jouer à la balle au clair de lune ou chanter la *Chanson de l'Enfant*, à l'aurore Boréale.

Mais à quatorze ans un Inuit se sent un homme, et Kotuko en avait assez de fabriquer des pièges pour les oies sauvages et les renards bleus, et trop d'aider les femmes à mâcher les peaux de phoques et de rennes (ce qui les assouplit mieux qu'aucun autre procédé) tout le long du jour, tandis que les hommes étaient dehors à la chasse. Il voulait aller dans le *quaggi*, la maison des chansons, où les chasseurs se réunissaient pour célébrer leurs mystères, où l'*angekok*, le sorcier, les faisait trembler des plus délicieuses terreurs une fois les lampes éteintes, alors qu'on entendait l'Esprit du Renne piaffer sur le toit, et qu'un harpon, plongé dans la nuit noire, revenait couvert de sang fumant. Il voulait pouvoir jeter ses grosses bottes dans le filet, en prenant l'air soucieux d'un maître de maison, et se mêler au jeu des chasseurs lorsqu'ils entraient à l'occasion, le soir, pour s'accroupir autour d'une sorte de roulette de famille organisée au moyen d'un pot d'étain et d'un clou. Il y avait des centaines de choses qu'il voulait faire, mais les grands se moquaient de lui, en disant :

— Attends d'être allé dans la *boucle*, Kotuko. Chasser n'est pas toujours prendre.

Maintenant que son père lui destinait un chien, les

choses prenaient meilleure tournure. Un Inuit ne va pas à la légère faire cadeau à son fils d'un bon chien avant que le garçon s'y connaisse un peu dans l'art de conduire; et Kotuko se sentait plus que sûr de n'en rien ignorer.

Si le petit chien n'eût pas été doué d'une constitution de fer, il serait mort à force d'être bourré et tripoté. Kotuko lui fabriqua un tout petit harnais muni de traits, et le remorquait partout sur le sol de la maison, en criant :

— Aua! Ja aua! (Va-t'en à droite.) Choiachoi! Ja choiachoi! (Va-t'en à gauche.) Ohaha! (Arrête.)

Le petit chien n'aimait pas du tout cela; mais de menues tracasseries de cette sorte, c'était encore du bonheur à côté de ce qui l'attendait la première fois qu'on le mit au traîneau. Il s'assit tout simplement sur la neige et se mit à jouer avec les traits en peau de phoque qui rattachaient son harnais au *pitu*, la grosse courroie de l'arc du traîneau; puis, l'attelage partant, le petit chien se trouva tout à coup bousculé par le lourd traîneau de dix pieds, traîné et roulé dans la neige, tandis que Kotuko riait aux larmes. Vinrent ensuite des jours interminables où le fouet barbare sifflait comme le vent sur la glace, où ses compagnons le mordaient tous parce qu'il ne connaissait pas l'ouvrage, où le harnais l'écorchait, et où, n'ayant plus la permission de coucher avec Kotuko, il devait, au contraire, se contenter de la place la plus froide dans le couloir. Ce fut une triste époque pour le petit chien.

Le garçon apprenait de son côté aussi vite que l'animal, bien qu'un traîneau à chiens soit la chose la plus désespérante à conduire. Chaque bête — les plus faibles près du conducteur — est attelée à son propre trait. Celui-ci se rattache, en passant sous la patte gauche antérieure, à la courroie principale, où le fixent une sorte de bouton et de boucle qu'on peut glisser l'un dans l'autre d'un tour de main, en délivrant ainsi un chien à la fois. C'est là un point capital, car il arrive souvent à de jeunes chiens que le trait reste pris entre leurs jambes de derrière, où il peut les couper jusqu'à l'os. De plus, à tous sans exception, il leur faut se visiter entre amis pendant le trajet, et ils sautent de-ci de-là parmi les traits. Puis ils se battent, et il en résulte quelque chose de plus difficile à débrouiller le lendemain qu'une ligne de pêche mouillée. On peut s'éviter beaucoup de peine par l'emploi savant du fouet. Tout jeune Inuit se targue d'être un maître de la mèche; mais s'il est facile de cingler un but marqué sur le sol, il l'est moins d'attraper, en se penchant en avant, le chien rétif juste derrière les épaules, quand le traîneau file à toute vitesse. Si on appelle un chien par son nom pour avoir « rendu une visite », et que le fouet en atteigne maladroitement un autre, les deux videront la querelle sur-le-champ, et arrêteront tout le reste. De même, si l'on voyage avec un compagnon et que l'on se mette à causer avec lui, ou bien tout seul et que l'on chante, les chiens feront halte, se retourneront et s'assoiront pour écouter ce que vous avez à dire. Kotuko se fit emballer deux ou trois fois pour avoir oublié de caler le traîneau en arrêtant. Il brisa beaucoup de fouets et mit plusieurs courroies hors d'usage avant qu'on lui confiât un attelage complet de huit et le traîneau léger. Il se sentit alors un personnage d'importance, et, cœur hardi, coude agile, faisait voler le traîneau fumant sur le miroir sombre de la glace unie, au train d'une meute en pleine chasse. Il allait à dix milles, aux trous des phoques, et, en arrivant aux terrains de chasse, détachait d'un tour de main un des traits du *pitu*, délivrant le grand chef de file noir, le plus intelligent de l'attelage à cette époque. Aussitôt que l'animal avait éventé un trou d'air, Kotuko retournait le traîneau, et enfonçait solidement dans la neige une paire d'andouillers sciés au pied, qui se dressaient comme des poignées de voiture d'enfant, afin d'empêcher l'attelage de détaler. Puis il se mettait à ramper devant lui, pouce par pouce, et attendait jusqu'à ce que le phoque montât pour respirer. Alors il plantait rapidement sa lance de haut en bas, la ligne suivait, et, un instant après, il hissait son phoque au bord du trou, tandis que le chien noir venait l'aider à traîner le cadavre sur la glace jusqu'au traîneau. C'était le moment où les chiens restés sous le harnais écumaient et hurlaient dans le feu de l'excitation, et Kotuko leur appliquait la longue mèche comme une barre de fer rouge en travers des museaux, jusqu'à ce que le froid eût raidi le cadavre. Le plus dur, c'était de rentrer à la maison : il fallait aider le traîneau chargé à travers la glace raboteuse, et les chiens s'asseyaient pour jeter des regards affamés sur le phoque au lieu de tirer; ils finissaient cependant par atteindre la route nettement frayée par les traîneaux, qui aboutissait au village, cahin-caha le long de la glace sonore, la tête basse et la queue dressée, tandis que Kotuko entonnait le *An-guti-vaun tai-na tau-na-ne taina* (La chanson du Retour du Chasseur), et que des voix le hélaient de maison en maison. sous le grand ciel terne et constellé.

Kotuko, le Chien, une fois parvenu à sa pleine croissance, eut aussi ses plaisirs. Il fit patiemment son chemin parmi les rangs de l'attelage, bataille par bataille, jusqu'à ce que, un beau soir, à l'heure du souper, il s'en prît au gros chef noir (Kotuko, le Garçon, veillait au franc jeu) et le réduisît, comme ils disent, au rôle de second chien. De sorte que, promu à la longue courroie du chien de tête, il dut, désormais, courir à cinq pieds en avant de tous les autres, accepter le devoir strict de mettre le holà à toute bataille, sous les harnais comme ailleurs, et porter un collier de fils de cuivre très épais et très lourd. En certaines occasions on lui donnait de la nourriture cuite à l'intérieur de la maison, et parfois on lui permettait de coucher sur le banc avec Kotuko. C'était un bon *chien de phoques*, et capable de mettre aux abois un bœuf musqué rien qu'à courir alentour et à lui japper aux talons. Il osait même — ce qui, pour un chien de traîneau, est le dernier mot de la bravoure — il osait même tenir tête au loup décharné de l'Arctique, que tous les chiens du Nord, en règle générale, craignent entre tout ce qui court sur la neige. Lui et son maître — ils ne considéraient pas les chiens de l'équipage ordinaire comme une compagnie digne d'eux — chassaient ensemble, jour et nuit, nuit et jour — le jeune garçon sous ses fourrures, et la bête jaune, œil étroit, crocs luisants, féroce, sous ses poils défaits.

La seule occupation d'un Inuit est de se procurer des vivres et des peaux pour lui et les siens. Les femmes transforment les peaux en vêtements, et, à l'occasion,

152

aident à prendre au piège le petit gibier; mais le soin d'assurer le gros de la nourriture — et ils mangent énormément — incombe aux hommes. Si la provision vient à manquer il n'y a là-haut personne à qui acheter, mendier ou emprunter. Il ne reste qu'à mourir.

Mais un Inuit ne songe pas à de tels malheurs, à moins d'y être forcé. Kadlu, Kotuko, Amoraq et le petit gars qui jouait des pieds dans le capuchon de fourrrure et mâchait des morceaux de graisse toute la journée vivaient heureux ensemble comme aucune famille du monde. Ils appartenaient à une race très douce — un Inuit se met rarement en colère et presque jamais ne frappe un enfant — une race qui ne savait pas au juste ce que pouvait signifier le mot « mentir » et encore moins le mot « voler ». Ils se contentaient de harponner leur vie au cœur du froid cruel et sans espoir, d'échanger leurs bons sourires huileux, de raconter le soir d'étranges contes de fantômes et de fées, de manger à satiété, et de chanter l'interminable chanson des femmes : « Amna aya, aya, amna, ah! ah! » le long des longues journées sous la lumière de la lampe en raccommodant leurs vêtements et leurs équipements de chasse.

Or, un terrible hiver, tout les trahit. Les Tununirmiut, revenus de leur pêche annuelle du saumon, construisirent leurs maisons sur la glace nouvelle au nord de l'île de Bylot, prêts à marcher au phoque dès que la mer gèlerait. Mais l'automne fut précoce et sauvage. Tout septembre durant des bourrasques continuelles soulevèrent la glace unie, que les phoques préfèrent, aux endroits où elle ne mesurait que quatre ou cinq pieds d'épaisseur, et la rejetèrent vers l'intérieur, amoncelant ainsi, sur vingt milles de large environ, une grande barrière de blocs déchiquetés en aiguilles, sur laquelle il était impossible de faire courir les traîneaux. Le bord de la banquise d'où les phoques avaient coutume de pêcher en hiver se trouvait à peut-être vingt milles au-delà de cette barrière et hors d'atteinte pour les Tununirmiut. Malgré cela ils auraient pu s'arranger pour passer péniblement l'hiver avec leur provision de saumon gelé, leurs conserves de graisse et le produit de la chasse au piège; mais, en décembre, un de leurs chasseurs tomba sur un *tupik*,

une tente de peaux, sous lequel il trouva, près d'une
jeune fille presque morte, trois femmes dont les hommes
étaient descendus avec elles de très loin dans le Nord et
avaient été broyés dans leurs petits kayaks de chasse pendant une expédition à la recherche du narval à longue
corne. Kadlu, naturellement, ne pouvait que répartir
les femmes parmi les huttes du village d'hiver, car aucun
Inuit n'oserait refuser un repas à un étranger. Il ne
sait jamais si son tour ne viendra pas de mendier lui-
même. Amoraq prit la jeune fille, qui avait environ
quatorze ans, comme une sorte de servante en sa maison.
A la coupe de son capuchon pointu, et à la forme en as
de carreau de ses guêtres blanches en peau de renne,
ils supposèrent qu'elle venait de la terre d'Ellesmere.
Elle n'avait jamais vu auparavant de casseroles en étain
ni de traîneaux à patins de bois; mais elle ne semblait
pas déplaire à Kotuko, le Garçon, ni à Kotuko, le Chien.

Puis tous les renards s'en allèrent vers le sud, et le
glouton lui-même, ce petit voleur grognon et camard
des neiges, ne se donna même plus la peine de suivre
la ligne de pièges vides que Kotuko tendait. La tribu
perdit deux de ses meilleurs chasseurs, cruellement
estropiés dans une lutte avec un bœuf musqué; il en
résulta un surcroît de travail pour le reste. Kotuko
sortait, un jour après l'autre, avec un léger traîneau
de chasse et six ou sept de ses chiens les plus vigoureux,
s'abîmant la vue à fouiller l'espace, en quête d'une surface de glace unie où quelque phoque aurait pu creuser
un trou d'évent. Kotuko, le Chien, quêtait de tous côtés,
et, dans le calme de mort des champs de glace, Kotuko,
le Garçon, pouvait entendre son jappement à demi
étranglé d'impatience au bord d'un trou de phoque,
à trois milles de là, aussi distinctement qu'à ses côtés.
Lorsque le chien avait découvert un trou, le jeune garçon se construisait un petit mur bas de neige afin d'arrêter
le plus fort de l'âpre bise, et là, il attendait dix, douze,
vingt heures, que le phoque montât pour respirer, les
yeux rivés à l'imperceptible marque qu'il avait faite
au-dessus du trou pour guider son coup de harpon,
un petit tapis en peau de phoque sous les pieds, et les
jambes liées ensemble dans le *tutareang* — la *boucle*

dont les vieux chasseurs avaient parlé. Cela aide l'homme à tenir ses jambes immobiles pendant qu'il attend — attend — et attend encore que le phoque à l'oreille si fine se dresse. Bien que cet exercice ne comporte aucune dépense de force, on n'aura pas de peine à croire que l'attente immobile dans la *boucle*, lorsque le thermomètre marque quarante degrés peut-être au-dessous de zéro, soit la plus dure besogne que connaisse un Inuit. Quand un phoque était pris, Kotuko, le Chien, bondissait en avant, sa courroie traînant derrière lui, et il aidait à tirer le corps jusqu'au traîneau près duquel les chiens, las et faméliques, reposaient maussadement à l'abri des glaçons soulevés.

Un phoque, cela n'allait pas très loin, car chaque bouche, dans le village, avait droit à sa part; on n'en gaspillait os, peau ni tendon. Les morceaux réservés d'ordinaire aux chiens passèrent à l'usage des hommes; Amoraq nourrissait l'attelage avec les lambeaux de peau de vieilles tentes d'été, qu'elle tirait de dessous le banc de repos, et les bêtes hurlaient et hurlaient encore, et se réveillaient pour hurler de faim. On pouvait, aux lampes de huttes, s'apercevoir que la famine n'était pas loin. Lors des bonnes saisons, quand la graisse abonde, la flamme, dans les vases en forme de bateau, monte à deux pieds de haut, joyeuse, grasse et jaune. Maintenant, elle avait six pouces à peine. Amoraq rabattait avec soin, du bout de son épingle, le fumeron de la mèche quand une lueur inattendue brillait pour un moment, et les yeux de toute la famille suivaient sa main. L'horreur de la famine, là-haut dans le grand froid, est moindre que la peur de mourir dans les ténèbres. Tous les Inuit redoutent la nuit qui s'appesantit sur eux sans intervalle pendant six mois chaque année; et, quand les lampes sont basses dans les maisons, les cerveaux des gens commencent à s'emplir d'inquiétude et de trouble.

Mais on allait voir pire encore.

Les chiens, mal nourris, jappaient et grondaient dans les couloirs, humant chaque nuit le vent âpre, leurs yeux flambant vers les froides étoiles. Quand ils s'arrêtaient de hurler, le silence retombait massif et lourd comme un amas de neige contre une porte, et les hommes pouvaient entendre leur sang battre dans les étroits conduits de leurs oreilles, et les chocs sourds de leurs propres cœurs sonnant aussi haut que des tambours magiques battus sur la face des neiges. Une nuit, Kotuko, le Chien, qui s'était montré particulièrement maussade sous le harnais, se leva d'un saut et poussa sa tête contre le genou de Kotuko. Le garçon le caressa, mais le chien continuait de pousser, d'un effort aveugle, tout en rampant. Alors Kadlu s'éveilla, empoigna la lourde tête de loup, et plongea son regard au fond des yeux vitreux. Le chien geignit, comme s'il avait peur, et se mit à grelotter contre les genoux de Kadlu. Les poils se hérissèrent sur son cou, et il commença à gronder comme si un étranger était à la porte; puis il aboya joyeusement, et se roula par terre en mordillant, à la manière d'un petit chien, la botte de Kotuko.

— Qu'est-ce que c'est? demanda Kotuko, qui commençait à avoir peur.

— Le mal, répondit Kadlu. C'est le mal des chiens.

Kotuko, le Chien, leva le nez et se mit à hurler de plus belle.

— Je n'avais jamais vu cela. Que va-t-il faire? demanda Kotuko.

Kadlu haussa les épaules et traversa la hutte pour aller chercher son harpon-poignard le plus court. Le gros chien le regarda, hurla encore, et plongea dans le couloir, tandis que les autres chiens s'écartaient de droite et de gauche pour lui faire large place. Dehors, sur la neige, il aboya furieusement, comme sur la trace d'un bœuf musqué, et tout en aboyant, sautant et gambadant, fut bientôt hors de vue. Son mal n'avait rien de l'hydrophobie, et n'était que simple démence. Le froid et la faim, et, par-dessus tout, l'obscurité, l'avaient rendu fou. Et, une fois que le terrible mal des chiens s'est manifesté dans un attelage, il s'étend comme une traînée de poudre. Le jour de chasse suivant, un autre chien tomba malade et fut tué sur place par Kotuko, pendant qu'il mordait et se débattait parmi les traits. Puis le second chien noir, qui avait été jadis le conducteur, donna tout à coup de la voix sur une trace de renne imaginaire, et, en un tour de main, délivré du pitu, sauta aussitôt à la gorge... d'un bloc de glace, et disparut au galop, comme avait fait son chef, le harnais sur le dos. Après cela personne ne voulut plus sortir les chiens. On en avait besoin pour autre chose, désormais, et ils savaient pourquoi; et, bien qu'à l'attache et nourris à la main, leurs yeux étaient remplis de désespoir et de crainte. Pour tout empirer, les vieilles femmes commencèrent à raconter des histoires de revenants, et à dire qu'elles avaient rencontré les âmes des chasseurs morts, ceux qu'on avait perdus à l'automne, qui prophétisaient toutes sortes d'horribles choses.

Kotuko s'affligeait plus de la perte de son chien que de tout le reste, car, bien qu'un Inuit mange énormément, il sait jeûner aussi. Mais la faim, l'obscurité, le froid, les intempéries affrontées agirent sur sa force de résistance, et il commença à entendre des voix à l'intérieur de sa tête, et à voir du coin de l'œil des gens qui n'étaient pas là. Une nuit — il s'était *débouclé* après dix heures d'attente à l'orifice d'un trou « aveugle », et se traînait en chancelant vers le village, malade de faiblesse et de vertige — il fit halte pour s'adosser contre une grosse pierre roulée, posée à la façon des roches branlantes sur la saillie d'une pointe de glace. Son poids rompit l'équilibre de la pierre, qui chavira lourdement, et comme Kotuko faisait un saut de côté pour l'éviter, elle glissa derrière lui, grinçante et sifflante, sur la glace en talus.

C'en fut assez pour Kotuko. Il avait été élevé à croire que chaque rocher, que chaque galet renfermait un habitant (son *inua*) — c'était généralement une sorte de chose féminine à un œil, appelée une *tornaque* — et que, lorsqu'une *tornaque* voulait venir en aide à un homme, elle se mettait à rouler derrière lui dans sa maison de pierre, et lui demandait s'il désirait la prendre comme bon génie. Aux dégels, en été, rochers et galets, étayés par les glaces, ne font que rouler et glisser sur toute l'étendue de la plaine, d'où — vous pouvez l'imaginer sans peine — cette croyance aux pierres vivantes. Kotuko entendait le sang lui bourdonner aux oreilles, comme il l'avait entendu tout le jour, mais il pensa que c'était la *tornaque* de la pierre qui lui parlait. Avant d'avoir atteint la maison, il avait tenu avec l'esprit, il n'en doutait pas un instant, une longue conversation, et comme tous les siens croyaient la chose très possible, il ne trouva personne pour le contredire.

— Elle m'a dit : « Je saute, je descends de ma place sur la neige », criait Kotuko, et ses yeux creux brillaient, comme il se penchait en avant dans la demi-nuit de la hutte. Elle a dit : « Je vous mènerai aux bons trous de phoques... » Demain je vais sortir, et la *tornaque* me conduira.

Alors l'*angekok*, le sorcier du village, entra dans la hutte, et Kotuko raconta l'histoire une seconde fois. Elle n'y perdit rien.

— Suis les *tornaits* (les esprits des pierres) et ils nous apporteront à manger de nouveau, dit l'*angekok*.

Jusqu'à ce moment la jeune fille qui était venue des pays du Nord avait passé ses journées près de la lampe, mangeant fort peu et parlant moins; mais comme, le matin suivant, Amoraq et Kadlu chargeaient et ficelaient un petit traîneau à main pour Kotuko, après avoir emballé son attirail de chasse avec tout ce qu'ils pouvaient disposer de graisse et de viande gelée de phoque, elle s'empara de la corde pour le tirer, et vint se placer hardiment aux côtés du jeune garçon.

— Ta maison est ma maison, dit-elle, tandis que sur ses patins d'os le petit traîneau grinçait et cahotait derrière eux à travers la sombre nuit arctique.

— Ma maison est ta maison, dit Kotuko, mais je pense que c'est chez Sedna que nous allons ensemble.

Sedna est la Maîtresse du Monde Inférieur, et les Inuit croient que tous ceux qui meurent doivent passer une année dans son horrible empire avant d'aller au Quadliparmiut, le Séjour Bienheureux, où il ne gèle jamais et où les rennes gras accourent à votre appel.

Dans tout le village les gens se criaient :

— Les *tornaits* ont parlé à Kotuko. Ils vont lui montrer la glace libre. Il nous ramènera le phoque.

Les voix se perdirent bientôt, englouties par les mornes et froides ténèbres, et Kotuko avec la jeune fille s'épaulèrent, tantôt raidissant la corde, tantôt laissant le traîneau glisser à travers la glace dans la direction de la mer Polaire. Kotuko affirmait avec insistance que la *tornaque* de la pierre lui avait dit d'aller au nord; aussi est-ce vers le nord qu'ils allaient, sous les étoiles de Tuktuqdjung le Renne — que nous appelons la Grande Ourse.

Jamais Européen n'eût réussi à faire cinq milles par jour sur des glaçons hachés et par-dessus les tas de neige aux arêtes coupantes; mais ces deux-là savaient mieux que personne quel mouvement de poignet convient pour inviter un traîneau à tourner un hummock, quelle secousse l'arrachera d'une crevasse, et la force exacte que réclament les deux ou trois coups de lance, tranquillement mesurés, qui ouvriront une issue possible lorsque tout paraît désespéré.

La jeune fille ne disait rien, mais baissait la tête, et la longue frange en fourrure de glouton qui bordait son capuchon d'hermine volait autour de sa face brune aux larges pommettes. Le ciel, au-dessus d'eux, était d'un noir intense et velouté, qui s'éclairait au bord de l'horizon en longues bandes de rouge indien où les grandes étoiles brûlaient comme des réverbères le long d'une rue. De temps en temps, l'ondulation verdâtre d'une Aurore Boréale roulait à travers le vide du haut firmament, claquait comme un pavillon, et disparaissait; ou bien un météore, plongeant de ténèbres à ténèbres, crépitait au passage, en traînant une pluie d'étincelles. Alors ils pouvaient voir la surface hérissée et sillonnée de la banquise toute pointée et brodée d'étranges couleurs, rouge, cuivre, bleuâtre; mais, à la clarté coutumière des étoiles, tout redevenait gris, uniforme, mordu de gel.

La banquise, comme vous vous en souvenez, avait été battue et tourmentée par les gros temps de l'automne au point de ne former plus qu'une sorte de tremblement de terre figé. Ce n'étaient que goulets et ravins, trous pareils à des sablonnières creusées dans la glace, blocs de glaçons épars ne formant plus qu'un avec la surface primitive de la banquise, pustules de vieilles glaces noires qu'une tempête avait refoulées sous la banquise et qui émergeaient de nouveau, galets de glace arrondis, saillies de glace taillée en scie par la neige qui vole devant la bise, et creusements de fosses où de trente à quarante acres s'étendaient à cinq ou six pieds plus bas que le niveau du reste du terrain. A courte distance, on eût pu prendre les blocs pour des phoques ou des morses, des traîneaux renversés ou des hommes en expédition de chasse, ou même pour le Grand Ours Blanc Fantôme à Dix-Pattes en personne; mais, en dépit de ces formes fantastiques, toutes comme sur le point de prendre vie, on n'entendait pas un bruit, ni même le plus faible écho d'un bruit. Et à travers ce silence et cette désolation, où flottaient et s'évanouissaient de soudaines lumières, le traîneau et les deux jeunes gens qui le tiraient rampaient comme des choses de cauchemar — un cauchemar de fin du monde à l'extrémité du monde.

Lorsqu'ils se sentaient las, Kotuko bâtissait ce que les chasseurs appellent une « demi-maison », une hutte de neige très petite, dans laquelle ils se serraient avec la lampe de voyage, et ils tentaient de dégeler un peu de viande de phoque. Lorsqu'ils avaient dormi, ils reprenaient leurs marche — trente milles par jour — pour n'avancer que de cinq milles au nord. La jeune fille se taisait presque toujours, mais Kotuko se fredonnait ou entonnait tout à coup des chansons qu'il avait apprises dans la Maison des Chanteurs — chansons de l'été, chanson du renne et du saumon — toutes cruellement déplacées en pareille saison. Il déclarait entendre la *tornaque* gronder sur ses talons, et parfois, comme un insensé, escaladait un hummock en agitant les bras et en criant des menaces.

A dire vrai Kotuko fut à très peu près fou pendant ces jours-là; mais la jeune fille tenait pour certain qu'il était guidé par son bon génie, et que tout arriverait à bonne fin. Aussi ne fut-elle pas surprise lorsque, à la fin de la quatrième marche, Kotuko, dont les yeux flambaient comme des globes de feu dans les orbites, lui dit que sa *tornaque* les suivait à travers la neige sous la forme d'un chien à deux têtes. La jeune fille regarda dans la direction que Kotuko montrait du doigt, et une Chose, en effet, sembla glisser dans un ravin. Cela n'avait certainement rien d'humain, mais tout le monde sait que la *tornaque* se plaît à apparaître sous la forme d'un ours, d'un phoque ou de n'importe quoi d'approchant.

Ce pouvait être l'Ours Blanc Fantôme à Dix-Pattes lui-même, ou toute autre chose, car les privations avaient tellement affaibli Kotuko et la jeune fille qu'ils ne pouvaient guère se fier à leurs yeux. Ils n'avaient rien attrapé, pas même aperçu trace de gibier depuis leur départ du village; leurs provisions ne pourraient durer une autre semaine, et une tempête menaçait. Or une tempête polaire peut souffler pendant dix jours sans interruption, et, tout ce temps, c'est mort certaine de se trouver dehors. Kotuko éleva une maison de neige assez grande pour y remiser le traîneau à main (il n'est jamais sage de se séparer de ses vivres) et, pendant qu'il façonnait le dernier gloc de glace qui forme la clef de voûte du toit, il vit une Chose qui l'observait du haut d'une petite falaise de glace, à un demi-mille de là. L'atmosphère était brumeuse, et la chose semblait avoir quarante pieds de long et dix pieds de haut, avec vingt pieds de queue et une silhouette aux contours tremblotants. La jeune fille la vit aussi; mais au lieu de pousser des cris de frayeur, elle dit avec calme :

— C'est Quiquern. Que va-t-il arriver?

— Il va me parler, répondit Kotuko.

Mais le couteau à neige tremblait dans sa main, car, pour grande que soit l'amitié qu'un homme se flatte d'entretenir avec des esprits étranges ou hideux, il aime rarement à être pris tout à fait au mot. Quiquern, par-dessus le marché, n'est autre que le spectre d'un gigantesque chien édenté, sans poil sur le corps, qui habite, dit-on, l'extrême Nord, et qu'on voit errer dans le pays avant qu'il arrive des choses. Ces événements peuvent être bons ou mauvais, mais les sorciers eux-mêmes ne se soucient guère de parler de Quiquern. Il rend les chiens fous. Comme l'Ours Fantôme il a plusieurs paires de pattes d'extra — six ou huit — et la Chose qu'ils voyaient sauter de haut en bas dans la brume avait plus de jambes que nul chien de chair et d'os n'en a besoin.

Kotuko et la jeune fille se blottirent en hâte dans leur hutte. Sans doute si Quiquern en eût voulu à leurs personnes, il eût pu la mettre en miettes sur leurs têtes.

Mais l'idée seule d'un pied de neige entre eux et l'obscurité inquiétante leur était d'un grand réconfort. La tempête éclata dans un cri strident du vent, pareil au sifflet d'un train, et elle tint bon trois jours et trois nuits, sans varier d'un point de compas, sans mollir une minute. Ils alimentèrent la lampe de pierre entre leurs genoux, grignotèrent la chair de phoque tiédie, et regardèrent la suie noire s'amasser au plafond, pendant soixante-douze interminables heures. La jeune fille fit le compte des vivres dans le traîneau : il n'en restait plus que pour la consommation de deux jours, et Kotuko examina les pointes de fer et les attaches en nerf de renne de son harpon, de sa lance à phoques et de son javelot pour les oiseaux. Il n'y avait pas autre chose à faire.

— Nous irons bientôt chez Sedna... très tôt, murmura la jeune fille. Dans trois jours nous nous coucherons et nous serons partis. Ta *tornaque* ne fera-t-elle rien pour nous ? Chante-lui une chanson d'*angekok* pour la faire venir.

Il se mit à chanter, attaquant très haut sur le ton de hurlement des chansons magiques. Et l'ouragan tomba lentement. Au milieu de la chanson la jeune fille tressaillit, puis posa sa main enveloppée d'une mitaine et ensuite la tête sur le sol de glace de la hutte. Kotuko suivit son exemple, et tous deux restèrent agenouillés, les yeux dans les yeux, chaque nerf tendu à se rompre, écoutant. Il détacha une tranche mince du lacet en fanon de baleine qui fermait un piège à oiseaux posé sur le traîneau, et, après l'avoir redressée, la fixa tout droit dans un petit trou à même la glace, en l'appuyant du bout de sa mitaine. C'était presque aussi délicatement ajusté que l'aiguille d'une boussole, et maintenant, au lieu d'écouter, ils regardaient. La fine tige trembla un instant — le plus léger frémissement du monde — puis vibra sans interruption pendant quelques secondes, reprit son immobilité, et se mit à vibrer de nouveau en s'inclinant cette fois vers un autre point du compas.

— Trop tôt! dit Kotuko. Quelque grosse banquise se sera disloquée très loin d'ici.

La jeune fille montra du doigt la baguette, et secoua la tête.

— C'est la grande débâcle, dit-elle. Écoute la glace au-dessous, elle cogne.

En s'agenouillant, cette fois-ci, ils purent entendre les grognements sourds les plus bizarres, et des coups qui semblaient frapper sous leurs pieds. Parfois on eût dit qu'un petit chien nouveau-né piaulait au-dessus de la lampe, parfois, qu'on aiguisait une pierre sur de la glace dure; puis, reprenaient comme des roulements de tambours voilés. Mais tout cela étiré, diminué, sons affaiblis qui auraient parcouru à travers une petite corne une distance longue et exténuante.

— Ce n'est pas couchés que nous irons à Sedna, dit Kotuko. C'est la débâcle. La *tornaque* nous a trompés. Nous allons mourir.

Si étrange que cela puisse paraître, tous deux se trouvaient aux prises avec le plus réel danger. Les trois jours de tempête avaient refoulé vers le sud les eaux profondes de la baie de Baffin, et les tassaient contre le bord de l'immense champ de glaces qui s'étend de l'île de Bylot vers l'ouest. En outre, le fort courant qui prend naissance dans l'Est, au large détroit de Lancastre, charriait avec lui, sur une longueur de plusieurs milles, ce qu'on appelle de la glace en paquets — glace rugueuse qui n'a pas gelé en champs; et ces paquets étaient en train de bombarder la banquise, en même temps que l'ébranlaient et la minaient la houle et le flux d'une mer soulevée par la tempête. Les bruits auxquels Kotuko et la jeune fille avaient prêté l'oreille étaient les échos affaiblis de cette lutte à trente ou quarante milles de là, et c'était au choc de cette lutte que tremblait la petite tige indiscrète.

Or, comme le disent les Inuit, lorsqu'une fois la glace se réveille après son long sommeil d'hiver, personne ne sait ce qui peut arriver, car la massive banquise change de forme presque aussi vite qu'un nuage. La tempête était évidemment une tempête de printemps, lâchée hors de saison, et tout devenait possible.

Cependant les deux jeunes gens se sentaient, en leur for intérieur, moins malheureux qu'auparavant. Si la banquise cédait, il n'y aurait plus ni attente ni souffrance. Les esprits, les lutins et le monde des sorciers erraient sur la glace convulsée, et tous deux allaient pénétrer peut-être dans le domaine de Sedna, côte à côte, avec toutes sortes de choses sauvages, encore dans l'éclat de leur exaltation. Quand ils quittèrent la hutte après la tempête, le bruit grandissait à l'horizon d'une façon continue, et la glace compacte gémissait et bourdonnait autour d'eux.

— C'est encore là, dit Kotuko.

Au sommet d'un hummock se tenait, couchée ou tapie, la Chose à huit pattes qu'ils avaient vue trois jours auparavant, et elle hurlait horriblement.

— Suivons, dit la jeune fille. Peut-être connaît-il quelque route qui ne mène pas à Sedna.

Mais elle chancela de faiblesse en prenant la corde pour tirer le traîneau. La Chose s'éloignait lentement et pesamment le long des crêtes, en se dirigeant toujours vers l'ouest et la terre, et ils suivirent, tandis que le grondement de tonnerre, sur le bord de la banquise, roulait de plus en plus près. La lèvre de la banquise se fendait et se crevassait dans toutes les directions sur trois ou quatre milles de profondeur, et de grandes mottes de glace, de dix pieds d'épaisseur et de quelques yards à vingt acres carrés, cahotaient, plongeaient, écumaient l'une contre l'autre et contre la banquise encore intacte, tandis que la lourde houle entrait, poussait et fusait dans leurs intervalles. Ces béliers de glaçons formaient, pour ainsi dire, la première armée que la mer lançait à l'assaut de la banquise. Le fracas et les chocs incessants de ces blocs de glace couvraient presque les grincements des feuillets de glace brute glissés tout d'une pièce sous la banquise, comme des cartes poussées brusquement sous un tapis de table. En eau peu profonde ces feuillets s'empilaient l'un par-dessus l'autre jusqu'à ce que celui du fond touchât la vase à cinquante pieds de profondeur; et les lames décolorées assaillaient la glace bourbeuse jusqu'à ce que la pression croissante finît par entraîner de nouveau tout en avant. En plus de la banquise et de la glace en paquets, la tempête et les courants amenaient de véritables icebergs, des montagnes de glace flottantes, arrachées aux côtes groenlandaises ou au rivage septentrional de la baie de Melville. Elles avançaient solennellement, broyant tout sur leur passage, parmi l'écume blanchissante, et arrivaient sur la banquise comme une flotte d'autrefois, toutes voiles dehors. Mais un iceberg, prêt, en apparence, à balayer le monde devant lui, échouait piteusement, chavirait, soudain pataugeant dans une mousse d'écume boueuse et dans un enveloppement d'embruns glacés, tandis qu'un autre, beaucoup plus petit et moins élevé, éventrait et chevauchait la banquise plate, rejetant de part et d'autre des tonnes de déblais, et ouvrant une entaille d'un mille avant de s'arrêter. Quelques-uns tombaient comme des glaives, en taillant des canaux aux berges coupantes, d'autres éclataient en grêle de blocs pesant chacun des vingtaines de tonnes, qui tournoyaient et clamaient parmi les hummocks. D'autres encore, en touchant, se dressaient d'un élan hors de l'eau, se tordaient comme de douleur, et retombaient sur le flanc, d'une masse, tandis que la mer poudroyait par-dessus leurs épaules. Ce travail de la glace, foulée, tassée, fléchie, bouclée, arc-boutée, sous toutes les formes possibles, continuait à perte de vue le long de la ligne nord de la banquise.

Du point où se trouvaient Kotuko et la jeune fille, le chaos ne formait en apparence qu'une ondulation incertaine et rampante au ras de l'horizon, mais elle se rapprochait à chaque instant, et ils pouvaient entendre très loin, du côté de la terre, un sourd grondement, pareil à celui d'une artillerie au fond d'un brouillard. Cela signifiait que la banquise refoulée s'écrasait contre les falaises d'acier de l'île de Bylot, la terre là-bas, au sud, derrière eux.

— Pareille chose ne s'est jamais produite, dit Kotuko, en ouvrant les yeux de stupeur. Ce n'est pas l'époque. Comment la banquise peut-elle céder maintenant?

— Suis *cela!* cria la jeune fille, en désignant de la main la Chose qui, moitié boitant, moitié courant, fuyait, affolée, devant eux.

Ils suivirent en halant le traîneau à main tandis que de proche en proche gagnait l'assaut des glaces mugissantes. A la fin les champs qui les entouraient se mirent à craquer et s'étoiler dans tous les sens, les crevasses à s'ouvrir et se refermer comme des mâchoires de loups. Mais à l'endroit où la Chose se tenait, sur une éminence formée de vieux blocs de glace épars, et haute d'une cinquantaine de pieds, il ne se produisait aucun mouvement. Kotuko bondit impétueusement de l'avant, tirant la jeune fille derrière lui, et rampa jusqu'au pied du tertre. La glace causait de plus en plus haut autour d'eux, mais le tertre tenait bon; et, comme la jeune fille levait les yeux vers son compagnon, celui-ci dressa son coude droit et le projeta en avant, faisant ainsi le geste par lequel un Inuit désigne la terre sous la forme d'une île. Et c'était la terre en effet où la Chose boiteuse à huit pattes les avait conduits — quelque îlot du large à pointe de granit et à grèves de sable, ferré, gainé et masqué de glace au point que nul homme n'aurait pu le distinguer de la banquise : mais là-dessous, c'était la terre ferme et non plus la glace mouvante. Le bris et le rebondissement des glaçons, lorsqu'ils touchaient terre et volaient en éclats, en marquaient le contour, et un banc de sable ami s'avançait vers le nord, et faisait dévier l'élan des glaces les plus lourdes, exactement comme un soc de charrue retourne la glèbe. Il y avait à craindre, sans doute, qu'un champ de glace fortement pressé remontât la grève d'un élan subit, vînt raser la racine de l'îlot, et l'emportât d'un coup, mais cela ne troublait ni Kotuko ni la jeune fille, tandis qu'ils construisaient leur maison de neige et se mettaient à manger parmi le tumulte des glaces qui dansaient le long du rivage martelé. La Chose avait disparu, et Kotuko, accroupi près de la lampe, parlait avec exaltation de son pouvoir sur les esprits, quand, au milieu de ses paroles égarées, la jeune fille se mit à rire et à se balancer d'arrière en avant.

Derrière son épaule, deux têtes, l'une jaune et l'autre noire, s'introduisaient au ras du sol de la hutte, les têtes des deux chiens les plus déconfits, les plus penauds qu'on ait jamais vus. L'une appartenait à Kotuko, le Chien, et l'autre au conducteur noir. Tous deux étaient gras à présent, bien portants, et tout à fait revenus à leur état normal, mais accouplés l'un à l'autre de la plus étrange façon. Lorsque le conducteur noir s'enfuit, il avait encore, vous vous en souvenez, son harnais sur le dos. Il devait, après avoir rencontré Kotuko, le Chien, s'être amusé ou battu avec lui, car son nœud coulant d'épaule s'était pris dans le fil de cuivre tressé du collier de Kotuko, et s'était serré à fond de telle sorte qu'aucun d'eux ne pouvant atteindre le trait pour le ronger, chacun restait attaché, flanc contre flanc, au cou de son voisin. Cela, joint à la liberté de chasser pour leur propre compte, devait avoir contribué à les guérir de leur folie. Ils semblaient en effet parfaitement raisonnables.

La jeune fille poussa du côté de Kotuko les deux bêtes, qui faisaient piteuse mine, et, avec des sanglots de rire, s'écria :

— Voilà Quiquern, celui qui nous a conduits à la terre. Regarde ses huit pattes et sa double tête!

Kotuko, à l'aide de son couteau, leur rendit la liberté, et ils se jetèrent dans ses bras, le jaune et le noir ensemble, en essayant d'expliquer comment ils avaient recouvré la raison. Kotuko passa la main sur leurs flancs lisses et bien en chair :

— Ils ont trouvé à manger, dit-il, avec un sourire. Je ne crois pas que nous allions si tôt à Sedna. C'est ma *tornaque* qui me les a envoyés. Ils sont guéris de leur mal.

A peine eurent-ils salué Kotuko de leurs caresses, que ces deux animaux, qui avaient été forcés de dormir, de manger et de chasser ensemble pendant les dernières semaines écoulées, sautèrent à la gorge l'un de l'autre; et la maison de neige fut témoin d'une belle bataille.

— Des chiens à jeun ne se battent pas, dit Kotuko. Ils ont trouvé du phoque. Dormons. Nous aurons à manger.

A leur réveil, la mer libre battait la grève nord de l'île, et toute la glace désagrégée avait été entraînée vers la terre. Le bruit du premier ressac est l'un des plus délicieux pour l'oreille d'un Inuit, car il annonce le printemps en route. Kotuko et la jeune fille se prirent les mains et sourirent : franc et sonore, le grondement du flot parmi les glaçons leur rappelait le temps du saumon et du renne, et le parfum des saules nains en fleur. Pourtant, au moment même qu'ils regardaient, la surface de la mer commençait, tant le froid sévissait intense, à se prendre dans l'intervalle des blocs flottants; mais on voyait sur l'horizon un vaste reflet rouge, la lueur du soleil englouti. C'était plutôt l'entendre bâiller dans son sommeil que le voir se lever en vérité, et la lueur ne dura que peu de minutes; n'importe, elle marquait le tournant de l'année. Et rien, ils le sentaient, ne pouvait changer cela.

Kotuko trouva les chiens en train de se battre dehors, sur le cadavre encore chaud d'un phoque venu à la suite du poisson qu'une tempête met toujours en mouvement. Ce fut le premier des quelque vingt ou trente phoques qui atterrirent dans l'île au cours de la journée; et, jusqu'à ce que la mer gelât pour de bon, il y eut des centaines de vives têtes noires qui flottaient, réjouies, sur l'eau libre et peu profonde, çà et là, parmi les glaçons.

C'était bon de se remettre à manger du foie de phoque, de verser, sans y regarder, la graisse dans les lampes, et de voir la flamme briller à trois pieds de haut; mais, aussitôt la nouvelle glace en état de les porter, Kotuko et la jeune fille chargèrent le traîneau à main et firent tirer les deux chiens comme jamais ils n'avaient tiré de leur vie, car il fallait redouter ce qui avait pu se passer dans le village. Le temps était toujours aussi impitoyable : mais on tire plus aisément un traîneau chargé de vivres qu'on ne chasse volontiers à jeun. Ils laissèrent vingt-cinq cadavres de phoques ensevelis dans la glace du rivage, tout prêts au besoin, et se hâtèrent vers les leurs. Les chiens leur montrèrent la route, dès que Kotuko leur eut dit ce qu'on attendait d'eux, et, bien que rien n'indiquât la terre, en deux jours ils donnaient de la voix aux portes du village de Kadlu. Trois chiens seulement leur répondirent : les autres avaient été mangés, et les maisons étaient presque plongées dans l'obscurité. Mais Kotuko cria : « Ojo! » (viande bouillie), et des voix faibles lui répondirent; et, quand il fit l'appel du village, nom par nom, à voix très distincte, il n'y avait pas de manquants.

Une heure plus tard, les lampes flambaient dans la maison de Kadlu, la neige fondue tiédissait sur le feu, les pots commençaient à mijoter doucement, et la neige dégouttait du toit, pendant qu'Amoraq préparait un repas pour tout le village, et que le dernier-né mâchait une tranche de fine graisse à goût de noisette, que les chasseurs, avec lenteur et méthode, s'emplissaient de viande de phoque jusqu'au gosier. Kotuko et la jeune fille racontèrent leur histoire. Les deux chiens étaient assis entre eux et, chaque fois que revenaient leurs noms, chacun dressait une oreille et prenait l'air aussi honteux que possible. Une fois qu'un chien a été fou et qu'il a recouvré la raison, il est pour toujours à l'abri de nouvelles attaques.

— Ainsi la *tornaque* ne nous a pas oubliés, dit Kotuko. La tempête a soufflé, la glace s'est rompue, et le phoque est venu derrière le poisson qu'effrayait la tempête. Maintenant, les nouveaux trous de phoques ne sont pas à deux jours d'ici. Que les bons chasseurs sortent demain et rapportent les phoques que j'ai harponnés — vingt-cinq ensevelis dans la glace. Lorsque nous les aurons mangés nous irons tous à la suite du phoque sur la banquise.

— Et vous, que faites-vous? demanda le sorcier du village sur le ton particulier qu'il employait pour s'adresser à Kadlu, le plus riche des Tununirmiut.

Kadlu regarda la jeune fille des pays du Nord, et répondit avec calme :

— Nous autres, nous construisons une maison.

Il désigna le côté nord-ouest de sa maison, qui est celui qu'habitent toujours le fils ou la fille mariés.

La jeune fille ouvrit les mains, la paume en dessus, avec un petit hochement de tête désespéré : c'était une étrangère, on l'avait ramassée mourant de faim, et elle ne pouvait rien apporter dans le ménage.

Amoraq sauta en bas du banc où elle était assise, et se mit à empiler toutes sortes de choses sur les genoux de la jeune fille : lampes de pierre, racloirs à peaux, chaudrons d'étain, peaux de renne bordées de dents de bœuf musqué, et de vraies aiguilles à voiles, telles qu'en emploient les marins — la plus belle dot qu'on eût jamais donnée aux confins extrêmes du Cercle Arctique. Et la jeune fille des pays du Nord pencha la tête jusqu'à toucher le sol.

— Eux aussi! dit Kotuko, en riant et en faisant signe aux chiens qui poussèrent leurs museaux froids dans le visage de la jeune fille.

— Ah! dit l'*angekok* avec une toux importante, comme s'il avait tout prévu dès longtemps. A peine Kotuko eut-il quitté le village, je me rendis à la Maison des Chanteurs, et là je chantai les paroles magiques. Je chantai durant toutes les longues nuits, j'invoquai l'Ombre du Renne. Ce sont mes chants qui firent souffler la tempête grâce à laquelle s'est disloquée la glace, et qui menèrent les deux chiens vers Kotuko, dans le moment où la glace allait lui broyer les os. C'est ma chanson qui attira le phoque derrière la glace rompue. Mon corps reposait tranquille dans le *quaggi*, mais mon esprit courait partout sur la glace pour guider Kotuko et les chiens dans tout ce qu'ils faisaient. C'est moi qui ai tout fait.

Tout le monde, était repu et tombait de sommeil, aussi personne ne le contredit; et l'*angekok* se servit encore un nouveau morceau de viande bouillie, et se coucha pour dormir auprès des autres, dans la maison chaude, bien éclairée, qui sentait l'huile.

. . . .

Or, Kotuko, qui dessinait fort bien dans le style inuit, grava des images de toutes ces aventures sur une longue lame d'ivoire plat percée d'un trou au bout. Lorsque la jeune fille et lui remontèrent au nord, vers la terre d'Elles- mere, l'année du Grand Hiver Libre, il laissa l'histoire en images à Kadlu, qui la perdit sur le sable le jour où son traîneau à chiens se brisa, un été, au bord du lac Netilling, à Nikosiring; c'est là que, le printemps suivant, la trouva un Inuit du lac; celui-ci la céda à un homme d'Imigen, qui était interprète sur un baleinier du détroit de Cumberland; et ce dernier la vendit à Hans Olsen, depuis quartier-maître à bord d'un grand steamer qui emmenait des touristes au cap Nord en Norvège. La saison des touristes passée, le steamer fit le voyage de Londres en Australie, en relâchant à Ceylan; et là, Olsen vendit l'ivoire à un bijoutier cingalais pour deux saphirs en imitation. Je l'ai trouvé sous des vieilleries, dans une maison à Colombo, et l'ai traduit d'un bout à l'autre.

ANGUTIVAUN TAINA

Ceci est une traduction très libre de la Chanson du Retour du Chasseur, telle que les hommes la chantent après la chasse au phoque. Les Inuit répètent toujours les choses indéfiniment.

Nos gants sont raides de sang gelé,
*   Nos peaux de neige grise ;*
Le phoque, le phoque on l'a rapporté
*   Du bord de la banquise !*

Au jana! Aua! Oha! Haq!
*   Les chiens fendent la bise,*
Nous rentrons — les longs fouets font clic clac —
*   Du bord de la banquise !*

Nous avons traqué le phoque jusqu'à
*   Sa retraite surprise.*
Notre œil tint la cloche qu'il marqua
*   Au bord de la banquise !*

Harpon levé! Le phoque vient au bord.
*   Frappe bas! Bonne prise!*
Ainsi fut-il joué, mis à mort,
*   Au bord de la banquise !*

Nos gants se collent de sang gelé,
*   Nos cils de neige grise ;*

Nous reverrons nos femmes, rentrés
Au bord de la banquise!

Au jana! Aua! Oha! Haq!
    Les chiens fendent la bise,
Les femmes nous ont hélés déjà
    Au bord de la banquise!

Chien rouge

Par nos nuits, nos belles nuits — la course et le bois attaque
Bien quêté, loin guetté, droit mené, fin traqué!
Par le flair de l'aube si pur jusqu'à l'adieu de la rosée!
Par les galops dans le brouillard, la bête dans la reposée!
Par le cri de nos louves quand le sambhur fait
        tête d'abord!
            Par les nuits ivres de risque et de mort!
            Par les siestes, le jour, au repaire! —
            Le pacte est bon, bonne la guerre.
                Bien   Aller!   Plus   fort!

Ce fut après la descente de la Jungle que commença la période la plus agréable de la vie de Mowgli. Il avait cette paix de conscience qui suit le règlement d'un juste compte; et toute la Jungle lui était amie, car toute elle le craignait. Les choses qu'il fit, vit et entendit, en vaquant de l'un chez l'autre, avec ou sans ses quatre compagnons, fourniraient matière à beaucoup, beaucoup d'histoires aussi longues, chacune, que celle-ci. Par exemple vous ne saurez jamais comment il échappa à l'éléphant enragé de Mandla, celui qui tua vingt-deux bœufs traînant onze chariots de monnaie d'argent à destination du Trésor et dispersa dans la poussière les roupies neuves; comment il combattit Jacala, le Crocodile, toute une longue nuit, dans les Marais du Nord, et brisa son couteau de chasse sur le dos cuirassé du monstre; comment il trouva un autre couteau, neuf et plus long, au cou d'un homme qui avait été tué par un sanglier, et comment il traqua le sanglier et le tua en juste paiement du couteau; comment, pendant la grande famine, il se trouva pris dans la migration des Cerfs et faillit périr écrasé parmi le reflux des hordes fumantes; comment il sauva Hathi le Silencieux d'une fosse dont le fond était armé d'un pieu, et comment, le jour suivant, il tomba lui-même dans une trappe à léopards des plus ingénieuses, dont Hathi brisa autour de lui les épais madriers; comment il alla traire les buffles sauvages dans les marécages et, comment...

175

Mais il faut raconter une histoire à la fois.

Père Loup et Mère Louve moururent, et Mowgli roula une grosse pierre contre la bouche de la caverne et pleura sur eux le Chant de Mort. Baloo devint très vieux et tout raide, et Bagheera même, dont les nerfs étaient d'acier et les muscles de fer, semblait plus lente à tuer. Akela tourna du gris au blanc de lait par l'effet de l'âge; ses côtes saillaient, il marchait comme s'il eût été en bois, et Mowgli tuait pour lui. Mais les jeunes loups, les fils du Clan débandé de Seeonee, croissaient et multipliaient, et, lorsqu'ils atteignirent le chiffre d'une quarantaine, tous loups de cinq ans, sans maître, de pied net, Akela leur dit qu'ils devraient se réunir et suivre la Loi, et courir sous les ordres d'un chef, comme il convenait au Peuple Libre.

En cela Mowgli se garda bien de donner son avis; il avait, disait-il, mangé du fruit amer, et il savait sur quel arbre il poussait; mais lorsque Phao, fils de Phaona (son père était le Traqueur Gris au temps où Akela menait le Clan), eut gagné par une série de combats le droit de conduire le Clan suivant la Loi de la Jungle, et lorsque les vieux appels et les vieilles chansons se reprirent à sonner sous les étoiles, Mowgli revint au Rocher du Conseil en souvenir de l'ancien temps. S'il lui plaisait de parler, le Clan attendait qu'il eût fini, et sa place était sur le Rocher, au-dessus de Phao, à côté d'Akela. Ce furent des jours de bonne chasse et de bon sommeil. Nul étranger ne se souciait de pénétrer dans les jungles qui appartenaient au peuple de Mowgli, comme on appelait le Clan, et les jeunes loups devenaient gras et forts, et on apportait une foule de petits à l'examen. Mowgli ne manquait jamais une séance d'Examen, car il se souvenait de la nuit où une panthère noire avait donné au Clan un bébé brun tout nu, et le long appel : « Regardez, regardez bien, ô Loups! » remuait dans son cœur d'étranges émotions. Le reste du temps, il était au loin dans la Jungle, à goûter, toucher, voir et sentir des choses toujours nouvelles.

Un soir, au crépuscule, il s'en allait, trottant sans hâte à travers les collines, porter au vieil Akela la moitié d'un daim fraîchement tué, ses quatre loups sur les talons, se chamaillant un peu et se culbutant par pure joie de vivre, lorsqu'il perçut un cri qu'il n'avait pas entendu depuis les mauvais jours de Shere Khan. C'était ce qu'on appelle dans la Jungle le *Pheeal*, une sorte de hurlement que pousse le chacal lorsqu'il chasse derrière un tigre ou lorsqu'il y a quelque riche curée sur pied. Imaginez un mélange de haine, de triomphe, de crainte et de désespoir, au travers duquel loucherait une sorte de discordance, vous aurez quelque idée du *Pheeal*, qui s'éleva, retomba, frémit et s'étrangla dans le lointain au-delà de la Waingunga. Les Quatre aussitôt se hérissèrent en grondant. La main de Mowgli se porta à son couteau, et lui aussi fit halte comme si on l'eût changé en pierre.

— Pas un Rayé n'oserait tuer ici, dit-il enfin.

— Ce n'est pas le cri de l'Avant-Courrier, dit Frère Gris. Il s'agit d'une grosse curée. Écoute!

Le cri monta de nouveau, moitié sanglot, moitié rire, absolument comme modulé par de flexibles lèvres humaines. Alors Mowgli respira profondément, et prit sa course vers le Rocher du Conseil, joignant sur sa route nombre de loups du Clan qui arrivaient en hâte. Phao et Akela siégeaient ensemble sur le Rocher, et, au-dessous d'eux, chaque nerf tendu, se tenaient assis les autres. Les Mères et les louvarts regagnaient au petit galop leurs liteaux; car, lorsque le *Pheeal* résonne, ce n'est pas le moment, pour les faibles, de rester dehors.

Ils n'entendaient plus rien que le murmure de la Waingunga dans l'ombre et les vents du soir parmi les hautes branches, quand, tout à coup, de l'autre côté de la rivière, s'éleva l'appel d'un loup. Ce n'était pas un loup du Clan, car ceux-ci entouraient tous le Rocher. L'appel se changea en un long aboiement désespéré : « Dhole! » disait-il, « Dhole! Dhole! Dhole! » Au bout de quelques minutes ils entendirent un bruit de pas harassés sur les roches, et un loup décharné, tout dégouttant d'eau, les flancs rayés de rouge, la patte droite de devant hors de service, les mâchoires blanches d'écume, se jeta au milieu de l'assemblée et vint se coucher haletant, aux pieds de Mowgli.

— Bonne Chasse! Sous quel chef? demanda gravement Phao.

— Bonne chasse! Je suis Won-tolla, fut la réponse.

Il voulait dire qu'il était un solitaire, pourvoyant
à lui-même, à sa femelle et à ses petits, au fond de quelque gîte isolé. Won-tolla signifie un indépendant — qui
ne relève d'aucun Clan. Tandis qu'il haletait, on pouvait
suivre le va-et-vient de sa carcasse sous les grands coups
de son cœur.

— Qui bouge? demanda Phao.

C'est la question que pose toute la Jungle, après
le *Pheeal*.

— Le dhole, le dhole du Dekkan... le Chien Rouge,
le Tueur! Ils sont remontés du sud au nord, déclarant
leur Dekkan vide, et tuant tout sur leur passage. Lorsque
cette lune était nouvelle j'avais quatre des miens : ma
femelle et mes trois petits. Elle leur enseignait à tuer
sur les plaines de gazon, à se cacher pour rabattre le
daim, comme nous faisons, nous autres du plat pays.
A minuit, je les entendis ensemble à pleine gorge sur la
voie. Au petit vent de l'aube je les trouvai raides sur
l'herbe — tous quatre, Peuple Libre, les quatre que j'avais
à cette lune nouvelle! Alors j'ai requis mon Droit de
Sang, et j'ai marché au dhole.

— Combien sont-ils? demanda Mowgli.

Le Clan grondait sourdement de la gorge.

— Je n'en sais rien. Tout ce que je peux dire, c'est
que trois d'entre eux ne tueront plus; mais, à la fin, ils
m'ont mené comme un daim, forcé de courir sur trois
pattes. Regardez, Peuple Libre!

Il avança une patte meurtrie, toute noire de sang
coagulé. Il portait, en outre, de cruelles morsures aux
flancs, près du ventre, et des plaies dans le poil ravagé
de son cou.

— Mange, dit Akela, en se levant de dessus la proie
que Mowgli lui avait apportée.

Le Loup Franc se jeta sur elle d'un air affamé.

— Ce ne sera pas perdu, dit-il humblement, lorsque
fut émoussé l'aiguillon de sa faim. Qu'on me rende
un peu de ma force, Peuple Libre, et je tuerai, moi
aussi! Mon liteau est vide, que vit plein cette lune,

178

lorsqu'elle était nouvelle, et la Dette de Sang n'est pas toute payée.

Phao entendit ses dents craquer sur un fémur et grogna d'un air approbateur.

— Nous aurons besoin de ces mâchoires-là. Le dhole a-t-il ses petits avec lui?

— Non, non. Tous chasseurs rouges : chiens adultes du Clan, lourds et forts.

Cela signifiait que le dhole, le Chien Rouge, le chien-chasseur du Dekkan, s'était mis en campagne, et les loups savaient bien que le tigre lui-même abandonne au dhole sa proie toute fraîche. Ils poussent droit devant eux à travers la Jungle, et ce qu'ils rencontrent, ils l'abattent et le mettent en pièces. Quoiqu'ils ne soient pas aussi gros ni moitié aussi rusés que le loup, ils sont très forts et très nombreux. Les dholes, par exemple, ne prendront pas le nom de clan à moins d'être une centaine d'individus solides, alors que quarante loups font un clan très sortable. Les courses errantes de Mowgli l'avaient mené au bord des hauts plateaux gazonnés du Dekkan, et il avait souvent vu les dholes dormir, jouer et se gratter sans crainte parmi les petits creux et les mottes qu'ils utilisent comme gîtes. Il n'avait pour eux que haine et mépris, parce qu'au flair ils ne sentaient pas comme le Peuple Frère, parce qu'ils n'habitaient pas dans des cavernes, et surtout parce qu'ils avaient du poil entre les doigts de pied, tandis que lui et ses amis avaient le pied net. Mais il savait, car Hathi le lui avait dit, il savait quelle terrible chose est un clan de dholes en chasse. Hathi lui-même s'écarte de leur route. Et, jusqu'à ce qu'ils soient tous morts, ou que le gibier se fasse rare, ils vont de l'avant, et tuent comme ils vont.

Akela, lui aussi, savait quelque chose des dholes; il dit à Mowgli avec calme :

— Il vaut mieux mourir dans les rangs du Clan que sans chef et tout seul. C'est une belle chasse, et — ma dernière. Mais, autant que dure la vie de l'homme, tu as encore devant toi beaucoup de nuits et de jours. Petit Frère, va-t'en vers le nord, couche-toi et attends : s'il reste un loup vivant après que le dhole aura passé, il te portera des nouvelles de la bataille.

— Ah! dit Mowgli avec une gravité parfaite, faut-il que je m'en aille aux marais attraper des petits poissons et dormir dans un arbre, ou dois-je demander secours aux *bandar-log*, et croquer des noix dans les branches, tandis que le Clan se bat au-dessous?

— C'est une lutte à mort, dit Akela. Tu n'as jamais rencontré le dhole — le Tueur Rouge. Le Rayé lui-même...

— Aowa! Aowa! dit Mowgli avec un geste d'humeur. J'en ai tué, un singe rayé, dans le temps. Écoute un peu : j'ai eu un loup pour père, une louve pour mère, j'ai eu aussi pour père et mère à la fois un vieux loup gris (pas très sage; il est blanc maintenant). Donc je dis — il éleva la voix — je dis que, lorsque le dhole viendra, si le dhole vient, Mowgli et le Peuple Libre sont de même poil pour cette chasse; et je dis, par le Taureau qui me racheta, le taureau dont Bagheera me paya au vieux temps que vous autres du Clan ne vous rappelez pas, je dis, moi, pour que les Arbres et la Rivière l'entendent et s'en souviennent, si je l'oublie; je dis, moi, que ce couteau, le mien, fera la besogne d'un croc pour le Clan — et il n'est pas trop émoussé, je pense. J'ai dit. Telle est ma Parole, ma Parole qui ne m'appartient plus.

— Tu ne connais pas le dhole, homme à langue de loup, cria Won-tolla. Je cherche seulement à leur payer ma Dette de Sang avant qu'ils me mettent en mille pièces. Ils vont lentement, tuant tout sur leur route. Mais, dans deux jours, j'aurai repris quelque force, et je ferai tête de nouveau, pour ma Dette de Sang. Quant à *vous*, Peuple Libre, je vous conseille de gagner le nord, et de vous contenter de peu pour un certain temps, jusqu'à ce que le dhole soit passé. C'est une chasse où il n'y a guère de sommeil.

— Écoutez l'Étranger! s'écria Mowgli avec un éclat de rire. Peuple Libre, il nous faut aller au nord vivre de lézards et de rats d'eau, de peur que par hasard nous rencontrions le dhole! Il faut lui laisser tuer tout sur nos réserves, tandis que nous resterons cachés dans le Nord, jusqu'à ce qu'il lui plaise de nous rendre notre bien. Ce n'est qu'un chien — et le petit d'un chien — rouge, à ventre jaune, sans gîte, avec du poil entre chaque doigt de pied! Il compte sa portée par six et huit, comme Chikai, le petit rat sauteur. Sûrement, il nous faut fuir, Peuple Libre, et aller mendier chez les gens du Nord des issues de bétail pourri! Vous connaissez le dicton : « Au nord, la vermine; au sud, les poux. » Nous, nous sommes la Jungle. Choisissez, vous autres. Oh! choisissez. Il s'agit d'une belle chasse! Au nom du Clan — de tout le Clan — au nom du liteau et de la portée, par le gibier d'ici, par le gibier d'ailleurs, par la biche qui mène le daim, et le petit, petit louveteau dans la caverne, c'est juré — juré — juré!

Le Clan répondit par un aboiement profond, dont le fracas retentit dans la nuit comme la chute d'un arbre.

— C'est juré! crièrent-ils.

— Restez avec eux, dit Mowgli à ses quatre loups. Nous n'aurons pas une dent de trop. Que Phao et Akela préparent tout pour la bataille. Je m'en vais compter les chiens.

— Mais, c'est la mort! s'écria Won-tolla en se levant à demi. Que peut celui-ci, tout nu, contre le Chien Rouge? Le Rayé lui-même, rappelle-toi...

— Il faut que tu sois d'ailleurs, vraiment, jeta Mowgli par-dessus son épaule. Mais nous causerons quand les dholes seront morts. Bonne chasse, tous!

Il plongea en hâte dans l'obscurité, ivre de surexcitation sauvage, regardant à peine où il mettait le pied, et, par une conséquence naturelle, trébucha et vint tomber tout de son long sur les grands anneaux de Kaa, dans un endroit où le python surveillait une coulée de cerfs, au bord de la rivière.

— Kssha! dit Kaa en colère. Est-ce là métier de Jungle que de piétiner, de sauter et de gâcher ainsi toute une nuit de chasse — et quand le gibier donne si bien?

— C'est ma faute, dit Mowgli, en se relevant. Justement je te cherchais, Tête Plate; mais, chaque fois que nous nous rencontrons, tu es plus long et plus large de la longueur de mon bras. Il n'y a personne comme toi dans la Jungle, ô sage, vénérable, ô fort, ô le plus beau des Kaas.

— Bon, voilà une nouvelle piste maintenant. Où mène-t-elle? dit Kaa d'une voix radoucie. Il n'y a pas une lune que certaine graine d'homme, armée d'un couteau, me jetait des pierres à la tête et me miaulait de vilains noms de chat sauvage parce que je dormais en plaine.

— Oui, et que tu faisais tourner à tous vents les Cerfs sur pied, et que Mowgli était en train de chasser, et que ce même Tête Plate avait l'oreille trop dure pour l'entendre siffler et pour s'ôter ainsi du chemin des cerfs, repartit Mowgli posément, en s'installant au milieu des anneaux bigarrés.

— Et, à l'heure qu'il est, cette même Graine d'Homme vient avec des paroles caressantes et flatteuses vers ce même Tête Plate, lui dit qu'il est sage, fort et beau, tant que ce vieil innocent de Tête Plate finit par le croire et se replie pour faire place, comme ceci, à cette Graine d'Homme qui jette des pierres, et... Es-tu à l'aise maintenant? Est-ce Bagheera qui pourrait t'offrir un si bon lit de repos?

Kaa s'était, comme d'habitude, moulé en une sorte de demi-hamac qui cédait moelleusement sous le poids de Mowgli. A tâtons, dans l'ombre, le garçon se pelotonna dans la courbe souple du cou pareil à un câble, jusqu'à ce que la tête de Kaa reposât sur son épaule; et alors il lui raconta tout ce qui était arrivé cette nuit-là dans la Jungle.

— Il se peut que je sois sage, dit Kaa à la fin du récit, mais sourd, je le suis sans conteste. Autrement j'aurais entendu le *Pheeal*. Je ne m'étonne plus que les mangeurs d'herbe soient sur l'œil. Combien sont les dholes?

— Je n'ai pas vu encore. Je suis venu d'un trait. Tu es plus vieux que Hathi. Mais, oh! Kaa — ici Mowgli frétilla de joie —, quelle belle chasse ce sera! Peu d'entre nous verront une autre lune.

— Est-ce que tu vas donner, toi aussi, dans cette affaire? Rappelle-toi que tu es un homme, et quel clan t'a rejeté. Laisse le loup s'arranger avec le chien. Toi, tu es un homme.

— Les noix de l'an dernier sont du terreau cette année, dit Mowgli. C'est vrai, je suis un homme, mais je crois bien avoir dit cette nuit que je suis un loup. J'ai fait appel aux Arbres et à la Rivière pour qu'ils se souviennent. Je suis du Peuple Libre, Kaa, jusqu'à ce que le dhole ait passé.

— Peuple Libre, grogna Kaa. Voleurs libres! Et tu t'es lié par ce nœud de mort, en mémoire de loups qui ne sont plus! Cela n'est pas de bonne chasse.

— Il s'agit de ma Parole que j'ai donnée. Les Arbres savent, la Rivière sait. Jusqu'à ce que le dhole ait passé, elle ne peut m'être rendue.

— Ngssh! Cela brouille toutes les pistes. J'avais pensé à t'emmener avec moi dans les Marais du Nord, mais parole donnée — même la parole d'un Petit d'Homme, tout nu, sans poil — est parole donnée. Maintenant, moi, Kaa, je dis...

— Réfléchis bien, Tête Plate, avant de te lier aussi toi-même par le nœud de mort. Je n'ai pas besoin de ta Parole, à toi, car je sais bien...

— Soit, dit Kaa. Je n'engagerai pas ma Parole; mais qu'as-tu l'intention de faire lorsque le dhole va venir?

— Il faut qu'ils traversent à la nage la Waingunga. J'ai songé à les attendre couteau en main sur les hauts-fonds, le Clan derrière moi; et ainsi frappant et daguant nous pourrions les rabattre en aval, ou leur rafraîchir un peu la gorge.

— Le dhole ne tourne pas tête et il a la gorge chaude, dit Kaa. Il n'y aura ni Petit d'Homme ni louveteau après cette chasse-là : rien que des os secs.

— Ah la la! si nous mourons nous mourrons. Ce sera une tout à fait belle chasse, mon cœur est jeune et je n'ai pas vu beaucoup de Pluies. Je ne suis ni sage ni fort. As-tu un meilleur plan, Kaa?

— J'ai vu cent et cent Pluies. Hathi n'avait pas perdu ses dents de lait que ma trace était déjà large dans la poussière. Par le Premier Œuf! je suis plus vieux que beaucoup d'arbres, et j'ai vu tout ce que la Jungle a fait.

— Mais cette chasse est nouvelle, dit Mowgli. Jamais encore le dhole n'a croisé notre piste.

— Ce qui est a déjà été. Ce qui sera n'est rien de plus qu'une année oubliée qui frappe en arrière. Reste tran-quille pendant que je les compte, mes années.

Durant le long espace d'une heure, Mowgli resta

étendu parmi les anneaux, jouant avec son couteau, pendant que Kaa, la tête immobile au ras du sol, pensait à tout ce qu'il avait vu et connu depuis le jour où il était sorti de l'œuf. La lumière semblait s'être évanouie de ses yeux et les avoir laissés comme des opales mortes; et, de temps en temps, il faisait, avec la tête, de petites passes saccadées à droite et à gauche, comme s'il chassait en rêve. Mowgli somnolait tranquillement : il savait que rien ne vaut un somme avant de se mettre en chasse, et il pouvait, par entraînement, s'endormir à son gré, quelle que fût l'heure du jour ou de la nuit.

Puis il sentit Kaa s'allonger et s'enfler sous lui, comme le gigantesque python se dilatait en sifflant avec le bruit d'une épée tirée d'un fourreau d'acier.

— J'ai revu toutes les saisons mortes, dit-il enfin, et les grands arbres et les vieux éléphants et les rochers dont les pointes étaient nues avant que la mousse y vînt croître. Es-tu encore vivant, *toi*, Petit d'Homme?

— La lune vient seulement de se lever, répondit Mowgli. Je ne comprends pas...

— Hssh! Me voici Kaa de nouveau. Je savais bien qu'il n'y avait que peu de temps. Maintenant, allons à la rivière, et je te montrerai ce qu'il y a à faire contre le dhole.

Il se dirigea, droit comme la flèche, vers le large courant de la Waingunga, et plongea un peu au-dessus de l'eau qui recouvrait le Roc de la Paix, Mowgli toujours à ses côtés.

— Non, ne nage pas. Je vais aller vite. Sur mon dos, Petit Frère.

Mowgli assujettit son bras gauche autour du cou de Kaa, laissa pendre son bras droit le long du corps et joignit ses pieds allongés. Alors Kaa se mit à remonter le courant comme lui seul pouvait le faire, tandis que les rides de l'eau refoulée se relevaient en fraise autour du cou de Mowgli, et que ses pieds ondulaient de-ci de-là dans les remous qui fouettaient les flancs du python. Un mille à peu près au-dessus du Roc de la Paix, la Waingunga s'étrangle dans une gorge dont les parois de marbre ont quatre-vingts ou cent pieds de haut, et le courant file comme un canal de moulin par-dessus et parmi toutes sortes de vilaines pierres. Mais Mowgli ne s'inquiétait guère de l'eau : aucune eau du monde n'eût pu lui donner un moment de frayeur. Il examinait les parois de la gorge et reniflait avec malaise à cause d'une odeur aigre et douceâtre dans l'air, assez semblable à celle d'une grosse fourmilière par un jour de chaleur. Instinctivement il se baissa dans l'eau, ne sortant la tête que tout juste pour respirer, et Kaa vint jeter l'ancre, d'une double torsion de queue, autour d'un rocher du fond, en maintenant Mowgli au creux d'un anneau, tandis que l'eau fuyait le long de leurs corps.

— C'est la demeure de la Mort! dit le garçon, Pourquoi venir ici?

— Elles dorment, répondit Kaa. Hathi ne ferait point un pas pour éviter le Rayé. Cependant, Hathi et le Rayé évitent tous deux le dhole et rien, dit-on, n'écarte le dhole de son chemin. Cependant, pour qui le Petit Peuple des Rochers s'écarterait-il de sa route? Dis-moi, maître de la Jungle, qui est le maître de la Jungle?

— Elles! murmura Mowgli. C'est la Demeure de la Mort. Allons-nous-en.

— Non, regarde bien, car elles dorment. Rien n'est changé depuis le temps où je n'avais pas encore la longueur de ton bras.

Les rochers de cette gorge de la Waingunga, fendus comme ils l'étaient, rongés par les intempéries, servaient, depuis le commencement de la Jungle, de demeure au Petit Peuple des Rochers, aux abeilles noires sauvages de l'Inde, toujours affairées et furieuses; et, comme Mowgli le savait bien, sur un espace d'un demi-mille autour de leur patrie toute trace s'écartait. Depuis des siècles le Petit Peuple s'y était fixé, essaimant de fissure en fissure, sans se lasser d'essaimer encore; des traînées de miel desséché tachaient le marbre blanc, tandis que, hauts, profonds et noirs, les rayons s'étageaient dans l'obscurité des grottes. Et ni homme, ni bête, ni feu, ni eau ne les avaient jamais atteintes. La gorge, dans toute sa longueur, semblait, sur les deux côtés, tendue de velours sombre à reflets miroitants, et Mowgli se laissa couler davantage en regardant, car c'étaient les millions d'abeilles agglomérées, qui dormaient. On voyait encore des blocs et des festons et comme des troncs d'arbres pourris, bossuant la paroi du rocher : vieux rayons des années passées, ou nouvelles cités bâties dans l'ombre de la gorge abritée; et des masses de débris spongieux et pourris avaient roulé et restaient suspendues parmi les arbres et les lianes qui s'attachaient à la paroi. En écoutant, il entendit maintes fois le bruissement et le glissement des rayons trop chargés comme ils versaient ou s'en allaient tomber quelque part à travers les galeries sombres; puis un grondement d'ailes irritées, et le monotone goutte-goutte-goutte du miel perdu s'écoulant jusqu'au moment où il débordait d'une saillie à l'air libre et filtrait lourdement parmi les petites branches. Il y avait une grève minuscule, large de cinq pieds à peine, d'un côté de la rivière, où s'étaient haut amoncelés les détritus d'innombrables années. Là gisaient des abeilles mortes, des bourdons, des rayons vides, des ailes de phalènes et de scarabées maraudeurs qui s'étaient égarés là en quête de miel, tout cela confondu en tas arrondis de fine poussière noire. L'âcre odeur qui s'en dégageait eût suffi pour épouvanter tout ce qui n'avait pas d'ailes et n'ignorait pas ce qu'était le Petit Peuple.

Kaa remonta le courant de nouveau jusqu'à un banc de sable à l'entrée de la gorge.

— Voici le gibier de la saison, dit-il. Regarde!

Sur le bord de la rivière gisaient les squelettes d'un couple de jeunes cerfs et d'un buffle. Mowgli voyait bien que ni loup ni chacal n'avaient touché aux os, qui avaient gardé leur disposition naturelle.

— Ils ont dépassé la ligne, ils ne savaient pas, murmura Mowgli, et le Petit Peuple les a tués. Allons-nous-en avant qu'elles s'éveillent.

— Elles ne s'éveillent pas avant l'aurore, dit Kaa. Maintenant je vais te dire. Il y a de cela beaucoup, beaucoup de Pluies, un daim poursuivi vint du sud jusqu'ici, ne connaissant pas la Jungle, un clan sur les talons. Aveuglé par la terreur il sauta. Le Clan chassait à vue, chaud sur la piste et sans voir ailleurs. Le soleil était haut, le Petit Peuple était nombreux et très en colère. Nombreux également furent ceux du Clan qui sautèrent dans la Waingunga, mais ils étaient morts avant de toucher l'eau. Ceux qui ne sautèrent pas moururent aussi dans les rochers là-haut. Mais le daim vécut.

— Comment?

— Parce qu'il arriva le premier, courant pour sa vie; parce qu'il sauta avant que le Petit Peuple fût en garde, et parce qu'il était déjà dans la rivière quand elles se rassemblèrent pour tuer. Mais le Clan qui suivait fut tout entier accablé sous le poids du Petit Peuple, qu'avaient éveillé les pieds de ce daim.

— Le daim vécut? répéta lentement Mowgli.

— Du moins, ce n'est pas alors qu'il mourut, quoiqu'il n'eût personne pour épier sa chute, ni le renfort d'un corps vigoureux contre la violence de l'eau, pas même certain vieux Tête Plate, jaune, pesant et lourd, tel qu'en pourrait attendre, par exemple, certaine Graine d'Homme — oui, quand elle aurait sur sa trace tous les dholes du Dekkan. Qu'est-ce que tu en penses?

La tête de Kaa reposait sur l'épaule mouillée de Mowgli, et sa langue vibrait à l'oreille du garçon. Après un long silence Mowgli murmura :

— C'est aller tirer la Mort par la barbe, mais, Kaa, tu es, en vérité, le plus sage de toute la Jungle.

— Beaucoup l'ont dit. Comprends, maintenant, si les dholes te suivent...

— Comme sûrement ils me suivront. Oh! oh! J'ai sous la langue beaucoup de petites épines à leur enfoncer dans la peau.

— S'ils te mènent chaud et vite, à l'aveugle, sans yeux que pour tes épaules, ceux qui ne mourront pas là-haut prendront l'eau ici, ou plus bas, car le Petit Peuple se lèvera et les couvrira. Or, l'eau de la Waingunga a toujours faim, et ils n'auront pas de Kaa pour les maintenir à la surface; ils seront emportés, ceux du moins qui survivront, vers les hauts-fonds qui avoisinent les liteaux de Seeonee, et là, ton Clan peut les cueillir à la gorge.

— Ahai! Eowawa! Rien ne pourrait tomber mieux, sauf les Pluies en temps de sécheresse. Il n'y a plus maintenant que la petite affaire de la course et du saut. Je vais me faire connaître des dholes, de telle façon qu'ils me suivent de très près.

— As-tu vu les rochers au-dessus de toi? Du côté de la terre?

— Non, c'est vrai. J'avais oublié cela.

— Va voir. C'est du terrain pourri, tout en crevasses et en trous. Un de tes maladroits pieds posé sans bien voir où, et ce serait fini de la chasse. Écoute, je te laisse ici, et pour toi, rien que pour toi, je vais prévenir le Clan afin qu'il sache où trouver le dhole. Quant à moi, je ne fais peau commune avec aucun loup.

Lorsque Kaa n'aimait pas quelqu'un de sa connaissance il savait se montrer plus désagréable que personne dans la Jungle, sauf peut-être Bagheera. Il descendit le courant à la nage, et, en face du Roc, il tomba sur Phao et Akela en train d'écouter les bruits de la nuit.

— Hssh! chiens, dit-il d'un air jovial. Le dhole descendra le courant. Si vous n'avez pas peur, vous pourrez les tuer sur les hauts-fonds.

— Quand viendront-ils? demanda Phao.

— Et où donc est mon Petit d'Homme? réclama Akela.

— Ils viendront quand ils viendront, répondit Kaa. Attendez pour voir. Quant à *ton* Petit d'Homme, dont tu as accepté la Parole et que tu livres ainsi de sang-froid à la mort, c'est avec *moi* qu'il est, *ton* Petit d'Homme, et s'il n'est pas déjà mort, ce n'est pas de ta faute, chien blanchi que tu es! Attends le dhole ici, et tiens-toi heureux que le Petit d'Homme et moi combattions de ton bord.

Kaa, filant à contre-courant, vint, rapide comme l'éclair, s'amarrer de nouveau au milieu de la gorge, les yeux fixés en haut sur la ligne des falaises. Bientôt il vit la tête de Mowgli se profiler sur les étoiles, un sifflement passa dans l'air, suivi du *schloup* mordant et net d'un corps qui tombe les pieds les premiers; et, l'instant d'après, le corps se retrouvait au repos dans la boucle du corps de Kaa.

— Ce n'est rien à sauter la nuit, dit tranquillement Mowgli. J'ai sauté de deux fois plus haut pour mon plaisir; mais le terrain est mauvais, là-haut — rien que buissons ras et crevasses profondes — tout cela plein du Petit Peuple. J'ai empilé de grosses pierres à côté de trois crevasses. Je les renverserai avec mes pieds en courant, et le Petit Peuple se lèvera furieux derrière moi.

— Voilà des ruses d'homme, dit Kaa. Tu es très sage, mais le Petit Peuple est *toujours* en colère.

— Non, au crépuscule, toutes les ailes à la ronde se reposent pour un temps. Or, c'est au crépuscule que je m'amuserai avec le dhole, car c'est en plein jour qu'il chasse le mieux. En ce moment il suit, au sang, la trace de Won-tolla.

— Le dhole n'abandonne pas une trace de sang, pas plus que Chil un bœuf mort, dit Kaa.

— Eh bien! il faut que je lui donne à suivre une trace de sang neuve — du sien, si je peux, et je lui ferai manger la poussière. Tu vas rester ici, Kaa, jusqu'à ce que j'arrive avec mes dholes!

— Oui, mais quoi, s'ils te tuent dans la Jungle ou si le Petit Peuple te tue avant que tu puisses sauter dans la rivière?

— Vienne demain, nous tuerons demain! dit Mowgli en citant un dicton de Jungle. Quand je serai mort, il sera temps de chanter le Chant de Mort. Bonne chasse, Kaa!

Il détacha son bras du cou du python, et descendit la gorge comme une poutre dans une crue d'orage, pagayant obliquement vers l'autre rive où le courant s'apaisait, et riant tout haut de bonheur. Il n'était rien que Mowgli préférât au plaisir de « tirer la Mort par la barbe », comme il disait, et de faire sentir à la Jungle entière qu'il était son seigneur et maître. Il avait souvent, avec l'aide de Baloo, volé des nids d'abeilles dans des arbres isolés, et il savait que le Petit Peuple déteste l'odeur de l'ail sauvage. Aussi en cueillit-il un petit bouquet qu'il noua d'un lien d'écorce. Puis il suivit la trace sanglante de Won-tolla, qui courait des liteaux vers le sud, pendant quelque cinq milles, regardant les arbres, la tête de côté et riant à gorge déployée.

— Mowgli la Grenouille ai-je été, se dit-il, Mowgli le Loup ai-je dit que je suis. C'est Mowgli le Singe qu'il me faut être maintenant, avant que je sois Mowgli le Daim. A la fin, je serai Mowgli l'Homme. Ho!

Et il glissa son doigt tout le long des dix-huit pouces de lame de couteau.

La trace de Won-tolla, toute criblée de taches de sang noir, s'enfonçait dans une forêt d'arbres touffus, aux troncs serrés, qui s'étendait vers le nord-est, et se clairsemait peu à peu jusqu'à deux milles environ des Rochers aux Abeilles.

Du dernier arbre à la brousse naine des Rochers aux Abeilles s'étendait un espace libre où il y avait de couvert à peine pour cacher un loup. Mowgli trotta sous les arbres, évaluant les distances d'une branche à l'autre, grimpant de temps en temps à un tronc, et s'essayant à bondir d'arbre en arbre, jusqu'au terrain découvert qu'il étudia avec le plus grand soin durant une heure. Après quoi il s'en retourna, reprit la trace de Won-tolla où il l'avait laissée, s'installa dans un arbre dont une branche s'allongeait horizontalement à huit pieds environ du sol, accrocha son bouquet d'ail à la fourche de deux branches, et resta là, tranquillement, à aiguiser son couteau sur la plante de son pied.

Un peu avant midi, dans la grande chaleur du soleil, il entendit un bruit de pattes sur le sol et sentit l'abominable odeur du dhole, dont le Clan trottait, sans trêve ni merci, sur la trace de Won-tolla. Vu d'en l'air le Dhole Rouge ne paraît pas moitié aussi gros qu'un loup. Mais Mowgli savait de quelle force étaient doués ses pieds et ses mâchoires. Il guetta le museau pointu d'un chien bai, le conducteur, en train de flairer la piste, et lui cria :

— Bonne chasse !

L'animal leva la tête, et ses compagnons firent halte derrière lui : des chiens rouges par douzaines et par douzaines, à queues bas attachées, à solide encolure, à faible arrière-train, et à gueules ensanglantées. Les dholes sont d'ordinaire gens fort silencieux, et ils manquent de manières même dans leur Dekkan natal. Ils devaient être plus de deux cents rassemblés au-dessous de lui, mais Mowgli pouvait voir que les chefs de file flairaient avidement la piste de Won-tolla et tâchaient d'entraîner le Clan en avant. Il ne fallait pas de cela, ou bien ils seraient aux liteaux en plein jour encore, et Mowgli voulait les retenir sous son arbre jusqu'à la tombée de la nuit.

— Qui est-ce qui vous a donné la permission de venir ici? demanda Mowgli.

— Toutes les jungles sont à nous! fut la réponse.

Et le dhole qui la fit montra ses dents blanches. Mowgli, du haut de l'arbre, le regarda en souriant et imita à la perfection le pépiement aigu de Chikai, le rat sauteur du Dekkan, voulant laisser entendre aux dholes qu'il n'avait pas pour eux plus de considération que pour Chikai. Le Clan se referma autour du tronc, et le chef aboya sauvagement, traitant Mowgli de singe grimpeur. Pour toute réponse Mowgli allongea une de ses jambes et agita les doigts de son pied nu juste au-dessus de la tête du chef. C'était assez, et plus qu'il n'en fallait, pour éveiller dans tout le Clan une rage aveugle : les gens qui ont du poil entre les doigts de pied n'aiment pas qu'on le leur rappelle.

Mowgli retira sa jambe au moment où le chef sautait, et dit suavement :

— Chien, chien rouge! Retourne au Dekkan manger des lézards. Va retrouver Chikai, ton frère, chien, chien, chien rouge! Il y a du poil entre chaque doigt de pied!

Il agita ses doigts de pied une seconde fois.

— Descends, avant que nous ne te délogions par la famine, singe sans poil! hurla le Clan.

C'était justement ce que Mowgli voulait. Il se coucha tout le long de la branche, la joue contre l'écorce, le bras droit libre, et pendant cinq minutes au moins raconta au clan ce qu'il pensait et savait de lui, de ses façons, de ses mœurs, de ses femelles et de ses petits. Il n'est pas au monde de langage plus âcre et plus blessant que celui dont se sert le Peuple de la Jungle pour montrer son dédain ou son mépris. Quand il vous arrivera d'y penser, vous verrez comment il n'en peut être qu'ainsi. Comme Mowgli l'avait dit à Kaa, il avait sous la langue beaucoup de petites épines, et graduellement, délibérément, il fit éclater les dholes silencieux en grognements, puis en hurlements, et finalement en rauques clameurs de rage écumante. Ils essayèrent bien de riposter à ses sarcasmes, mais c'était comme si un nouveau-né eût essayé de répondre à Kaa dans sa fureur : et, tout le temps, la main droite de Mowgli pendait croisée à son côté, prête à l'action, ses deux pieds refermés autour de la branche.

Le gros chien bai, chef du Clan, avait sauté plusieurs fois en l'air, mais Mowgli n'osait pas risquer un coup douteux. A la fin, la fureur décuplant ses forces, le dhole bondit à sept ou huit pieds au-dessus du sol. Alors la main de Mowgli se détendit comme la tête du serpent grimpeur, et l'agrippa par la peau du cou; la branche fléchit sous le poids au retombé du corps, et peu s'en fallut que Mowgli ne fût précipité en bas. Mais, sans lâcher prise, pouce à pouce, il hissa jusqu'à la branche l'animal qui pendait à son poing comme un chacal noyé. De la main gauche il chercha son couteau et trancha la rouge queue touffue; puis il rejeta le dhole à terre.

Il n'avait plus besoin d'autre chose : les dholes ne suivraient plus la trace de Won-tolla maintenant avant d'avoir tué Mowgli, ou que Mowgli les eût tués. Il les vit s'installer en cercle, avec un frisson des hanches, qui signifiait revanche à mort. Là-dessus il grimpa plus haut à la fourche des deux branches, s'adossa confortablement le dos, et s'endormit.

Au bout de trois ou quatre heures il s'éveilla et compta le Clan. Ils étaient tous là, muets, hérissés, la gorge sèche, avec des yeux d'acier. Le soleil commençait à baisser. Dans une demi-heure le Petit Peuple des Rochers aurait terminé son labeur, et, comme vous le savez, le dhole combat mal au crépuscule.

— Je n'avais pas besoin de gardiens si vigilants, dit Mowgli en se levant sur une branche; pourtant je me souviendrai de ceci : vous êtes de vrais dholes, mais, à mon avis, trop nombreux de la même espèce. Pour cette dernière raison je ne rendrai point sa queue au gros mangeur de lézards. N'es-tu pas content, Chien Rouge?

— C'est moi-même qui t'éventrerai, hurla le chef, en mordant l'arbre au pied.

— Non, mais songe à ceci, ô le plus sage entre les rats du Dekkan! Il va naître maintenant, l'une après l'autre, des portées de petits chiens rouges sans queue, oui, avec des moignons rouges à vif, qui piquent lorsque le sable est chaud. Retourne au logis, Chien Rouge, et plains-toi qu'un singe t'a fait cela. Vous ne voulez pas vous en aller? Venez avec moi, alors; je veux faire de vous des sages.

Il gagna l'arbre voisin, à la façon des singes, continua de même, gagnant le prochain, puis l'autre, suivi du Clan d'où se levaient des têtes affamées. Parfois il feignait de tomber, et les dholes se culbutaient les uns par-dessus les autres dans leur hâte d'être à l'hallali. C'était un spectacle étrange : le garçon dont le couteau luisait aux rayons obliques du soleil filtrant à travers les hautes branches, et, au-dessous, la meute silencieuse, avec des reflets d'incendie sur les pelages roux, se pressant à sa poursuite. Arrivé au dernier arbre, il prit le bouquet d'ail et s'en frotta soigneusement tout entier, tandis que les chiens poussaient des hurlements de dérision.

— Singe à langue de loup, penses-tu déguiser ton fumet? dirent-ils. Nous te suivrons à mort.

— Prends ta queue! dit Mowgli, en la jetant dans la direction du chemin qu'il venait de suivre.

Le Clan, naturellement, à l'odeur du sang, se rua de quelques pas en arrière.

— Et suivez maintenant — à mort!

Il avait glissé le long du tronc de l'arbre, et filait comme le vent, sur ses pieds nus, vers les Rochers aux Abeilles, avant que les dholes se fussent aperçus de ce qu'il allait faire.

Ils poussèrent ensemble un hurlement profond et prirent, pour ne plus le quitter, ce petit galop, patient et régulier, qui met finalement aux abois toute créature en vie. Mowgli savait qu'en bande leur allure est beaucoup plus lente que celle des loups, sans quoi il n'eût jamais risqué une course de deux milles en terrain découvert. Ils étaient convaincus que le garçon finirait par leur appartenir; et lui se sentait sûr de les mener au gré de son caprice. Son unique soin était de les garder assez ardents sur sa trace pour les empêcher de faire demi-tour trop tôt. Il courait d'un pas net, égal, élastique, le chef sans queue à cinq mètres à peine de ses talons, et, en arrière, le Clan égrené sur une longueur d'un quart de mille, peut-être, aveuglé du délire et de la furie du meurtre. Il conserva ainsi sa distance au juger, se fiant à son oreille, et réservant son dernier effort pour l'élan à travers les Rochers aux Abeilles.

Le Petit Peuple s'était endormi à la tombée du crépuscule, car ce n'était pas la saison des fleurs qui s'ouvrent tard; mais, aux premières foulées de Mowgli sur le sol creux et sonore, le garçon entendit comme un bourdonnement de la terre tout entière. Alors il courut comme il n'avait jamais couru de sa vie, renversa d'un coup de pied une, deux, trois des piles de pierres dans les crevasses obscures d'où s'échappait une odeur douce; il entendit un mugissement pareil au mugissement de la mer dans une grotte, vit du coin de l'œil l'air s'assombrir derrière lui, aperçut le courant de la Waingunga tout au-dessous et, dans l'eau, une tête plate en forme de diamant; puis il sauta en avant de toute sa force, les dents du dhole sans queue claquant dans le vide contre son épaule, et, les pieds les premiers, tomba en sûreté dans la rivière, haletant et triomphant. Il n'avait pas une piqûre sur le corps, car l'odeur de l'ail avait arrêté le Petit Peuple juste les quelques secondes qu'il avait mises à traverser les rochers.

Lorsqu'il reparut à la surface de l'eau, les anneaux de Kaa le maintenaient d'aplomb, et l'on voyait d'étranges objets bondir par-dessus le bord de la falaise — de gros blocs, semblait-il, d'abeilles en grappes, qui tombaient comme des plombs de sonde; et, dès que le bloc touchait l'eau, les abeilles remontaient, et le corps d'un dhole tournoyait au fil du courant. Au-dessus de leurs têtes ils pouvaient entendre de courts aboiements de fureur étouffés sous un grondement pareil à celui du tonnerre — le grondement des ailes du Petit Peuple des Rochers. Quelques-uns des dholes étaient même tombés dans les crevasses communiquant avec les grottes souterraines, et là, suffoquaient, luttaient et mordaient à vide parmi les rayons de miel écroulés, pour, à la fin, cadavres portés sur les vagues d'abeilles soulevées au-dessous d'eux, être vomis de quelque trou dominant la rivière, et s'en aller rouler sur le tas de décombres noirs. D'autres avaient sauté trop court, et, dans les arbres sur les falaises, on voyait les abeilles estomper leur silhouettes : mais le plus grand nombre d'entre eux, affolés par les piqûres, s'étaient jetés dans la rivière, et, comme l'avait dit Kaa, l'eau de la Waingunga avait toujours faim.

Kaa maintint étroitement Mowgli jusqu'à ce que le garçon eût repris haleine.

— Nous ne pouvons rester ici, dit-il. Le Petit Peuple est réveillé pour de bon. Viens!

Mowgli, son couteau à la main, descendit la rivière, nageant au ras de l'eau et plongeant aussi souvent qu'il pouvait.

— Doucement, doucement, dit Kaa. Un seul croc n'en tuerait pas cent, à moins d'être celui d'un cobra; or, beaucoup de dholes se sont promptement jetés à l'eau en voyant le Petit Peuple se lever, et ils n'ont, ceux-là, aucun mal.

— Autant de travail de plus pour mon couteau, alors... Phai! Comme le Petit Peuple suit !

Mowgli plongea de nouveau. La surface de l'eau était tapissée d'abeilles sauvages bourdonnantes de colère et piquant tout ce qu'elles trouvaient.

— Le silence n'a jamais rien gâté, dit Kaa. (Nul aiguillon ne pouvait pénétrer ses écailles.) Et tu as toute la nuit devant toi pour cette chasse. Écoute-les hurler!

La moitié presque du Clan avait vu le piège où se précipitaient leurs camarades, et, tournant subitement de côté, s'était jetée dans l'eau, à l'endroit où la gorge s'évasait en berges escarpées. Leurs cris de rage et leurs menaces contre le « singe-grimpeur » qui les avait conduits à la honte se mêlaient aux hurlements et aux grondements de ceux que le Petit Peuple avait punis. Rester sur la rive, c'était la mort : pas un dhole ne l'ignorait. Le Clan fut balayé par le courant, de plus en plus bas, jusqu'aux rochers qui s'élevaient dans l'Étang de la Paix; mais, là aussi, le Petit Peuple en colère suivit les dholes et les força à se remettre à l'eau. Mowgli pouvait entendre la voix du chef sans queue exhortant ses compagnons à tenir bon jusqu'à ce qu'il ne restât plus un loup dans Seeonee. Mais il ne perdit pas de temps à écouter.

— Quelqu'un tue dans l'obscurité derrière nous, jappa un dhole. Voilà du sang dans l'eau!

Mowgli avait plongé de l'avant comme une loutre, saisi brusquement par en dessous, avant qu'il pût ouvrir la gueule, un dhole qui se débattait, et des cercles huileux et noirâtres s'élargissaient à la surface de l'étang; puis le corps émergea avec un *plouf*, en se tournant sur le côté. Les dholes essayèrent de retourner, mais la force du courant les emportait, et le Petit Peuple criblait leurs têtes et leurs oreilles, tandis qu'en avant ils pouvaient entendre le défi du Clan de Seeonee s'élever, plus haut et plus menaçant toujours, dans l'ombre compacte où ils s'enfonçaient. Mowgli plongea de nouveau, de nouveau un dhole disparut pour reparaître mort, et une nouvelle clameur monta de l'arrière-garde, les uns hurlant qu'il valait mieux gagner la rive, les autres sommant leur chef de les ramener au Dekkan, et d'autres enfin criant à Mowgli de se montrer, pour qu'on le tuât.

— Ils arrivent au combat divisés d'intentions et de paroles, dit Kaa. Le reste regarde tes frères, là-bas, en aval. Le Petit Peuple s'en retourne se coucher, et je vais m'en retourner aussi. Je n'aide pas les loups.

Un loup s'en vint courant sur trois pattes le long de la berge, tantôt sautant de haut en gas, tantôt rampant sur le flanc, ou bien arquant le dos, puis battant un entrechat à deux pieds en l'air, comme s'il était en train de jouer avec ses petits. C'était Won-tolla, l'Étranger, et il continuait, sans un mot, son horrible jeu tout le long des dholes. Il y avait longtemps qu'ils étaient dans l'eau, et ils nageaient laborieusement, avec le poids de leurs fourrures trempées, leurs queues touffues traînant derrière eux, pareilles à des éponges, si las et si rompus qu'ils se taisaient aussi, maintenant, les yeux sur la paire d'yeux qui flambaient de front avec eux.

— Mauvaise chasse que celle-ci! dit enfin l'un d'eux.

— Bonne chasse, au contraire! dit Mowgli, qui se leva hardiment à côté de la bête, et lui fixa le long couteau au défaut de l'épaule, en poussant dur pour éviter le coup de dent de l'agonie.

— Est-ce toi, Petit d'Homme? demanda Won-tolla de la rive.

— Demande aux morts, Étranger, répondit Mowgli. N'en as-tu pas vu descendre le courant? J'ai fait mordre la poussière à ces chiens; je les ai bafoués en plein jour, et leur chef n'a plus de queue; mais il en reste quelques-uns pour toi. Où veux-tu que je les mène?

— Je vais attendre, dit Won-tolla. J'ai la longue nuit devant moi, et je verrai bien.

Les aboiements des loups de Seeonee se rapprochaient de plus en plus.

— Pour le Clan, pour tout le Clan, c'est juré!

Puis, en tournant un coude de la rivière, les dholes, parmi les sables et les hauts-fonds, échouèrent vis-à-vis des liteaux de Seeonee.

Alors, ils s'aperçurent de leur faute. Ils auraient dû aborder un demi-mille plus haut, et charger les loups en terrain sec. Maintenant il était trop tard. Une ligne d'yeux de braise bordait la rive, et, sauf l'horrible cri du *Pheeal* qui ne s'était pas arrêté depuis le coucher du soleil, on n'entendait aucun bruit dans la Jungle. On eût dit que Won-tolla leur faisait des grâces pour les attirer vers la berge. Soudain :

— Par le flanc, et d'attaque! commanda le chef.

Le Clan tout entier s'élança vers la rive, barbotant et clapotant dans l'eau basse; la surface de la Waingunga blanchit, fouettée d'écume, et de grandes rides s'en allèrent de bord à bord onduler comme les vagues sous l'étrave d'un bateau. Mowgli suivit la charge, pointant et tranchant dans la masse des dholes dont l'élan escaladait la grève comme un flot.

Alors commença la longue bataille. Ondulant, peinant, rompue, dispersée, mêlée ou par groupes, elle roulait à travers les sables rouges du rivage détrempé, les racines enchevêtrées des arbres, l'intervalle et l'épaisseur des buissons, et les mottes gazonnées; car, même à présent, les dholes étaient deux contre un. Mais ils avaient devant eux des loups unis pour défendre tout ce qui faisait la force du Clan, non seulement les chasseurs à solide carrure, à long souffle et à crocs blancs, mais les *lahinis* aux yeux sauvages — les louves des repaires, comme on dit — luttant pour leurs portées, avec, par-ci par-là, quelque louveteau de l'année, son premier poil tout laineux encore, halant et crochant à leurs côtés. Un loup, vous devez le savoir, saute à la gorge ou happe au flanc, tandis qu'un dhole mord bas de préférence; aussi les dholes, obligés de relever la tête en grimpant hors de l'eau, donnèrent-ils d'abord l'avantage aux loups; en terrain sec les loups eurent à souffrir; mais sur terre comme dans l'eau le couteau de Mowgli se levait et frappait de même. Les Quatre, accourus à son aide, s'étaient frayé un chemin jusqu'à lui. Frère Gris, tapi entre les genoux du garçon, lui protégeait le ventre, alors que les autres le gardaient par-derrière et sur les côtés, ou le couvraient de leurs corps si le choc d'un dhole hurlant, venu d'un bond s'enferrer sur la lame, venait à les jeter bas. Pour le reste, ce n'était que pêle-mêle et confusion — cohue compacte et moutonnante qui oscillait de droite à gauche et de gauche à droite, le long de la berge, et tournait également avec lenteur, d'un mouvement de meule, autour de son propre centre. Ici s'élevait un tertre mouvant de corps, qui s'enflait comme une bulle dans l'eau d'un tourbillon, puis éclatait comme elle, en rejetant quatre ou cinq chiens mutilés, dont chacun s'efforçait de regagner le centre; là un loup isolé, étouffé sous deux ou trois dholes, les traînait avec lui, cédant à mesure sous leur poids; ailleurs un louveteau de l'année surnageait, soulevé par la pression environnante, quoiqu'il eût été tué au début du combat, tandis que sa mère, folle de rage muette, fonçait de l'avant, mordant tout au passage; au plus épais de la mêlée il arrivait qu'un loup et un dhole, oubliant tout le reste, dans leurs manœuvres à qui planterait ses crocs le premier, se trouvaient soudain balayés par un flot hurlant de combattants. Une fois Mowgli croisa Akela, un dhole à chaque flanc, et ses mâchoires, aux trois quarts édentées, refermées sur les reins d'un troisième; une autre fois il vit Phao, les crocs plantés dans la gorge d'un dhole, remorquant la bête rétive jusqu'aux louveteaux qui l'achèveraient. Mais le gros du combat n'était que mêlée aveugle, étouffement dans les ténèbres, chaos de coups, de pieds trébuchants, de culbutes, de glapissements, de plaintes et de Pille! Pille! Pille! autour de Mowgli, derrière lui et au-dessus.

A mesure que la nuit avançait, le mouvement de rotation augmentait de vitesse. Les dholes fatigués craignaient d'attaquer les loups plus vigoureux, bien qu'ils n'osassent pas encore abandonner le terrain; mais Mowgli sentait que la lutte touchait à sa fin, et il se contentait de mettre hors de combat. Les louveteaux commençaient à s'enhardir; on avait le temps de respirer; et maintenant le simple éclair du couteau suffisait quelquefois à écarter un dhole.

— La viande touche à l'os, haleta Frère Gris.

Le sang lui sortait par vingt blessures.

— Mais l'os est encore à craquer, dit Mowgli. Eowawa! *Voilà* comme nous sommes, dans la Jungle!

La lame courut comme une flamme le long des flancs d'un dhole dont l'arrière-train disparaissait sous le poids d'un loup cramponné.

— Il est à moi! grogna le loup à travers ses narines froncées. Laisse-le-moi.

— As-tu donc le ventre encore vide, Étranger? dit Mowgli.

Won-tolla expiait cruellement sa victoire, mais son étreinte avait paralysé le dhole, qui ne pouvait se retourner pour l'atteindre.

— Par le Taureau qui me racheta, s'écria Mowgli avec un rire amer, c'est le sans-queue!

Et c'était en effet le gros chef à poil bai.

— Il n'est pas prudent de tuer les petits et les *lahinis*, continua Mowgli philosophiquement, en essuyant le sang qui avait rejailli dans ses yeux, si l'on manque le père de famille; et, si je ne me trompe, ce père de famille est en train de te tuer.

Un dhole bondit au secours de son chef, mais, avant que ses crocs eussent touché le flanc de Won-tolla, le couteau de Mowgli se fichait dans sa gorge, et Frère Gris se chargeait du reste.

— Et voilà comme nous sommes dans la Jungle! fit Mowgli.

Won-tolla ne dit pas un mot, mais ses mâchoires se rejoignaient peu à peu sur l'échine à mesure que la vie s'en allait. Le dhole tressaillit, sa tête retomba, il ne bougea plus, et Won-tolla s'affaissa sur lui,

— Chut! La Dette de Sang est payée, dit Mowgli. Entonne la chanson, Won-tolla.

— Il ne chassera plus, dit Frère Gris; et Akela aussi se tait, depuis un bon moment.

— L'os est craqué! tonna Phao, fils de Phaona. Ils s'en vont. Tuez, exterminez, chasseurs du Peuple Libre!

Les dholes s'esquivaient l'un après l'autre, abandonnant les sables noirs de sang, pour la rivière, la Jungle épaisse, en amont ou en aval, selon qu'ils voyaient la route libre.

— La dette! La dette, cria Mowgli. Qu'ils paient la dette! Ils ont égorgé le Solitaire! N'en laissez pas échapper un!

Il volait vers la rivière, le couteau à la main, prêt à clouer sur place tout dhole qui eût osé prendre l'eau, quand, d'un monceau de neuf cadavres, se dressa la tête d'Akela, puis son poitrail. Mowgli tomba à genoux à côté du Solitaire.

— N'ai-je pas dit que ce serait mon dernier combat? haleta le loup. C'est une belle chasse. Et toi, Petit Frère?

— Je vis encore, et j'en ai tué beaucoup.

— C'est bien. Je meurs, et je voudrais — je voudrais mourir à côté de toi, Petit Frère.

Mowgli prit sur ses genoux la terrible tête balafrée, et jeta ses bras autour du cou déchiré.

— Où est-il, le temps de Shere Khan et du Petit d'Homme qui roulait tout nu dans la poussière? toussa Akela.

— Non, non, je suis un loup. Je fais peau commune avec le Peuple Libre, pleura Mowgli. Ce n'est pas de mon plein gré que je suis un homme.

— Tu es un homme, Petit Frère, louveteau de mes soucis. Tu es tout entier un homme, ou autrement le Clan aurait fui devant le dhole. Ma vie, je te la dois, et aujourd'hui tu as sauvé le Clan, comme une fois je t'ai sauvé moi-même. As-tu oublié? Toutes les dettes sont payées maintenant. Retourne à ton peuple. Je te le répète, œil de mes yeux, cette chasse est finie. Retourne à ton peuple.

— Je n'y retournerai jamais. Je chasserai seul dans la Jungle. J'ai dit.

— Après l'été viennent les Pluies, et après les Pluies arrive le printemps. Va-t'en avant d'être forcé de partir.

— Qui donc me chassera?

— Mowgli chassera Mowgli. Retourne à ton peuple. Retourne vers l'Homme.

— Quand Mowgli chassera Mowgli, j'irai.

— J'ai fini ce que j'avais à te dire, reprit Akela. Maintenant je voudrais parler aux miens. Petit Frère, peux-tu me lever sur mes pattes ? Moi aussi je suis le chef du Peuple Libre.

Avec un soin et une douceur infinis Mowgli mit Akela sur ses pattes, les bras noués autour de lui, et le Solitaire aspira une longue gorgée d'air et commença le Chant de Mort qu'un Chef de Clan doit chanter lorsqu'il va mourir. La voix prit peu à peu de la force, s'éleva graduellement, retentissant au loin par-dessus la rivière jusqu'au dernier « Bonne Chasse ! »

Alors Akela se dégagea de Mowgli un instant, fit un bond et retomba en arrière, mort, sur sa dernière et plus redoutable proie.

Mowgli s'assit, la tête sur les genoux, sans faire attention à rien, tandis que les derniers dholes, rejoints par les impitoyables *lahinis*, succombaient sous leurs coups. Petit à petit les cris s'éteignirent, et les loups revinrent en boitant, tout raides de leurs plaies durcies, pour compter les morts.

Quinze loups du Clan et une demi-douzaine de *lahinis* gisaient le long de la rivière. Des autres, pas un qui n'eût été touché. Mowgli ne bougea pas jusqu'au petit jour ; alors, le museau humide et rouge de Phao se posa sur sa main, et Mowgli recula en démasquant le corps décharné d'Akela.

— Bonne chasse ! dit Phao, comme si Akela était encore vivant.

Et s'adressant aux autres par-dessus son épaule en lambeaux :

— Hurlez, chiens ! Un loup est mort cette nuit !

Mais du Clan tout entier de deux cents dholes combattants, Chiens Rouges du Dekkan, qui se vantent que nul être vivant dans la Jungle n'ose tenir devant eux, pas un ne retourna au Dekkan porter la nouvelle.

LA CHANSON DE CHIL

Ceci est la chanson que Chil chanta comme les vautours se laissaient tomber l'un après l'autre au bord de la rivière, quand eut pris fin le grand combat. Chil est l'ami de tout le monde mais, au fond du cœur, son sang est de glace, parce qu'il sait que presque tous les hôtes de la Jungle viennent à lui en fin de compte.

Ceux-là furent mes amis dans les nuits de leur jeunesse
       (Chil! Garde à vous! Chil!)
Lors mon sifflet vient sonner le terme de leur promesse.
       (Chil! Hérauts de Chil!)
D'en bas ils me signalaient les gibiers frais abattus,
Je guettais pour eux d'en haut daims en plaine
   — sûrs affûts,
C'est la fin de toute piste, ils ne m'appelleront plus.

Ceux qui menaient le pied chaud — ceux qui hurlaient
   à l'ouvrage —
       (Chil ! Garde à vous! Chil!)
Ceux qui, virant aux abois, clouaient la bête
   au passage —
       (Chil! Hérauts de Chil!)
Ceux qui précédaient le vent ou suivaient,
   lestes, recrus —
Ceux qui forçaient l'Andouiller — ceux qui sautaient
   par-dessus,
C'est la fin de toute piste, ils n'en éventeront plus.

Ceux-là furent mes amis. Ils sont morts, c'est
  grand dommage.
                    (Chil! Garde à vous! Chil!)
Je viens les consoler qui les connus dans leur courage.
                    (Chil! Hérauts de Chil!)
Gueule béante qui saigne, œil sombré, flancs décousus,
Délaissés, mêlés et las, les vainqueurs sur les vaincus.
C'est la fin de toute piste — et les miens seront repus!

La course de printemps

L'Homme à l'Homme! Criez le défi par la Jungle!
    Celui qui fut notre frère s'en va.
Écoute et juge donc, ô Peuple de la Jungle,
    Dis, qui l'attarde — ou qui l'arrêtera?

L'Homme à l'Homme! Il est là qui pleure dans la Jungle:
    Notre frère, son cœur lourd de maux inconnus!
L'Homme à l'Homme! (Ah! combien nous l'aimions
    dans la Jungle!)
    Voici sa piste, hélas! où nous ne suivrons plus.

Deux ans après la grande bataille de Chien Rouge et la mort d'Akela, Mowgli devait compter presque dix-sept ans. Il paraissait davantage, car les exercices violents, la nourriture succulente, et les bains à la moindre occasion de chaleur ou de poussière, lui avaient donné une force et une croissance bien au-dessus de son âge. Il pouvait se balancer d'une main à une branche haute pendant une demi-heure de suite, à l'occasion, le long des routes d'arbres. Il pouvait arrêter un jeune daim en plein galop, l'empoigner par les cornes et le jeter de côté. Il pouvait même culbuter les gros sangliers bleus qui habitaient les Marais du Nord. Le Peuple de la Jungle, habitué à le craindre pour son intelligence, le redoutait maintenant pour sa seule force; et, lorsqu'il vaquait tranquillement à ses affaires, le murmure avant-coureur de son arrivée suffisait à déblayer les sentiers des bois. Cependant ses yeux n'avaient pas perdu la douceur de leur regard. Même au fort d'un combat ils ne flamboyaient jamais comme ceux de Bagheera; ils prenaient seulement un air d'intérêt et de surexcitation croissante, et c'était une des choses que Bagheera elle-même ne comprenait pas.

Elle questionna à ce sujet Mowgli, et le garçon se mit à rire en disant :

— Lorsque je manque mon coup, j'en suis fâché. Lorsqu'il me faut aller deux jours le ventre vide, j'en suis plus fâché encore. Est-ce que mes yeux, alors, ne le disent pas?

— Ta bouche a faim, repartit Bagheera, mais tes yeux ne disent rien. Chasser, manger, se baigner, c'est tout un pour toi — telle une pierre dans la pluie ou le soleil.

Mowgli la regarda nonchalamment par-dessus ses longs cils, et, comme toujours, la tête de la Panthère s'inclina. Bagheera reconnaissait son maître.

Ils étaient couchés à l'écart, très haut, sur le flanc d'une colline qui dominait la Waingunga, et les brumes du matin s'étendaient au-dessous d'eux en bandes blanches et vertes. A mesure que le soleil montait elles devinrent les flots bouillonnants d'une mer de pourpre et d'or, puis fouettées de lumière, s'évanouirent, tandis que les rayons venaient obliquement zébrer les gazons desséchés sur lesquels reposaient Mowgli et Bagheera. C'était la fin de la saison fraîche, les feuilles et les arbres paraissaient vieux et fanés, et l'on entendait un bruissement accompagné d'un tic-tac saccadé lorsque le vent soufflait. Une petite feuille tapotait furieusement contre une branche, comme fait une feuille isolée dans un courant d'air. Elle réveilla Bagheera, qui flaira l'air matinal d'un reniflement creux et profond, se jeta sur le dos et se mit à donner des coups de pattes en l'air, dans la direction de la feuille qui dansait au-dessus.

— C'est le tournant de l'année, dit-elle. La Jungle se met en route. Le Temps du Nouveau Parler approche. Cette feuille le sait. Comme c'est bon!

— L'herbe est sèche, répondit Mowgli, qui en arracha une touffe. L'*Œil-du-Printemps* lui-même (c'est une fleurette rouge, on dirait de cire, au calice en forme de trompette, qui pointe ou se blottit parmi les herbes) — l'*Œil-du-Printemps* lui-même n'est pas encore ouvert, et, Bagheera, est-ce convenable pour la Panthère Noire de se coucher ainsi sur le dos, et de battre l'air avec ses pattes comme un chat sauvage?

— Aowh! dit Bagheera, la pensée ailleurs.

— Je te demande si c'est convenable pour la Panthère Noire de bâiller, de tousser, de hurler et de se coucher ainsi. Rappelle-toi que nous sommes les Maîtres de la Jungle, toi et moi.

— Oui, oui; je t'entends bien, Petit d'Homme.

Bagheera reprit son aplomb d'un rapide tour de reins, et secoua la poussière de ses flancs noirs dépouillés. (Sa robe d'hiver était en train de tomber.)

— Certainement nous sommes les Maîtres de la Jungle! Qui peut se dire aussi fort que Mowgli? Qui peut se dire aussi sage?

Il y avait dans la voix un traînement singulier, qui fit se retourner Mowgli pour voir si par hasard la Panthère Noire se moquait de lui. La Jungle, en effet, est pleine de mots qui sonnent d'une manière et s'expliquent d'une autre.

— Je disais que nous sommes, sans conteste, les Maîtres de la Jungle, répéta Bagheera. Ai-je fait quelque chose de mal? Je ne savais pas que le Petit d'Homme ne se couchait plus jamais par terre. Est-ce qu'il vole, alors?

Mowgli assis, les coudes sur les genoux, regardait à travers la vallée la lumière naissante du jour. Quelque part au-dessous, dans les bois, un oiseau essayait, d'une voix de flûte enrouée, les premières notes de sa chanson printanière. Ce n'était qu'une esquisse du bruyant appel en cascade qu'il lancerait bientôt à plein gosier, mais Bagheera l'entendit.

— Je disais bien que le Temps était proche du Nouveau Parler, gronda la Panthère, en fouettant ses flancs de sa queue.

— J'entends, répondit Mowgli. Bagheera, pourquoi tout ton corps frissonne-t-il ainsi? Le soleil est chaud.

— C'est Ferao, le Pivert écarlate, dit Bagheera. Il n'a pas oublié, lui. Maintenant, moi aussi, il faut que je me rappelle ma chanson.

Et elle se mit à filer et à roucouler, en s'écoutant et s'interrompant d'un air de moins en moins satisfait.

— Il n'y a pas de gibier sur pied, dit Mowgli paresseusement.

— Petit Frère, es-tu sourd des *deux* oreilles? Ceci n'est pas un cri de chasse, mais ma chanson, que je prépare en cas de besoin.

— J'avais oublié. Je le saurai bien quand sera venu le Temps du Nouveau Parler, car toi et les autres irez au loin courir et me laisserez seul.

Mowgli parlait sur un ton rageur.

— Mais, en vérité, Petit Frère, commença Bagheera, ce n'est pas toujours que nous...

— Je dis que oui, repartit Mowgli en brandissant l'index avec colère. Vous allez au loin courir, parfaitement! et moi, qui suis le Maître de la Jungle, il me faut aller tout seul. Qu'est-il arrivé, à la saison dernière, lorsque j'ai voulu ramasser des cannes à sucre dans les champs d'un Clan d'Hommes? Je dus envoyer un messager — je dus t'envoyer, toi, parbleu! — vers Hathi, pour lui demander de venir, telle nuit, cueillir pour moi avec sa trompe l'herbe sucrée.

— Il ne vint que deux nuits plus tard, dit Bagheera en baissant un peu la tête, et, de ces longs roseaux sucrés, il t'a cueilli plus qu'aucun Petit d'Homme au monde n'en pourrait manger pendant toutes les nuits des Pluies. Je ne suis pas responsable de sa faute.

— Il ne vint pas la nuit où je lui avais envoyé le mot. Non, il était en train de trompeter, de galoper et de rugir à travers les vallées au clair de lune. Sa trace ressemblait à celle de trois éléphants, car il ne se cachait pas alors sous les arbres. Il dansait au clair de lune devant les maisons du Clan des Hommes. Je le voyais bien, et pourtant il ne venait pas à moi, à moi qui suis le Maître de la Jungle!

— C'était le Temps du Nouveau Parler, dit la Panthère toujours très humble. Peut-être que, cette fois-là, tu ne l'as pas appelé du vrai maître-mot? Écoute Ferao.

La mauvaise humeur de Mowgli semblait s'être évaporée. Il s'étendit sur le dos, les bras sous la tête, les yeux clos.

— Je ne sais — et cela m'est bien égal, dit-il comme en rêve. Dormons, Bagheera. Mon cœur est lourd. Faismoi un oreiller.

La Panthère se recoucha, en poussant un soupir, car elle entendait Ferao étudier et recommencer de plus belle sa chanson pour le Temps du Nouveau Parler, comme ils disaient.

Dans la Jungle indienne les saisons glissent de l'une à l'autre presque sans transition. Il semble qu'il n'y en ait que deux — la saison des Pluies et la saison sèche —

mais, à regarder attentivement, vous vous apercevez que, sous les torrents de pluies, les nuages de poussière et les verdures torréfiées, on peut les découvrir toutes quatre se succédant selon leur ordre accoutumé. Le Printemps est la plus merveilleuse, parce que sa besogne n'est pas d'habiller de fleurs nouvelles des champs dépouillés et nus, mais de chasser devant lui, d'écarter un tas de choses à moitié vertes, qui s'attachent, ne veulent pas mourir, et que le doux hiver a laissées vivre, et de faire en sorte que la terre caduque, à demi vêtue, se sente neuve et jeune une fois de plus. Et cette tâche, il l'accomplit si bien qu'il n'est pas de printemps au monde comparable à celui de la Jungle.

Il arrive un jour où tout paraît las, où les parfums mêmes que charrie l'air pesant se traînent vieillis et sans force. On ne se l'explique pas, mais l'on sent ainsi. Puis vient un autre jour — en apparence rien n'a changé — où tous les parfums sont frais et délicieux, où le Peuple de la Jungle sent frissonner ses moustaches jusqu'en leurs racines, et où le poil d'hiver s'effiloche des flancs en longues mèches. Parfois alors il tombe un peu de pluie, et tous les arbres, les buissons, les bambous, les mousses et les plantes aux feuilles juteuses s'éveillent en une poussée de sève dont on croit presque entendre le bruit, un bruit sous lequel, nuit et jour, court la basse d'un faux bourdon. C'est cela, le bruit du printemps — cette vibration intense qui ne vient ni des abeilles ni des cascades, ni du vent dans les cimes, mais qui est simplement le voluptueux murmure du monde réjoui dans la tiédeur et la lumière.

Avant cette année-là Mowgli avait toujours pris plaisir aux changements de saisons. C'était lui qui, généralement, découvrait le premier *Œil-du-Printemps* enfoui sous les herbes, et la première bande de ces nuages printaniers qui ne ressemblent à rien d'autre dans la Jungle. On pouvait entendre sa voix dans toutes sortes d'endroits humides pleins de fleurs et de clartés d'étoiles, renforçant le chorus des grosses grenouilles, ou moquant les petites chouettes qui huent dans les nuits blanches.

À l'exemple de ses sujets, c'était le printemps la saison où il opérait de préférence ses escapades — parcourant, pour l'unique joie de fendre en courant l'air tiède, trente, quarante ou cinquante milles entre le crépuscule et l'étoile du matin. Puis il revenait, essoufflé, riant et couronné de fleurs étranges. Les Quatre ne le suivaient pas dans ces folles randonnées à travers la Jungle, mais s'en allaient chanter des chansons avec d'autres loups. Les habitants de la Jungle sont très affairés au printemps, et Mowgli pouvait les entendre grogner, crier, siffler, selon leur espèce. Leur voix, à cette époque, diffère de celle qu'ils ont aux autres moments de l'année, et c'est une des raisons pour lesquelles on appelle le printemps le Temps du Nouveau Parler.

Mais, ce printemps-là, comme il le disait à Bagheera, il sentait en lui un cœur nouveau. Dès le jour où il avait vu les rejetons du bambou tourner au brun tacheté, il s'était mis à attendre le matin où changeraient les parfums. Mais lorsque arriva ce matin-là, quand Mor, le Paon, éblouissant de bronze, d'azur et d'or, l'eut proclamé très haut le long des bois embrumés, et que Mowgli ouvrit la bouche pour reprendre le cri, les mots s'étranglèrent dans sa gorge, et il se sentit envahi du bout des pieds à la racine des cheveux par une sensation de misère profonde, au point qu'il s'examina scrupuleusement pour voir s'il n'avait pas marché sur une épine. Mor cria les nouveaux parfums; les autres oiseaux reprirent l'appel; et, du côté des rochers de la Waingunga, Mowgli entendait la voix rauque de Bagheera — quelque chose entre le cri d'un aigle et le hennissement d'un cheval. Des piaillements, une fuite de *bandar-log*, secouèrent les bourgeons des branches au-dessus de Mowgli qui restait là, debout, sa poitrine gonflée, pour répondre à Mor, se contractant à mesure que, chassé par cette misère envahissante, l'air, à petits souffles, s'en échappait.

Il regarda autour de lui, mais il ne vit rien que les *bandar-log* fuyant à travers les arbres, et Mor, la queue déployée en toute sa splendeur, qui dansait au-dessous, sur les pentes.

— Les parfums ont changé, cria Mor. Bonne chasse, Petit Frère! Qu'as-tu fait de ta réponse?

— Petit Frère, bonne chasse! sifflèrent Chil, le Vautour, et sa femelle, en fondant côte à côte d'une grande embardée à travers l'espace. Tous deux plongèrent sous le nez de Mowgli, si près qu'une pincée de plumes blanches duveteuses s'envolèrent.

Une légère averse de printemps — une pluie d'éléphant, comme ils l'appellent — tomba à travers la Jungle sur un cercle d'un demi-mille, laissa derrière elle les jeunes feuilles mouillées qui dansaient en s'égouttant, et s'évanouit dans un double arc-en-ciel et un léger roulement de tonnerre. Le bourdonnement du printemps éclata pendant une minute, puis se tut; mais tous les habitants de la Jungle semblèrent donner de la voix en même temps — tous — sauf Mowgli.

— Je n'ai rien mangé de mauvais, se dit-il. L'eau que j'ai bue était bonne. Ma gorge ne brûle pas non plus, ni ne semble se rétrécir, comme le jour où je mordis à la racine tachetée de bleu que Oo, la Tortue, m'avait dit être bonne à manger. Mais j'ai le cœur gros, et, sans raison, j'ai fort mal répondu à Bagheera et aux autres, aussi bien au Peuple de la Jungle qu'à mes amis. En outre, je me sens chaud et froid tour à tour, ou bien je n'ai ni froid ni chaud, mais je suis mécontent sans comprendre pourquoi. Huhu! Il est grand temps de faire une course de printemps jusqu'aux Marais du Nord et revenir. J'ai chassé trop longtemps sans me donner assez de mal. Les Quatre vont m'accompagner, ils deviennent gras comme des vers blancs.

Il appela, mais pas un des Quatre ne répondit. Ils étaient loin, hors de portée de voix, en train de reprendre les chansons du printemps — *La Chanson de la Lune* et *La Chanson du Sambhur* — en compagnie des loups du Clan : car, au printemps, les habitants de la Jungle ne font guère de différence entre le jour et la nuit. Il lança l'aboiement impérieux de l'appel familier, et ne reçut pour réponse que le *miaou* moqueur du petit chat sauvage moucheté, qui se glissait parmi les branches à la recherche de nids précoces. Alors il trembla tout entier de rage, et tira à demi son couteau. Puis il prit un air hautain, bien qu'il n'y eût là personne pour le voir, et descendit à grands pas sévères le flanc de la montagne, le menton en l'air et les sourcils froncés. Mais personne de son peuple ne lui fit de question, tant ils étaient tous occupés à leurs propres affaires.

— Oui, se dit Mowgli, bien qu'au fond du cœur il sentît qu'il n'avait pas raison. Que le Dhole Rouge arrive du Dekkan, ou que la Fleur Rouge danse parmi les bambous, et toute la Jungle accourt en pleurnichant aux pieds de Mowgli, et lui donne de grands noms d'éléphant. Mais, à l'heure qu'il est, il suffit que l'*Œil-du-Printemps* rougisse, et il faut à Mor, parbleu, exhiber ses pattes déplumées dans quelque danse de printemps, la Jungle devient folle comme Tabaqui... Par le Taureau qui me racheta, suis-je ou non le Maître de la Jungle? Silence! Qu'est-ce que vous faites là?

Deux jeunes loups du Clan descendaient un sentier au petit galop, à la recherche d'un terrain libre pour se battre. (On se rappelle que la Loi de la Jungle défend le duel en vue du Clan.) Ils avaient les poils du cou aussi raides que des fils de fer, et ils aboyaient furieusement, en rampant l'un vers l'autre, chacun guettant l'avantage du premier coup de dent.

Mowgli ne fit qu'un bond, saisit de chaque main les gorges tendues, comptant bien terrasser les deux bêtes, comme il avait fait maintes fois par jeu ou dans les chasses du Clan. Mais jamais encore il n'était intervenu dans un duel de printemps. Les deux loups s'élancèrent en avant, le jetèrent de côté si violemment qu'il tomba, et, sans mots inutiles, roulèrent étroitement enlacés.

Mowgli s'était remis sur pied presque avant de tomber, son couteau nu, comme ses dents blanches; et à cette minute il les eût tués tous deux, sans motif, simplement parce qu'ils se battaient alors qu'il les voulait en paix, bien que la loi confère plein droit à tous les loups de se battre librement. Il dansa autour d'eux, les épaules ramassées, et la main frémissante prête à lancer un double coup de pointe, aussitôt tombée la première fièvre de l'assaut; mais, pendant qu'il attendait, la force parut abandonner son corps, la pointe du couteau s'abaissa, il le remit dans sa gaine, et resta là.

— J'ai mangé du poison, dit-il enfin. Depuis que j'ai dispersé le conseil avec la Fleur Rouge — depuis que j'ai tué Shere Khan, personne, dans le Clan, n'avait osé m'écarter. Et ceux-ci ne sont que des loups de dernier rang, de petits chasseurs. Ma force s'en est allée, et je vais mourir. Oh! Mowgli, pourquoi ne les as-tu pas tués tous deux?

La lutte continua jusqu'à ce que l'un des loups s'enfuît, et Mowgli demeurait assis tout seul sur l'herbe foulée et sanglante, promenant ses regards de son couteau à ses jambes, et de ses jambes à ses bras, tandis que cette sensation de misère, jusqu'alors inconnue, l'inondait comme l'eau couvre un tronc d'arbre flottant.

Il tua de bonne heure, ce soir-là, et mangea peu, afin d'être bien en point pour sa course de printemps; et il mangea seul, car tout le Peuple de la Jungle était au loin, à chanter et se battre. C'était une de ces admirables nuits blanches, comme ils les appellent. Toutes les verdures semblaient avoir pris un mois de croissance depuis le matin. Telle branche, qui portait des feuilles jaunes le jour précédent, laissait couler la sève quand Mowgli la cassait. Les mousses, épaisses et chaudes, frisaient sous ses pieds; l'herbe jeune ne coupait pas encore; et toutes les voix de la Jungle grondaient comme une corde basse de harpe qu'aurait touchée la lune — la pleine lune du Nouveau Parler, qui éclaboussait du flot de sa lumière la roche et l'étang, glissait entre le tronc de l'arbre et la liane, et filtrait au travers des millions de feuilles. Malheureux comme il était, Mowgli chantait tout haut de ravissement, en se mettant en route. Sa marche ressemblait plus au vol d'un grand oiseau qu'à autre chose, car il avait choisi la longue rampe descendante qui mène aux Marais du Nord par le cœur même de la maîtresse Jungle, où le sol élastique amortissait le bruit de ses pas. Un homme élevé parmi les hommes ne s'y fût frayé un chemin qu'en trébuchant à chaque pas dans le clair de lune trompeur, mais les muscles de Mowgli, entraînés par des années d'exercice, l'emportaient comme une plume. Quand une souche pourrie ou une pierre invisible tournait sous son pied, il se remettait d'aplomb sans jamais ralentir, sans effort, inconsciemment. Lorsqu'il était fatigué de courir sur le sol, il saisissait des mains, à la façon des singes, la liane la plus proche, et semblait flotter plutôt que grimper vers les branches minces d'où il faisait route par les cimes, jusqu'à ce qu'au gré d'un nouveau caprice il se lançât, décrivant une longue courbe descendante parmi les feuillages, et reprît pied sur le sol. Il y avait des creux chauds et silencieux, entourés de roches humides, où il pouvait à peine respirer, tant y pesaient les parfums des fleurs nocturnes et des boutons qui s'ouvraient le long des lianes; des avenues sombres où le clair de lune dormait en bandes de lumière aussi régulièrement tracées qu'un dallage de marbre dans une nef d'église; des fourrés humides où les jeunes pousses lui montaient à mi-corps et nouaient leurs rameaux autour de sa taille; et des faîtes de collines couronnées de roches brisées, où il sautait de pierre en pierre par-dessus les terriers des petits renards effarés. Parfois il entendait, très loin, le *chug-drug* affaibli d'un porc sauvage en train d'aiguiser ses défenses sur une souche; et, quelque temps après, il arrivait sur la grosse brute solitaire en train de labourer et de lacérer l'écorce rouge d'un arbre, l'écume au groin et les yeux comme deux flammes. Ou bien il faisait un détour en entendant cliqueter des cornes parmi des grognements sifflants, et dépassait un groupe de *sambhurs* furieux qui zigzaguaient çà et là, têtes basses, tigrés de sang que noircissait le clair de lune. Ou bien encore, dans les rapides d'un gué, il entendait Jacala, le Crocodile, mugir comme un taureau; ou il dérangeait un nœud de serpents venimeux, mais ils n'avaient pas le temps de frapper qu'il était déjà loin, de l'autre côté des galets luisants, de nouveau replongé au cœur même de la Jungle.

Il courut ainsi, tantôt criant, tantôt se chantant à lui-même, le plus heureux, cette nuit-là, des êtres de la Jungle, jusqu'à ce que le parfum des fleurs l'avertît qu'il approchait des Marais, dont la région s'étendait hors du rayon de ses plus lointaines chasses.

Ici, encore, un homme élevé parmi ses semblables se serait enfoncé jusqu'au cou au bout de trois enjambées; mais les pieds de Mowgli avaient des yeux et le portaient de touffe en touffe, d'une motte branlante à une autre, sans réclamer l'aide des yeux de sa tête. Il se dirigea vers le milieu du marécage, en effarouchant les canards au passage, et s'assit sur un tronc d'arbre moussu, émergé de l'eau noire. Le marais était éveillé tout autour de lui, car, au printemps, le monde des oiseaux dort très légèrement, et, toute la nuit, leurs compagnies sillonnent l'air de leurs allées et venues. Mais personne ne prenait garde à Mowgli, assis parmi ses grands roseaux murmurant des chansons sans paroles, et qui examinait la plante dure de ses pieds bruns pour voir si, par hasard, quelque épine n'y serait pas restée. Il semblait avoir laissé derrière lui, dans sa Jungle, toute sa mélancolie, et il commençait une chanson, quand tout revint — dix fois pire qu'auparavant. Pour comble de malheur la lune se couchait.

Cette fois, Mowgli fut atterré.

— C'est la même chose ici! dit-il à mi-voix. Cela m'a suivi.

Et il regarda par-dessus son épaule pour voir si *Cela* n'était pas debout derrière lui.

— Il n'y a personne ici.

Les bruits de la nuit continuaient dans le marais, mais ni bête ni oiseau ne lui parlait, et de nouveau la sensation de misère grandit.

— J'ai mangé du poison, dit-il d'une voix terrifiée. Oui, j'aurai, sans prendre garde, mangé du poison, et ma force s'en va de moi. J'ai eu peur — et cependant ce n'était pas moi qui avais peur — Mowgli a eu peur lorsque les deux loups se battaient. Akela, ou même Phao, les aurait séparés et pourtant Mowgli a eu peur. C'est une preuve certaine que j'ai mangé du poison. Mais, que leur importe, dans la Jungle! Ils chantent, ils hurlent, ils se battent et courent par bandes sous la lune, et moi — *Hai mai!* — je vais mourir dans les marais, de ce poison que j'ai mangé.

Il s'attendrit tellement sur lui-même qu'il pleurait presque.

— Et après, continua-t-il, ils me trouveront étendu dans l'eau noire. Non, je vais retourner à ma Jungle et j'irai mourir sur le Rocher du Conseil; et Bagheera que j'aime, si elle n'est pas en train de miauler dans la vallée, Bagheera peut-être veillera sur le peu qui pourra rester, de crainte que Chil ne me traite comme il fit d'Akela.

Large et chaude une larme vint s'écraser sur son genou;

et, tout malheureux qu'il fût, Mowgli se sentit heureux d'être à ce point malheureux, si vous pouvez comprendre cette sorte de bonheur à rebours.

— Comme Chil, le Vautour, fit d'Akela, répéta-t-il, la nuit où je sauvai le Clan du Chien Rouge.

Il resta un instant tranquille, réfléchissant aux derniers mots du Solitaire, que, sans doute, vous vous rappelez.

— Tout de même Akela m'a dit beaucoup de choses déraisonnables avant de mourir. Lorsqu'on meurt les idées changent. Il m'a dit... « Pas moins, je *suis* de la Jungle! »

Dans son exaltation, au souvenir de la bataille sur la rive de la Waingunga, il lança les derniers mots à haute voix, et parmi les joncs une vache de buffle sauvage se leva sur les genoux, et renâcla :

— Un homme!

— Uhh! dit Mysa, le Buffle Sauvage (Mowgli pouvait l'entendre se retourner dans la vase), ce n'est pas un homme. Ce n'est que le loup sans poil du Clan de Seeonee. Les nuits comme celles-ci, il court çà et là.

— Uhh! dit la Vache, en laissant retomber sa tête pour paître, je croyais que c'était un homme.

— Je dis que non. Hé! Mowgli, y a-t-il du danger? beugla Mysa.

— Hé! Mowgli, y a-t-il du danger? répéta le garçon se moquant. C'est tout à quoi pense Mysa : y a-t-il du danger? Mais quant à Mowgli qui court la Jungle, la nuit, tout éveillé, personne ne s'en préoccupe.

— Comme il crie fort! dit la Vache.

— C'est ainsi, répondit Mysa avec dédain, que crient ceux qui, après avoir arraché l'herbe, ne savent pas comment la manger.

— Pour moins que cela, gémit tout bas Mowgli, pour moins que cela, aux dernières Pluies, j'aurais jeté Mysa, en lui piquant la croupe, hors de son trou de vase, je l'aurais monté et mené avec une bride de jonc du haut en bas des marécages.

Il allongeait le bras pour briser un des roseaux plumeux; mais il le laissa retomber avec un soupir. Mysa, sans s'émouvoir, continuait à ruminer, et l'herbe longue se mit à grincer à l'endroit où la Vache paissait.

— Je ne veux pas mourir ici, dit Mowgli avec colère. Mysa, qui est du même sang que Jacala et le Porc, se moquerait de moi. Allons au-delà du marais voir ce qui s'y passe. Je n'ai jamais fait une pareille course de printemps — chaude et froide à la fois. Allons, Mowgli!

Il ne put résister à la tentation de se glisser parmi les bambous jusqu'à Mysa, et de le piquer de la pointe de son couteau. Le grand Taureau ruisselant saillit hors de son trou comme un obus qui éclate, tandis que Mowgli riait à en être obligé de s'asseoir.

— Tu pourras dire maintenant que le loup sans poil du Clan de Seeonee t'a mené, Mysa, cria-t-il.

— Un loup! *Toi?* renâcla le Taureau, en frappant du pied dans la boue. Toute la Jungle sait que tu as été berger de bétail — un marmot d'homme, comme ceux qui crient dans la poussière, là-bas, du côté des récoltes. *Toi*, de la Jungle! Quel est le chasseur qui se serait traîné comme un serpent parmi les sangsues, et, par un tour fangeux — un tour de chacal — m'aurait fait honte devant ma Vache? Viens en terrain ferme, que je te — que je te...

Mysa écumait, car personne peut-être n'a plus mauvais caractère dans la Jungle.

Mowgli le regarda pouffer et souffler, sans que changeât le regard de ses yeux. Lorsqu'il put se faire entendre à travers l'éclaboussement de la boue, il dit :

— Quel Clan d'Hommes gîte donc par ici, près des marais, Mysa? Cette Jungle-ci est nouvelle pour moi.

— Va au nord, mugit le Taureau furieux, car Mowgli l'avait piqué assez durement. C'est un tour de vacher tout nu. Va le dire au village qui est au bout du marais.

— Les Clans des Hommes n'aiment pas les histoires de Jungle, et sûrement, Mysa, pour une égratignure de plus ou de moins à ton cuir, ce n'est pas la peine de rassembler un conseil. Mais je vais aller jeter un coup d'œil sur ce village. Oui, j'irai. Calme-toi, maintenant. Le Maître de la Jungle ne vient pas toutes les nuits te garder.

Il prit pied sur le sol grelottant qui bordait le marais, bien certain que Mysa n'en viendrait jamais à le charger sur un terrain pareil, et, tout en courant, il riait à la pensée du Taureau en colère.

— Ma force n'est pas encore toute partie, dit-il. Il se peut que le poison n'ait pas pénétré jusqu'à l'os. Voilà une étoile, là-bas, au bord de l'horizon.

Il arrondit ses mains en cornet pour la fixer.

— Par le Taureau qui me racheta, c'est la Fleur Rouge — la Fleur Rouge près de laquelle je dormais avant — avant même de venir au premier Clan de Seeonee! Maintenant que je l'ai vue je n'irai pas plus loin.

Le marais, à sa fin, s'élargissait en une vaste plaine où scintillait une lumière. Il y avait longtemps que Mowgli ne s'était intéressé aux faits et gestes des hommes, mais, cette nuit-là, l'éclat de la Fleur Rouge l'attirait comme s'il se fût agi d'un nouveau gibier.

— Je vais aller regarder, dit-il, pour me rendre compte si le Clan d'Hommes a changé.

Oubliant qu'il n'était plus dans sa Jungle, où il pouvait faire à son gré, il foula avec insouciance l'herbe chargée de rosée, jusqu'à la hutte où brillait la lumière. Trois ou quatre chiens donnèrent de la voix, car il se trouvait sur les confins d'un village.

— Bah! dit Mowgli, qui s'accroupit sans bruit, en renvoyant un sourd grognement de loup pour faire taire les roquets. Arrive qui plante. Mowgli, qu'as-tu donc à faire encore avec les gîtes des Hommes?

Il porta son doigt à sa bouche, à l'endroit où une pierre l'avait frappé des années auparavant, le jour où l'autre Clan d'Hommes l'avait chassé.

La porte de la hutte s'ouvrit, et, sur le seuil, une femme parut qui sondait l'obscurité. Un enfant pleura, et la femme dit par-dessus son épaule :

— Dors. Ce n'est qu'un chacal qui a éveillé les chiens. Dans un peu de temps le matin se lève.

Mowgli, dans l'herbe, se mit à trembler comme pris de fièvre. Il connaissait bien cette voix, mais, pour être sûr, il appela doucement, surpris de constater avec quelle facilité la parole humaine lui revenait :

— Messua! O Messua!

— Qui appelle? dit la femme, avec un frémissement dans la voix.

— As-tu oublié? dit Mowgli. Sa gorge était sèche comme il parlait.

— Si c'est *toi*, quel nom t'ai-je donné? Réponds!

Elle avait refermé la porte à demi, et sa main se crispait sur sa poitrine.

— Nathoo! Ohé, Nathoo! répondit Mowgli.

Car, vous le savez, c'était le nom que lui donna Messua la première fois qu'il vint au Clan des Hommes.

— Viens, mon fils, dit-elle.

Et Mowgli, entrant d'un pas dans la zone de lumière, se trouva en face de Messua, la femme qui avait été bonne pour lui, et qu'il avait sauvée des mains des Hommes il y avait si longtemps. Elle était plus vieille, et ses cheveux étaient gris. Mais ses yeux et sa voix n'avaient pas changé. En femme qu'elle était, elle s'attendait à retrouver Mowgli comme elle l'avait laissé, et ses regards erraient avec embarras de sa poitrine à sa tête, qui touchait le haut de la porte.

— Mon fils, balbutia-t-elle.

Et, tombant à ses pieds :

— Mais ce n'est plus mon fils. C'est un jeune Dieu des bois! Ahai!

Debout dans la lumière rouge de la lampe, grand, fort et beau, ses longs cheveux noirs balayant ses épaules, son couteau pendu à son cou, et la tête couronnée d'une guirlande de jasmin blanc, il eût pu aisément passer pour quelque divinité sauvage d'une légende des jungles. L'enfant, à moitié endormi dans un berceau, se dressa, terrifié, en poussant des cris aigus. Messua se retourna pour l'apaiser tandis que Mowgli restait immobile, contemplant du dehors les cruches, les marmites, la huche, et tous autres ustensiles humains qu'il se surprenait à reconnaître si bien.

— Que veux-tu manger ou boire? murmura Messua. Tout ce qui est ici est à toi. Nous te devons la vie. Mais es-tu bien celui que j'appelai Nathoo, ou n'es-tu pas, en vérité, un jeune Dieu?

— Je suis Nathoo, répondit Mowgli. Me voici très loin de chez moi. J'ai vu cette lumière et je suis venu jusqu'ici. Je ne savais pas t'y trouver.

— Après notre arrivée à Khanhiwara, dit Messua timidement, les Anglais étaient prêts à nous aider contre ces villageois qui avaient tâché de nous brûler. T'en souviens-tu?

— Certes, je ne l'ai pas oublié.

— Mais quand la loi anglaise fut prête, et que nous nous rendîmes au village de ces mauvaises gens, on ne le trouva plus.

— De cela aussi je me souviens, dit Mowgli, avec un frémissement de la narine.

— Mon homme, en conséquence, prit du service dans les champs, et nous finîmes, car c'était en vérité un homme vigoureux, par avoir un peu de terre ici. Elle n'est pas aussi riche que celle du vieux village, mais nous n'avons plus besoin de grand-chose — nous deux.

— Où est-il, l'homme qui creusa un trou dans la poussière, lorsqu'il eut peur, la nuit que tu sais?

— Il est mort — il y a un an.

— Et lui?

Mowgli désignait du doigt l'enfant.

— C'est un fils que j'ai mis au monde, voilà deux Pluies. Si tu es un jeune Dieu, mets sur lui la Faveur de la Jungle, afin qu'il puisse aller sauf parmi ton — ton peuple, comme nous fîmes cette nuit-là.

Elle prit dans ses bras l'enfant qui, oubliant sa terreur, se pencha pour jouer avec le couteau pendu sur la poitrine de Mowgli. Et Mowgli écarta les petits doigts, très doucement.

— Et si tu es Nathoo que le tigre a emporté, continua Messua avec un sanglot dans la voix, c'est alors ton petit frère. Donne-lui la bénédiction d'un frère aîné.

— *Hai-mai!* Que sais-je de ce que tu appelles une bénédiction? Je ne suis ni un Dieu, ni son frère, et — ô mère, mère, mon cœur est très lourd.

Il tremblait en recouchant l'enfant.

— Ce n'est pas étonnant, dit Messua en s'affairant autour de ses marmites. Cela vient de courir les marais, la nuit. Il n'y a pas de doute, tu es imprégné de fièvre jusqu'aux moelles.

Mowgli sourit un peu à l'idée que quelque chose de la Jungle pût lui faire mal.

— Je vais allumer du feu, et tu boiras du lait chaud.

Enlève la guirlande de jasmin, l'odeur en est trop forte dans cette petite maison.

Mowgli s'assit en remuant les lèvres, la tête dans les mains. Toutes sortes de sensations étranges le parcouraient, absolument comme s'il eût été empoisonné, et il se sentait étourdi et un peu malade. Il but le lait chaud à longues gorgées, tandis que Messua lui donnait de temps en temps de petites tapes sur l'épaule, en se demandant si c'était là son fils Nathoo des jours lointains ou quelque créature merveilleuse des Jungles, mais contente toutefois de le sentir vraiment en chair et en os.

— Fils, dit-elle enfin; et ses yeux étaient pleins d'orgueil, est-ce qu'on t'a dit parfois que tu es beau entre tous les hommes?

— Quoi? fit Mowgli, qui, naturellement, n'avait jamais rien entendu de la sorte.

Messua eut un petit rire de bonheur. Le regard qui éclairait le visage de Mowgli suffisait à sa joie.

— Je suis la première, alors? C'est juste, quoiqu'il arrive rarement qu'une mère dise à son fils ces choses-là. Tu es très beau. Je n'ai jamais vu un homme comme toi.

Mowgli tourna la tête et tâcha de se voir par-dessus son épaule musculeuse; et Messua se remit à rire si longuement que Mowgli, sans savoir pourquoi, fut forcé de rire avec elle, et l'enfant courait de l'un à l'autre en riant aussi.

— Non, il ne faut pas te moquer de ton frère, dit Messua en prenant le bébé sur son sein. Quand tu seras la moitié aussi beau, nous te marierons à la plus jeune fille d'un roi, et tu monteras sur de grands éléphants.

Mowgli ne pouvait pas comprendre un mot sur trois de ce langage. Le lait chaud produisit sur lui son effet après une course de quarante milles; aussi, s'étant pelotonné, il dormait profondément une minute après. Messua écarta sa chevelure de ses yeux et jeta sur lui une couverture. Elle se sentait heureuse.

A la mode de la Jungle, il dormit le reste de la nuit et tout le jour suivant, car son instinct qui, lui, n'était jamais tout à fait endormi, l'avertissait qu'il n'avait rien à craindre. Il s'éveilla enfin d'un bond qui ébranla la hutte, car l'étoffe qui lui couvrait le visage l'avait fait rêver de trappes. Et il restait debout, la main sur son couteau, roulant ses yeux lourds encore de sommeil, en garde, à tout hasard.

Messua se mit à rire et posa devant lui le repas du soir. C'étaient seulement quelques grossiers gâteaux qui sentaient la fumée, un peu de riz, des conserves de tamarins acides — juste assez pour le soutenir jusqu'à ce qu'il pût abattre sa proie du soir. L'odeur de la rosée dans les marais lui donnait faim et l'agitait. Il voulait terminer sa course de printemps, mais l'enfant insistait pour rester dans ses bras, et Messua s'était mis en tête de peigner ses longs cheveux d'un noir bleu. Elle chantait, en le peignant, d'absurdes petites chansons enfantines, tantôt appelant Mowgli son fils, tantôt lui demandant de donner à l'enfant un peu de son pouvoir sur la Jungle.

Quoique la porte de la hutte fût close, Mowgli entendit un bruit qu'il connaissait bien, et vit Messua ouvrir la bouche avec une expression d'horreur, tandis qu'une grosse patte grise grattait sous la porte et que Frère Gris, au-dehors, faisait entendre un gémissement étouffé, où il y avait du repentir, de l'anxiété et de la peur.

— Attendez dehors. Vous n'êtes pas venus quand j'ai appelé, dit Mowgli en langue de Jungle, et sans tourner la tête.

Sur quoi la grosse patte grise disparut.

— N'amène — n'amène pas tes — tes serviteurs avec toi, dit Messua. Je — nous avons toujours vécu en paix avec la Jungle.

— C'est la paix, dit Mowgli, en se levant. Pense à la nuit sur le chemin de Khanhiwara. Il y avait des vingtaines de ceux-là devant et derrière toi. Mais je vois que, même au printemps, le Peuple de la Jungle n'oublie pas toujours. Mère, je m'en vais.

Messua s'écarta humblement — c'était bien, pensait-elle, une divinité des bois — mais comme la main du jeune homme touchait la porte, la mère qui était en elle la jeta au cou de Mowgli, qu'elle étreignit passionnément à plusieurs reprises.

— Reviens! lui murmurait-elle à l'oreille. Fils ou

non, reviens, car je t'aime — et, regarde, lui aussi a du chagrin.

L'enfant pleurait parce que l'homme au couteau brillant s'en allait.

— Reviens, répéta Messua. La nuit ou le jour cette porte n'est jamais fermée pour toi.

La gorge de Mowgli pantelait comme si on en eût tiré les tendons, et il répondit d'une voix qui semblait s'en arracher de force :

— Je reviendrai sûrement.

— Et maintenant, dit-il en écartant, sur le seuil, la tête caressante du loup, j'ai contre toi un petit grief, Frère Gris. Pourquoi n'êtes-vous pas venus, tous Quatre, lorsque je vous ai appelés, il y a si longtemps?

— Il y a si longtemps? Ce n'était que la nuit dernière. Je — nous — étions à chanter dans la Jungle les Chansons Nouvelles, car c'est le Temps du Nouveau Parler. T'en souviens-tu?

— Oui, oui, je sais.

— Et aussitôt que les Chansons furent chantées, continua Frère Gris avec insistance, je suivis ta trace. Je laissai là les autres pour aller plus vite. Mais, ô Petit Frère, qu'as-tu donc fait, toi? Voilà que tu as mangé et dormi dans le Clan des Hommes!

— Si vous étiez venus quand j'ai appelé, cela ne serait jamais arrivé, dit Mowgli, en courant beaucoup plus vite.

— Et à présent, que va-t-il advenir? dit Frère Gris.

Mowgli allait répondre, quand une jeune fille, vêtue d'une étoffe blanche, descendit un sentier qui venait des confins du village. Frère Gris fut hors de vue en un instant, et Mowgli recula sans bruit dans des cultures à hautes tiges. Elle était arrivée presque à portée de la main, quand les tièdes verdures se refermèrent sur le visage du jeune homme, et il disparut comme une ombre. La jeune fille jeta un cri, pensant avoir vu un esprit; puis elle poussa un profond soupir. Mowgli, derrière les chaumes qu'il écarta légèrement de ses mains, la suivit du regard jusqu'à ce qu'elle fût hors de vue.

— Maintenant? — Je ne sais pas, dit-il, en soupirant

à son tour. Oh! pourquoi n'êtes-vous pas venus lorsque je vous ai appelés?

— Nous te suivons — nous te suivons, murmura Frère Gris, en léchant les talons de Mowgli. Nous te suivons toujours, sauf au Temps du Nouveau Parler.

— Et vous me suivriez au Clan des Hommes? dit Mowgli très bas.

— Ne t'ai-je pas suivi jusque-là, la nuit où notre ancien Clan te chassa? Qui donc te réveilla quand tu dormais dans les récoltes?

— Oui, mais recommencerais-tu?

— Ne t'ai-je pas suivi cette nuit?

— Oui, mais — une autre fois — et une autre fois encore — et peut-être une autre, Frère Gris?

Frère Gris garda le silence.

Lorsqu'il parla derechef, ce fut pour grogner en lui-même :

— Le Noir disait vrai.

— Et que disait-il?

— Que l'Homme finit par retourner à l'Homme. Et Raksha, notre mère...

— C'est aussi ce que disait Akela, la nuit du Chien Rouge, murmura Mowgli.

— Et Kaa aussi, qui est plus sage que nous tous.

— Que dis-tu, toi, Frère Gris?

— Ils t'ont chassé jadis avec des injures. Ils t'ont meurtri la bouche à coups de pierres. Ils ont envoyé Buldeo pour te tuer. Ils t'auraient jeté dans la Fleur Rouge. C'est toi, et non pas moi, qui les as traités de méchants et de fous. C'est toi, et non pas moi — car, moi, je suis les miens — qui as lâché sur eux la Jungle. C'est toi, et non pas moi, qui as fait contre eux des chansons plus amères que la nôtre même contre le Chien Rouge.

— Je te demande ce que, toi, tu penses?

C'était en courant qu'ils causaient. Frère Gris fit un temps de galop sans répondre; puis il dit, et ses bonds semblaient rythmer les paroles :

— Petit d'Homme — Maître de la Jungle — Fils de Raksha — Mon frère de liteau — bien que j'oublie parfois au printemps, ta trace est ma trace, ton gîte est

226

mon gîte, ta chasse est ma chasse, et ton dernier combat sera le mien. Je parle au nom des Trois. Mais que diras-tu à la Jungle?

— C'est juste. Entre la vue et le·coup, il est mauvais d'attendre. Va devant et convoque-les au Rocher du Conseil, je vais leur dire ce que j'ai dans l'Esprit. Mais peut-être ils ne viendront pas — au Temps du Nouveau Parler il se peut qu'ils m'oublient.

— N'as-tu donc rien oublié? jappa Frère Gris par-dessus son épaule, en allongeant le galop.

Et Mowgli suivit, pensif.

En toute autre saison l'annonce de pareille nouvelle eût attroupé toute la Jungle, les poils du cou hérissés; mais durant ces jours ils étaient absorbés en chasses, en combats, en tueries et en chansons. Frère Gris courait de l'un à l'autre, criant :

— Le Maître de la Jungle retourne à l'Homme. Venez au Rocher du Conseil!

Et les bêtes, heureuses, répondaient distraitement :

— Il reviendra aux chaleurs de l'été. Les Pluies le ramèneront au gîte. Viens courir et chanter avec nous, Frère Gris.

— Mais le Maître de la Jungle retourne à l'Homme, répétait Frère Gris.

— *Eee — Yoawa?* Le Temps du Nouveau Parler en vaut-il moins pour cela? répondirent-ils.

Aussi lorsque Mowgli, le cœur gros, monta à travers les rochers — il se rappelait chacun d'eux — jusqu'à la place où on l'avait apporté au Clan, il ne trouva que les Quatre, Baloo, que l'âge avait rendu presque aveugle, et le lourd Kaa au sang glacé, roulé autour du siège vide d'Akela.

— Ta trace finit donc ici, Graine d'Homme? dit Kaa, lorsque Mowgli se jeta par terre, le visage caché dans les mains. Crie ton cri. Nous sommes du même sang, toi et moi — Homme et Serpent ensemble.

— Pourquoi le Chien Rouge ne m'a-t-il pas déchiré en deux? gémit le garçon. Ma force m'a abandonné et ce n'est pas le poison. Nuit et jour j'entends un double pas sur ma trace. Quand je tourne la tête, c'est comme si quelqu'un venait de se cacher au même instant. Je vais regarder derrière les arbres, et il n'y est pas. J'appelle et personne ne répond, mais c'est comme si quelqu'un écoutait et retenait sa réponse. Je me couche sans me reposer. Je cours la course de printemps, sans trouver le calme. Je me baigne, sans trouver la fraîcheur. Tuer me répugne, et je n'ai pas le cœur à me battre, si ce n'est pour tuer. J'ai la Fleur Rouge dans le corps, mes os sont tournés en eau — et — je ne sais pas ce que je sais.

— A quoi bon tant de mots, dit lentement Baloo, en tournant la tête du côté où Mowgli était étendu. Akela ne l'a-t-il pas dit au bord de la rivière, que Mowgli lui-même ramènerait Mowgli au Clan des Hommes ? Je l'ai dit aussi. Mais qui écoute maintenant Baloo ? Bagheera — où est Bagheera, cette nuit ? — le sait aussi. C'est la Loi.

— Lors de notre première rencontre aux Grottes Froides, Graine d'Homme, je le savais, dit Kaa en se tournant un peu dans ses puissants anneaux. L'Homme finit par retourner à l'Homme, même si la Jungle ne le rejette pas.

Les Quatre s'entre-regardèrent, puis regardèrent Mowgli, décontenancé, mais soumis.

— La Jungle ne me rejette pas, alors ? balbutia Mowgli.

Frère Gris et les trois autres loups grognèrent furieusement, et commencèrent :

— Tant que nous vivrons, nul n'osera...

Mais Baloo les arrêta :

— Je t'ai enseigné la Loi. C'est à moi de parler, dit-il, et, bien qu'à présent je ne puisse voir les rochers qui sont devant moi, je vois loin cependant. Petite Grenouille, suis ta trace ; fais ton liteau avec ceux de ton sang, de ta race et de ton clan ; mais, quand tu auras besoin d'un pied, d'une dent, d'un œil, ou d'un mot à transmettre promptement la nuit, rappelle-toi, Maître de la Jungle, qu'au premier mot la Jungle est tienne.

— La Jungle Moyenne aussi t'appartient, dit Kaa. Et je ne parle point pour de petites gens.

— *Hai-mai!* mes frères, pleura Mowgli, en levant les bras avec un sanglot. Je ne sais ce que j'ai. Je ne voudrais pas m'en aller, et je me sens tiré par les deux pieds. Comment abandonner ces nuits ?

— Allons, lève les yeux, Petit Frère, répéta Baloo. Il n'y a pas de honte à cette chasse-là. Lorsque le miel est mangé, on abandonne le rayon vide.

— Lorsqu'on a jeté la peau, dit Kaa, on ne peut pas y rentrer de nouveau. C'est la Loi.

— Écoute, toi qui m'es plus cher que tout au monde, dit Baloo. Il n'y a ici ni mot ni volonté capables de te retenir. Lève les yeux. Qui peut interroger le Maître de la Jungle? Je t'ai vu jouer parmi les cailloux blancs, à cette place, quand tu étais une petite grenouille; Bagheera, qui t'acheta au prix d'un jeune taureau fraîchement tué, là aussi t'a vu. De cet Examen nous deux seuls demeurons, car Raksha, ta mère nourrice, est morte, comme ton père nourricier; les vieux Loups du Clan sont tous morts depuis longtemps; tu sais ce qu'est devenu Shere Khan; et Akela est mort au milieu des dholes où sans ta sagesse et ta force le second Clan de Seeonee aurait péri, lui aussi. Il ne reste rien que de vieux os. Ce n'est donc plus le Petit d'Homme qui demande congé à son Clan, mais le Maître de la Jungle qui change de route. Qui donc traverserait l'homme en ses desseins?

— Mais, Bagheera et le Taureau qui me racheta, dit Mowgli. Je ne voudrais pas...

Un rugissement et le bruit d'un fracas au-dessous d'eux, dans les fourrés, l'arrêtèrent court, et Bagheera parut, légère, vigoureuse, et terrible comme toujours.

— *C'est pour cela*, dit-elle, en avançant sa patte droite d'où le sang dégouttait, que je ne suis pas venue plus tôt. La chasse a été longue, mais il gît mort au milieu des buissons — un taureau dans sa seconde année — le Taureau qui te rend la liberté, Petit Frère. Toutes les dettes maintenant sont payées. Pour le reste, ma parole est celle de Baloo.

Elle lécha le pied de Mowgli :

— Souviens-toi que Bagheera t'aimait, dit-elle.

Et elle disparut d'un bond.

Au pied de la colline sa voix claire encore s'éleva, plus lente dans l'éloignement :

— Bonne chasse sur ta nouvelle piste, Maître de la Jungle! Souviens-toi que Bagheera t'aimait.

— Tu as entendu? dit Baloo. C'est fini. Va, maintenant; mais, d'abord, viens ici. O sage petite Grenouille, viens près de moi.

— C'est dur de dépouiller la peau, dit Kaa, tandis que Mowgli redoublait de sanglots la tête sur le flanc de l'Ours aveugle, les bras autour de son cou, et que Baloo essayait faiblement de lui lécher les pieds.

— Les étoiles pâlissent, dit Frère Gris, en humant le vent de l'aube. Où coucherons-nous aujourd'hui? Car, dès maintenant, nous suivons de nouvelles pistes.

. . . .

Et voilà la dernière des histoires de Mowgli.

LA DERNIÈRE CHANSON

Ceci est la chanson que Mowgli entendit derrière lui dans la Jungle avant d'arriver de nouveau à la porte de Messua.

BALOO

A cause des sentiers, jadis,
De moi, sage Grenouille, appris,
Pour ton vieux Baloo garde comme
La loi de Jungle ta Loi d'Homme.
Claire ou trouble, du jour ou d'hier,
Tiens-la du vouloir et du flair,
Comme tu tiens la piste étroite,
Sans regarder de gauche ou droite,
Pour l'amour de qui t'aimait mieux
Que toute chose sous les cieux.
Si ton Clan t'irrite ou te peine,
Dis-toi : Tabaqui chante en plaine.
S'ils t'offensent : Comme autrefois
Shere Khan erre encor sous bois.
Les couteaux au vent, dans le doute
Garde la loi, passe ta route.
(Palme, racine, baie ou miel
Gardent petit de sort cruel.)
Par l'Eau, le Bois, l'Arbre et le Vent
Faveur de Jungle va devant!

KAA

La Colère est l'œuf de la Peur —
Œil sans paupière est le meilleur.
Venin de Cobra, nul remède,
Parler de Cobra, le sort t'aide.
Courtoisie escorte Vigueur.
Et Franc-Parler t'en fait seigneur.
Vise à distance, ne confie
Nul poids à la branche pourrie;
Jauge à ta faim chèvre ou bélier
Que l'œil n'étouffe le gosier.
Pour dormir ensuite, secrète
Et sombre choisis ta retraite,
Crainte que des torts oubliés
N'amènent là tes meurtriers.
En tous lieux et sur toute chose
Garde flanc net et bouche close.
(Fente, trou, rive d'étang bleu,
Suis-le donc, Jungle du Milieu!)
Par l'Eau, le Bois, l'Arbre et le Vent
Faveur de Jungle va devant!

BAGHEERA

Je fus en cage et me souviens
De l'Homme et des façons des tiens.
Mais, par la Serrure Brisée,
Crains ta race! Au flair des rosées,
Sous l'étoile pâle, ne prends
Pas leur piste de chats errants.
Clan ou conseil, en chasse, au gîte,
Chacals sans pacte qu'on évite,
Qu'ils mangent ton silence quand
Ils diront: Viens, c'est le bon vent!
Jette-leur ton silence encore.
Si contre le faible on t'honore,
Laisse au singe son vain fracas,

Porte sans bruit ton gibier bas.
Qu'en chasse nul cri, chant ou signe
Puisse t'écarter d'une ligne.
(Brumes de l'aube, couchants clairs,
Servez-le bien, Gardiens des Cerfs!)
Par l'Eau, le Bois, l'Arbre et le Vent
Faveur de Jungle va devant!

LES TROIS

Par ton nouveau sentier, le leur,
Vers le seuil de notre terreur,
Où flambera la Rouge Fleur;
Dans les nuits où tu rêveras,
Épiant le bruit de nos pas,
Nous, tes amis, restés là-bas;
Les matins de triste réveil
Aux labeurs d'un nouveau soleil,
Cœur en deuil de matins pareils —
Par l'Eau, le Bois, l'Arbre et le Vent
Faveur de Jungle va devant!

Composition et Impression
Imprimerie Hérissey à Évreux
le 1ᵉʳ juillet 1992
Dépôt légal : juillet 1992
1ᵉʳ dépôt légal : octobre 1974
Numéro d'imprimeur : 58477

ISBN 2-07-050028-4 / Imprimé en France

56788